CHARLOTTE LINDERMAYR

Das Labyrinth der Hoffnung

CHARLOTTE LINDERMAYR

Das Labyrinth der Hoffnung

Kriminalroman

Impressum

Bibliografische Information der Deutschen Nationalbibliothek:
Die Deutsche Nationalbibliothek verzeichnet diese Publikation in der Deutschen Nationalbibliografie; detaillierte bibliografische Daten sind im Internet über http://dnb.dnb.de abrufbar.

TWENTYSIX - der Self-Publishing Verlag Eine Kooperation zwischen der Verlagsgruppe Random House GmbH und der Books on Demand GmbH

Herstellung und Verlag:
BoD – Books on Demand, Norderstedt

ISBN: 978-3-740-72840-3
Cover-Foto: Frank Winkler, Maselheim

© 2017 Charlotte Lindermayr

Percy Johnson saß an der offenen Tür seiner Dampflok und wartete geduldig auf ein Zeichen von der Leitstelle. Alle Signale waren seit gut einer Stunde rot, aber niemand schien zu wissen warum.

Er transportierte gerade Bauholz, das pünktlich in einem Sägewerk in seiner Heimatstadt Dunbar ankommen sollte.

Er blinzelte in die Sonne, die jetzt im Hochsommer fast senkrecht über ihm stand. Gelangweilt holte er sein Zigarettenpäckchen und Streichhölzer aus der Jackentasche und blies kleine Wölkchen in den azurblauen Himmel.

Neben ihm stand ein Reisezug, aus dem er lärmende Passagiere hören konnte, die immer ungeduldiger zu werden schienen.

Plötzlich hörte er einen dumpfen Knall und Stimmengewirr. Jemand schrie: »Rudi, komm sofort zurück«.

Percy stand auf und blickte in die Richtung, aus dem er die Rufe gehört hatte und sah einen kleinen Jungen, der zwischen den Gleisen umherlief.

Jederzeit konnte ein anderer Zug kommen und ihn erfassen. Schnell kletterte er die Leiter hinunter.

Mit Schrecken sah er, dass inzwischen mehrere Signale auf Grün umgeschaltet wurden.

Auf einmal hörte er die Hupe einer Diesellok, die mit hoher Geschwindigkeit auf den kleinen Jungen zufuhr. Gerade konnte er noch sehen, wie dieser stolperte, ins Gleisbett fiel und liegen blieb.

Jetzt rannte er los. Er sprang über mehrere Weichen, während die Lok immer näher kam und sich wie ein riesiger Eisenberg vor ihm auftürmte.

Er packte das Kind und riss es hoch. Bremsen quietschten.

Percy lag im Schotter, hatte den Jungen im Arm und fest die Augen geschlossen. Als er langsam blinzelte, bemerkte er einen Schatten über sich.

Es war der Lokführer, der vor ihm gehalten hatte. »Hallo! Ist alles ok mit Dir«?

Percy flüsterte: »Nimm mir bitte mal das Kind ab«.

Der Junge stand jetzt mit zittrigen Knien vor ihm, hatte blutige Knie und eine Schramme an der Wange.

Ihm selbst dröhnte der Kopf, denn er war selbst hart auf den Steinen aufgeschlagen. Er tastete sich vorsichtig ab, konnte aber keine Verletzung an sich feststellen.

Langsam rappelte er sich wieder hoch. »Na sag mal«, schnaufte er. »Was machst Du denn für Sachen? Und warum bist Du überhaupt aus dem Zug geklettert«?

Der Junge sagte nichts und sah schuldbewusst auf den Boden. Percy hockte sich ihm gegenüber. »Du brauchst keine Angst vor uns zu haben. Wie heißt Du denn, hm«?

»Ich bin Rudi. Rudi Brown«, flüsterte er kaum hörbar. Percy lächelte ihn freundlich an. »Na siehst Du, das ist doch schon mal ein Anfang. Ich heiße Percy und bin wie mein Kollege Lokführer«.

Er deutete jetzt mit dem Kopf in Richtung des Reisezuges, der immer noch bewegungslos auf dem Gleis stand. »Wo sind denn Deine Eltern? Sind sie da drüben«?

Rudi schüttelte den Kopf und sah verängstigt hinüber. »Nein. Meine Eltern leben nicht mehr. Ich bin mit meinem Onkel und meiner Tante unterwegs in ein Waisenhaus. Sie sagen, dass ich dort bleiben muss, weil sie mich nicht behalten können«.

Die Lokführer sahen sich betreten an, denn Rudi war sicher nicht älter als sieben Jahre und machte ohnehin einen ziemlich verwahrlosten Eindruck.

Er hatte ein geflicktes kariertes Hemd an, die abgenutzte viel zu große Hose wurde mehr schlecht als recht durch Hosenträger gehalten und seine Schuhe waren ausgetreten.

Der andere Lokführer räusperte sich unbehaglich: »Naja, wie auch immer«, sagte er mit dunkler Stimme. »Wir bringen Dich jetzt zurück und dann müssen wir weiter, sonst kommt der ganze Fahrplan restlos durcheinander«.

Rudi begann merklich zu zittern. »Bitte nimm mich mit«, flehte er. »Ich will nicht in dieses Heim«.

Percy sah ihn mitleidig an und schluckte. »Das geht leider nicht, ich kann Dich beim besten Willen nicht mitnehmen«.

Plötzlich hörten Sie, wie ein Mann und eine Frau laut schimpfend auf sie zuliefen. Rudi versteckte sich ängstlich hinter dem Hosenbein von Percy.

Eine dicke korpulente Frau stand jetzt mit grimmiger Miene vor ihm und hatte ihre feisten Hände in die Hüften gestemmt. »Was machen Sie da mit meinem Neffen«?

An Rudi gewandt, keifte sie: »Und Du kommst jetzt sofort wieder mit, sonst setzt es was«.

Percy baute sich direkt vor ihr auf. »Jetzt wundert mich nicht mehr, dass der Junge weg läuft. Vor Ihnen bekommt man ja sogar als Erwachsener Angst«.

Der andere Lokführer zog ihn am Ärmel: »Lass das lieber«, raunte er. »Misch Dich bloß nicht ein, sonst bekommst Du Ärger«.

Percy trat einen Schritt zurück, denn ihm war klar, dass sein Kollege Recht hatte. »Ich kann leider nichts weiter für Dich tun«, flüsterte er Rudi zu.

Der nickte tapfer und ging langsam auf seine Tante zu. Plötzlich spürte er, dass etwas in seiner Hosentasche steckte, aber er ließ sich nichts anmerken. Percy hatte ihm noch eine angefangene Tüte mit Schokoladen-Bonbons hinein geschoben.

Die Lokführer sahen nun zu, wie er zurück in den Reisezug gezerrt wurde.

Percy tat der kleine Blondschopf mit den vielen Sommersprossen im Gesicht leid.

»Warum sind manche Menschen bloß so grausam zu Kindern«? flüsterte er.

»Wenn ich Dir diese Fragen beantworten könnte, wäre ich Millionär und müsste nicht mehr arbeiten«, sagte der andere Lokführer. »Mach`s gut Kumpel«.

Er drehte sich um, stieg schnell auf seine Lok und löste die Bremse. Percy sah ihm nach.

In diesem Moment ruckte der Reisezug an. Er versuchte Rudi irgendwo zu entdecken, als der Zug jetzt an ihm vorbeifuhr, aber keine Chance. Sie fuhren bereits zu schnell.

Am Abend kam die Stadt Dunbar in Sicht. Percy steuerte zum Güterbahnhof und schaute schließlich zu, wie ein Waggon nach dem anderen entladen wurde. Dann quittierte er dem Wagenmeister das Protokoll und stellte die Lok im Eisenbahndepot ab.

Für heute hatte er Feierabend und freute sich auf einen entspannten Abend.

Gern verbrachte er seine Freizeit mit seinem Freund Piet Barnes. Gemeinsam mit seiner Familie schauten sie bei ihm zu Hause Fußball und schlossen gelegentlich eine Wette über den Ausgang des Spiels ab. Seine Frau Zoe sah das nicht so gern, denn die zehnjährigen Zwillinge Danny und Edgar benutzten schon die gleichen Schlagwörter wie ihr Vater.

Sie waren Percys Familienersatz, denn er selbst hatte Keine, obwohl das niemand verstand.

Es sei denn, Zoe begann wieder einmal mit diesem, für ihn überflüssigen Thema.

Schon mehrmals hatte sie versucht, ihn mit einer ihrer Freundinnen zu verkuppeln. Sie lud sie zu Partys ein und Percy saß dann, natürlich nur rein zufällig, neben einer dieser Damen. Oft hatte er sich in einem unbeobachteten Moment aus der

Wohnung geschlichen und den restlichen Abend allein in einem nahegelegenen Pub verbracht.

Nur wie sollte er ihnen denn klar machen, dass er schwul war. Denn das sah man ihm nicht an.

Percy war jetzt achtunddreißig, kräftig gebaut und überragte mit seinen 1,90 m viele seiner Bekannten.

Schon seit seiner Teenager-Zeit ließ er sich einen Vollbart stehen und seine etwas längeren schwarzen Haare hatte er zu einem kleinen Zopf gebunden.

In seiner Freizeit trug er Lederstiefel, Blue-Jeans und eine Taschenuhr an einer silbernen Kette, die er von seinem Großvater geerbt hatte.

Viele Jahre hatte er selbst mit sich gerungen, versuchte diese Tatsache zu ignorieren und überlegte sogar, sich trotzdem eine Frau zu suchen.

Doch als er eines Abends allein ins Kino ging, traf er John. Der Film, den er sich eigentlich anschauen wollte, war sofort zur Nebensache geworden.

Sie verbrachten zusammen die Nacht und am nächsten Morgen schlich er heimlich aus dem Hotel.

John war Australier und sechs Wochen für ein Projekt nach Schottland gekommen. Er arbeitete für einen IT-Konzern und war mindestens zehn Jahre jünger als Percy. Fast jeden Abend trafen sie sich, doch der Tag des Abschieds kam. Und als sie sich in der Abflughalle gegenüber gestanden waren, hatte John ihm gesagt, dass zu Hause seine Frau und eine einjährige Tochter auf ihn warteten.

Beide wussten, dass sie sich nie mehr wieder sehen würden.

Enttäuscht hatte Percy ihm nachgesehen, als der zum Check-in ging, aber ab jetzt war er sich sicher, dass er keine Frau wollte. Lieber würde er allein bleiben.

In den darauffolgenden Wochen flüchtete er sich in die Arbeit, denn er ertrug die Stille in seiner Wohnung nicht. Er hatte sich vom Fahrdienstleiter zu Sonderschichten einteilen lassen und vertrat kranke Kollegen. Und wenn gerade keine Tour anstand, ging er in der Kantine des Eisenbahndepots.

Dort standen Spielautomaten, es gab Zeitungen und er redete stundenlang mit Mary, die er schon seit seiner Lehrzeit kannte. Sie war eine seiner wenigen Vertrauten. Bei ihr hatte er das Gefühl, dass sie ihn verstand.

Jetzt war er auf dem Weg zu seinem Freund Piet. Er läutete, da hörte er auch schon Zou rufen: »Die Tür ist offen«.

Er lief durch den Flur. »Ich bin es, Percy«.
Als er die Küche betrat, lächelte er, denn Edgar und Danny knieten auf den Stühlen und sahen ihrer Mutter zu, die einen Teig ausgerollt hatte und mit kleinen Förmchen Figuren ausstach.

»Hallo zusammen. Was macht Ihr denn da«? fragte Percy. »So was tut man doch eigentlich nur um die Weihnachtszeit«.

Edgar rief: »Hallo Onkel Percy. Wir haben morgen ein Schulfest und alle sollen etwas mitbringen. Mum macht uns gerade Butterplätzchen, damit kommen wir bestimmt gut an«.

»Ihr seid doch auch so die Besten, würde ich sagen«, antwortete er. »Hm und es riecht so gut«.

Zou lachte: »Schmier den beiden nicht so viel Honig um den Mund, sonst kriegen sie noch Höhenflüge«.

Percy grinste: »Ach was, sei froh, dass Du die beiden Racker hast«.

Zou sah ihn von der Seite an. »Ich würde mich freuen, wenn Du mir auch mal einen von Dir vorbei bringst. Aber was nicht ist, kann ja noch werden«.

Sie nahm das voll beladene Backblech und schob es in den vorgeheizten Backofen. »So«, sagte sie an die Jungen gewandt. »Und Ihr zwei macht jetzt Eure Hausaufgaben. Dad kommt bald von der Arbeit und dann wollen wir essen«.

Edgar maulte: »Warum gerade jetzt, wo Onkel Percy gekommen ist? Wir haben sowieso nicht viel auf«. Zou sah ihn mit ernster Miene an, die keinen Widerspruch zuließ. Die Jungs trollten sich in ihre Zimmer.

»Warum fängst Du immer wieder davon an«? fragte Percy, ohne sie dabei anzusehen.

Zou räumte gleichgültig den Tisch ab und beobachtete ihn dabei aus den Augenwinkeln.

»Ich denke einfach, dass Du ein guter Vater wärst. Das ist alles«.

Percy stopfte sich ein paar Streusel, die auf einem Holzbrett lagen, in den Mund. »Ach Zou, hör doch auf«, sagte er kauend. »Ich arbeite im Schichtdienst und außerdem habe ich Danny und Edgar«.

Plötzlich klappte die Haustür. »Hallo, ich bin`s«, rief Piet. »Was gibt`s zu essen? Ich habe einen Bärenhunger«.

Er warf im Flur seine Arbeitstasche in die Ecke, schlüpfte in seine Hausschuhe und öffnete die angelehnte Küchentür.

Als er Percy sah, grinste er. »Hey Boyo, wie geht's Dir«? Piet rief ihn, seit er denken konnte bei diesem Spitznamen.

»Ich hoffe Du isst mit uns und dann zischen wir noch ein Bier«, sagte er gutgelaunt. »Heute Abend spielt Glasgow gegen Aberdeen. Da sollten wir eine kleine Wette abschließen«.

Zou entgegnete: »Macht was Ihr wollt, aber vor den Jungs wird nicht gewettet«.

Percy nahm sie freundschaftlich um die Schulter. »Liebe Zou, als Patenonkel werde ich darauf achten, dass die beiden weder spielsüchtig werden, noch irgendwelche obszönen Worte fallen«.

Sie lächelte. »Das will ich auch hoffen«.

**

Rudi saß traurig auf seinem Bett im Schlafsaal des Waisenhauses. Immer wieder kullerten ihm die Tränen die Wangen herunter.

Onkel Lukas und Tante Hedi hatten im Büro des Heimleiters die Papiere unterschrieben und sich verabschiedet: »Leb wohl«, murmelte Onkel Lukas ungerührt. »Und mach uns keine Schande«.

Rudi hatte ihm traurig nachgesehen, als er mit seiner Tante zum Ausgang lief und es nicht mehr gewagt, dagegen zu protestieren. Er wusste, dass es keinen Zweck hatte. Sie wollten ihn nicht mehr.

Vier Jahre hatte er bei ihnen gelebt. Seine Mutter war gestorben, was sein Vater nie verkraftete. Der begann zu trinken und überlies ihn seinem Schicksal.

Manchmal bekam er tagelang kaum etwas zu essen und im Winter war das Haus nicht beheizt.

Eines Tages hielt ein Auto am Haus und er musste mit einem kleinen Koffer, in den seine Tante ein paar Habseligkeiten von ihm verstaut hatte, mitfahren.

Von ihnen erfuhr er, dass sein Dad auf einer Bank in einem Park gefunden worden war.

»Steven hat sich totgesoffen«, seufzte Onkel Lukas gleichgültig. »Und deshalb haben wir Dich jetzt am Hals«.

Sie selbst lebten in einem Arbeiterviertel in Darnley und hatten keine Kinder. Lukas besaß einen kleinen Kohlehandel, wo Rudi tagsüber mithelfen musste.

Tante Hedi kontrollierte im Büro die Bestellungen, telefonierte mit ihren Freundinnen und stopfte, wann immer sie konnte, Kuchen und andere Süßigkeiten in sich hinein. Deshalb wurde sie immer dicker und Ihr fiel das Laufen schwer.

Wenn er abends hungrig vor dem Suppentopf am Holzofen stand, fauchte sie: »Du wartest gefälligst, bis Lukas gegessen hat. Sollte etwas übrig bleiben, kannst Du es haben«.

Eine schrille Glocke riss ihn aus seinen Gedanken. Die Tür wurde aufgestoßen und lärmende Kinder kamen herein. Als sie Rudi sahen, liefen sie zu ihm hin und blieben vor dem `Neuen` stehen.

Ein Junge, Rudi schätzte ihn mindestens sechzehn, lehnte sich grinsend mit beiden Armen auf das Bettgestell am Fußende. »Hey, seit wann bist Du hier und wie heißt Du«?

»Ich heiße Rudi«, flüsterte er schüchtern. »Rudi Brown. Seit einer Stunde bin ich hier«.

Der Junge verschränkte die Arme. »Und warum? Wollten Dich Deine Eltern nicht mehr, so wie bei den Meisten«?

Rudi schüttelte verlegen den Kopf. »Meine Eltern sind tot«. Der Junge ging nun um das Bett herum und setzte sich neben ihn. »Ich heiße Simon Baker und bin der Zimmersprecher. Hier in diesem Raum wird getan, was ich sage. Und beim Heimleiter wird niemand verpfiffen. Klar«?

Rudi nickte wortlos. Simon stand wieder auf. »Ich denke, dass Du jetzt hier der Jüngste bist. Und das bedeutet, dass Du für alle die Schuhe putzen musst. Bisher hat das Mitch, ähm Dick gemacht. Er wird Dir nachher zeigen, worauf es ankommt. Und vermassel es nicht, sonst bekommen wir alle keinen Ausgang«.

Er drehte sich zu den anderen um. »Los kommt Jungs, Essen fassen«. Mit leisem Gebrabbel liefen sie hinter ihm her.

Ein kleiner, etwas dicklicher Junge blieb bei ihm stehen. »Ich bin Dick. Wollen wir Freunde sein«?

Rudis Gesicht erhellte sich. »Ja gerne. Ich hatte eigentlich noch nie einen richtigen Freund. Wie ist Dein Nachname«?

Dick setzte sich neben ihn. »Mitchell. Und deshalb nennen mich hier alle Mitch«.

Rudi lächelte. »Na gut, dann werde ich Dich auch so rufen«. Er nickte. »Ist ok«. Er ging zur Tür. »Los, komm mit. Ich zeige Dir alles und dann gehen wir auch etwas essen«.

Während sie durch lange düstere Flure liefen, fragte Rudi: »Wie ist es denn hier so«?

Dick hob die Schultern. »Naja, es geht. Mit Mitleid brauchst Du hier aber nicht zu rechnen. Die Großen nutzen die Kleinen aus, aber den meisten Lehrern ist das egal«.

Rudi fragte weiter: »Seit wann bist Du hier und warum«?

Dick lief weiter, ohne ihn anzusehen. »Die Fürsorge hat mich abgeholt, weil meine Mutter sich nicht um mich gekümmert hat. Ich habe noch zwei Schwestern, die mussten auch in ein Waisenhaus. In eins für Mädchen. Zu Weihnachten und Ostern schreibe ich ihnen und vom Rest der Verwandtschaft weiß ich nichts«.

Schweigend gingen sie weiter. Plötzlich blieb er stehen. »Nimm Dich in Acht vor unserem Heimleiter Mr. Walter. Wenn er böse wird, schlägt er manchmal zu. Und vor Joshua Swift, der verpetzt alle bei ihm«.

Rudi sah ihn ängstlich an. »Darf uns Mr. Walter denn schlagen«?

Dick lächelte verächtlich. »Natürlich nicht, aber niemand traut sich dagegen etwas zu sagen. Und im Keller gibt es einen Arrestraum. Wenn Du mal da drin gelandet bist, kommst Du so schnell nicht wieder raus«.

»Musstest Du schon mal rein«? fragte Rudi leise. Dick schüttelte den Kopf. »Nein, noch nicht. Aber Simon kann ein Lied davon singen«.

Rudi sah ihn von der Seite an. »Was hat er denn angestellt und wer ist dieser Joshua«?

»Simon hatte sich ein Poster über seinem Bett an die Wand geklebt, es aber vor einer Zimmerkontrolle abgenommen, denn er war sich sicher, dass Mr. Walter es ihm wegnehmen würde. Josh hat ihn natürlich verpfiffen. Und dann musste Simon für zwei Tage ohne Essen in dieses Loch. Seitdem sind die beiden wie Hund und Katze«.

Rudi nickte. »Gut, dass ich das weiß«.
Sie betraten den überfüllten Aufenthaltsraum, der auch zum Essen genutzt wurde. An der Ausgabe stand eine Köchin, die sie freundlich ansah.

»Hey Mitch«, rief sie gut gelaunt. »Wie geht es Dir heute«?

Er grinste. »Alles ok Lotta. Was gibt's denn heute«?

Sie nahm zwei Teller. »Es gibt einen Nudelauflauf mit Schinken und Zwiebeln. Gut; dass Ihr jetzt hier seid, denn viel ist nicht mehr übrig«. Jetzt sah sie Rudi an. »Bist Du neu«? Er nickte verlegen. »Er ist heute angekommen«, antwortete stattdessen Dick. »Ich zeige ihm nachher alles«.

»Beeilt Euch lieber, denn gleich kommt Mr. Walter«, raunte sie. »Ich habe vorhin gehört, dass er Euch heute Nachmittag in den Schulgarten schicken will«. Schnell schaute sie aus dem Fenster. »Und das bei der Hitze«, sagte sie mitfühlend. »Da solltet Ihr eigentlich zum Baden gehen«.

Dick und Rudi nahmen ihre Teller und jonglierten zwischen den Bänken zu einem freien Tisch. Zwei Reihen weiter saß Simon und beobachtete ihn aus den Augenwinkeln.

Rudi schmeckte das Essen hervorragend. Bei seinem Onkel hatte er so etwas noch nie gegessen. Dick sah ihm zu, wie er es hastig hineinschlang.

»Donnerwetter, Du scheinst ja richtig Hunger zu haben«.

Plötzlich war Totenstille. An der Eingangstür stand ein großer schlanker Mann in einem schwarzen Anzug und dunkler Krawatte. Er hatte seine Hände auf dem Rücken verschränkt und sah sich mit ernster Miene um.

Neben ihm stand ein Junge. Rudi schätzte, dass er ungefähr so alt war wie Simon und dachte bei sich: `Das muss Joshua Swift sein`.

Er hatte sehr kurzes blondes Haar und das weiße Oberhemd war bis zum Hals zugeknöpft. Unter dem Arm trug er ein Notizbuch. »Mr. Walter hat heute Gartenarbeit angeordnet«, sagte er. »In einer halben

Stunde haben alle Schüler in Arbeitskleidung auf dem Hof zu sein«.

Da bemerkte Rudi, dass dieser Mr. Walter auf ihn zulief und direkt vor ihm stehen blieb. Ängstlich sah Rudi auf den Boden. »Bist Du Rudi Brown«?

»Steh auf«, sagte Joshua harsch. »Und sieh Mr. Walter an, wenn er Dich etwas fragt«.

Rudi hob langsam den Kopf. »Ja der bin ich«, antwortete er leise.

»Also gut«, sagte der Heimleiter. »Du holst Dir nach dem Essen in der Kleiderkammer Wäsche, zwei Schuluniformen und Arbeitssachen«.

Dann drehte er sich um. »Alle anderen Schüler finden sich auf dem Hof…«. Er machte eine kurze Pause und sah dabei auf seine Armbanduhr. »In genau zwanzig Minuten ein. Es gibt Arbeit auf den Kartoffelfeldern. Es werden vier Gruppen gebildet, die Joshua Swift einteilt«.

Dann ging er zurück zur Tür. Drohend sah er sich noch einmal um und verließ wortlos den Raum.

Joshua wich langsam zurück. Er wusste, dass ihn die meisten seiner Mitschüler nicht mochten und nur auf so eine günstige Gelegenheit warteten.

Allen voran Simon Baker. Der machte einen Satz über die Bank und stand jetzt direkt vor ihm.

»Hey Swift. Du bist ja ganz allein mit uns. Ich würde sagen, dass muss gefeiert werden. Oder etwa nicht«?

Joshua schluckte, als er sah, dass er bereits von allen Seiten umringt war. Er wollte anfangen zu schreien, da öffnete sich die Tür.

Jemand rief: »Was ist denn hier los«? Es war der Erzieher und Sportlehrer Ethan Gray. »Ihr verlasst jetzt alle diesen Raum«, sagte er schnell. Mit einem abschätzenden Blick sah er Joshua Swift an. »Das gilt selbstverständlich auch für Dich«.

Den Nachmittag verbrachten die Kinder mit mühsamer Feldarbeit. Unkraut wurde entfernt, Steine abgelesen und Kartoffelkäfer eingesammelt.

Am Abend schmerzte Rudi der Rücken und nach dem Essen saß er zusammen mit Mitch vor einem Regal und putzte für alle Jungen, die mit ihm im Schlafsaal übernachteten, die hingeworfenen verstaubten Lederschuhe.

Leise begann er: »Muss ich das jetzt jeden Tag machen«?

Mitch hob die Schultern. »Ich weiß nicht Rudi. Wir können nur hoffen, das bald ein `neuer` kommt, der Dich ablöst. Diese Woche helfe ich Dir dabei, aber dann musst Du alleine durch. Ging mir ja auch nicht anders, aber Du gewöhnst Dich schon daran«.

Rudi sah ihn resigniert an. »Das glaube ich nicht«. Als er später im Bett lag und verzweifelt an die bröckelnde fleckige Zimmerdecke starrte, dachte er an seine Mum, seinen Dad, aber auch an Onkel Lukas. Doch dann schlief er ein.

Die nächsten Tage und Wochen vergingen. Der Unterricht in der Schule machte ihm Spaß und er merkte, dass ihm besonders die Fächer Geschichte und Geografie gefielen.

Und wann immer er Zeit hatte, lief er in die Schulbibliothek. Dort blätterte er einen Atlas nach dem anderen durch, oder las über die Seeschlachten der spanischen Armada.

Simon Baker und Joshua Swift hatten inzwischen wieder eine Schlägerei gehabt, die darin endete, dass Simon ein weiteres Mal für eine Woche in der Arrestzelle des Kellers landete.

Und Joshua lag auf der Krankenstation. Er hatte eine angebrochene Nase, nachdem Simons Faust mitten in seinem Gesicht gelandet war.

Mittlerweile war es Herbst geworden und die vielen heruntergefallenen Blätter der großen Kastanien im Hof und im daran grenzenden Schulpark wurden täglich zusammengerecht und auf einen großen Haufen geschafft.

Mitch und Rudi waren inzwischen unzertrennlich. Sie halfen sich bei den Hausaufgaben und bastelten zusammen kleine Modellflugzeuge, die bald in einem Museum in Dunbar ausgestellt werden sollten.

Hin und wieder mussten sie sich gegen die Neckereien anderer Mitschüler wehren, aber sie ließen sich kaum etwas gefallen. Und seinen Spind, in dem Rudi die wenigen persönlichen Sachen aufbewahrte, verschloss er immer sorgfältig.

Doch seit kurzem beschützte ihn Simon Baker vor Joshua, nachdem er mitbekommen hatte, dass er ihn beim Rauchen gesehen, aber nichts verraten hatte.

Joshua hingegen, war eines Tages verschwunden. Niemand wusste, ob er zurück zu seinen Eltern gezogen oder adoptiert worden war. Und auch der Heimleiter sprach nicht darüber.

Heute hatte Rudi seinen achten Geburtstag. Mitch hatte es ein paar Tage zuvor Lotta in der Kantine erzählt und als er aufwachte, stand ein kleiner Schokoladenkuchen neben seinem Bett.

Aber auch Simon und seine Freunde waren plötzlich da. »Hey Kumpel«, sagte der grinsend. »Alles Gute zum Geburtstag«.

Rudi sprang auf und rief. »Vielen Dank«.
Der Tag verlief zwar genauso trist wie viele andere auch, aber er war glücklich. Noch nie war er so an seinem Geburtstag begrüßt worden und schon gar nicht mit einem Kuchen.

Von seinem Onkel und seiner Tante hatte er nichts mehr gehört. Nicht einmal eine Postkarte bekam er, aber das erwartete er im Grunde auch nicht. Sie hatten ihn ganz bestimmt vergessen.

In seinem Spind bewahrte Rudi aber noch das leere Schokoladenpapier der Bonbons auf, die ihm der Lokführer am Bahngleis geschenkt hatte.

Jeden Tag hatte er mit Mitch ein Stück gegessen, doch nun waren sie alle. `Er kann sich bestimmt nicht mehr an mich erinnern`, dachte er betrübt.

Dennoch faltete er das knittrige dünne Papier behutsam zusammen und legte es als Lesezeichen in sein Mathematikbuch.

**

Percy hatte zwei Tage Urlaub genommen, um sein Appartement zu renovieren.

Er hatte bis Mittag geschlafen, gemütlich Kaffee getrunken, Zeitung gelesen und stand nun mit zwei großen Pappkartons vor einem Regal und sortierte seine Sachen.

Ganz unten bewahrte er einige Kinderbücher auf, die er Edgar und Danny vorlas, wenn ihre Mum beim Frisör war und sie die beiden nicht allein lassen wollte. Er begann zu lächeln, als er das Buch des kleinen Lausbuben `Michel aus Lönneberga` in der Hand hielt.

Wieder fiel ihm der kleine Junge ein, den er am Bahngleis gerettet hatte. Er grübelte: `Rudi Brown hieß er. Ihm geht es bestimmt nicht so gut wie Edgar und Danny`.

Percy verstaute schnell das Buch ganz unten in der Schachtel, zog hastig alles aus dem Regal hervor und klappte den Deckel darauf.

Er musste auf andere Gedanken kommen, denn damit wollte er sich jetzt nicht beschäftigen. Womöglich würde er sonst nach Rudi suchen. »Aber was sollte es bringen«? murmelte er vor sich hin.
`Und wer hat mir denn früher geholfen`? dachte er jetzt. `Ich musste auch allein zurechtkommen`.

Wütend warf er einen kleinen Kerzenständer in die Ecke, denn ihm war klar, dass es doch nicht so einfach war.

Er ging in die Küche, öffnete den Kühlschrank und nahm sich eine Dose Bier. Dann holte er sein Zigarettenpäckchen aus der Jeansjacke hervor und setzte sich auf seinen kleinen Balkon.

Warme Sonnenstrahlen fielen ihm ins Gesicht. Er knackte jetzt die Bierdose auf und trank einen gehörigen Schluck. Dann zündete er sich eine Zigarette an und blies kleine Wolken in den Himmel.

Wieder schüttelte er den Kopf und murmelte: »Lass es sein Percy und denk nicht mehr darüber nach«. Das Telefon riss ihn aus seinen Gedanken.

Er hob ab. »Hey Boyo«, rief Piet gut gelaunt. »Sag mal, kann ich kurz vorbeikommen und mir Dein Fahrrad leihen? Die Jungs wollen an den See, weil heute so schönes Wetter ist«.

»Von mir aus«, sagte er eintönig.

Piet stutzte: »Alles in Ordnung bei Dir? Du hörst Dich so seltsam an«. Percy atmete durch. »Ach das täuscht. Wann willst Du denn das Fahrrad holen«?

»Na jetzt, so in zehn Minuten. Bin gleich da«.

Bevor Piet noch etwas sagen konnte, legte er wieder auf.

Kurz darauf stand er auch schon vor seiner Wohnungstür und sah ihn skeptisch an. »Du hast doch was«? Dann zog er sich einen Stuhl heran.

»Los Boyo, spuck es aus«. Percy sprang auf. »Hör bitte sofort auf Piet. Ich habe nichts«.

Zähneknirschend setzte er sich wieder und starrte geradeaus.

»Entschuldige bitte«, stotterte Piet. »Ich wollte Dir nicht zu nahe treten«.

Er stand auf und nahm den Fahrradschlüssel vom Haken neben der Wohnungstür. »Ich bringe es morgen wieder zurück«, sagte er leise. »Bis dann«.

Percy ging zurück ins Wohnzimmer und schaltete die Stereoanlage ein. »Oh, ein Unplugged-Konzert von Status Quo«, sagte er laut vor sich hin. »Das kommt mir gerade recht«.

Er schob das Regal an die Seite und holte aus dem Abstellraum den Farbeimer und einen großen Pinsel. Während die Musik laut vor sich hin dröhnte, begann er die freigeräumte Wand zu streichen.

Hin und wieder trat er zurück und begutachtete sein Werk. »Jetzt weiß ich endlich, warum ich Lokführer geworden bin und kein Maler«, murmelte er, als er die Flecken betrachtete. »Ich habe einfach keine Geduld«.

Als er fertig war, sah er auf die Uhr. Dann warf er den Pinsel achtlos in den Müll, räumte den Eimer weg und schob das Regal wieder an seinen Platz.

»Es ist genug für heute«, sagte er zu sich. »Schließlich habe ich Urlaub«.

Er schaltete das Radio wieder aus, zog sich seine Jeansjacke über und verließ das Haus.
Langsam lief er durch die Straßen und knöpfte sich die Jacke zu, denn ein kräftiger Wind ließ ihn trotz des Sonnenscheins langsam frieren.

Auf einem kleinen Marktplatz schlenderte er zwischen den Ständen umher, schaute sich Trödel an und blieb schließlich an einen Imbiss stehen. Hier roch es so gut. Mit einer Dose Cola und einem Hotdog stellte er sich an einen Stehtisch.

Jemand fragte plötzlich: »Entschuldigen Sie bitte, ist hier noch frei«? Percy drehte sich um. Vor ihm stand eine Frau mit zwei Mädchen an der Hand. Er schätzte, dass sie etwa genauso alt wie er selbst war.

»Ja natürlich«, sagte er freundlich. »Warten Sie, ich helfe Ihnen«. Er nahm ihr die Teller ab und stellte sie auf den Tisch.

Hastig biss er nun in seinen Hotdog, während er sie aus den Augenwinkeln beobachtete.

Sie fragte: »Sind Sie aus Dunbar«? Er nickte. »Ja, bin ich«, antwortete er kauend. »Und Sie«?

Sie putzte einem ihrer Mädchen einen Ketchup-Fleck von der Jacke und sagte: »Wir sind gerade mit dem Zug aus Glasgow gekommen«.

Das Mädchen lächelte ihn an. »Genau und wir besuchen heute unseren Bruder im Waisenhaus. Seit einem halben Jahr haben wir Dick nicht mehr gesehen. Vielleicht darf er auch bald wieder bei uns wohnen«.

Percy horchte auf und sah er die Frau und die Kinder verwundert an. »Wieso waren Ihre Kinder im Waisenhaus, wenn ich fragen darf«?
Sie wurde schlagartig rot im Gesicht und Percy konnte sehen, dass ihr die Frage peinlich war.

»Ich denke, dass Sie das nichts angeht«, sagte sie schnippisch. An ihre Tochter gewandt, zischte sie: »Und Du hälst sofort den Mund«.

Percy warf seine Cola-Dose in einen Müllsack. »Deine Mum hat Recht, es geht mich nichts an«.

Dann zwinkerte er den Mädchen zu. »Und alles Gute für Euch«.

Ohne die Frau noch einmal anzusehen verließ er den Marktplatz.

Doch plötzlich blieb er stehen und überlegte. `Ob der kleine Rudi vielleicht auch dort wohnt`?

Schnell lief er zurück, doch der Imbissstand war leer. Die Frau und ihre Mädchen waren weit und breit nicht mehr zu sehen.

Gegenüber stand eine Telefonzelle. Er schlug das Buch auf und blätterte hastig die Seiten durch. Er stockte, denn da standen die Nummer des Waisenhauses und die Adresse.

Er grübelte: `Selbst wenn Rudi dort wirklich lebt, würde er nicht einmal eine Auskunft bekommen. Aber wenn er ihn doch traf, würde er ihm womöglich Hoffnungen machen, die er nicht erfüllen konnte`.

Resigniert klappte er das Telefonbuch wieder zu und ging nach Hause.

Den darauffolgenden Tag verbrachte er mit Chips und Bier auf der Couch. Piet hatte am Vormittag sein Fahrrad zurückgebracht und wollte ihn zum Essen einladen, nachdem er seiner Frau Zou von seinem merkwürdigen Verhalten erzählt hatte.

Aber Percy hatte mürrisch abgelehnt und ihm vorgelogen, sich einen Virus eingefangen zu haben. Er wollte im Moment einfach nur allein sein.

Spät am Abend hatte er auch noch mehrere Gläser Scotch getrunken, obwohl er wusste, dass er Frühschicht hatte und nüchtern auf der Lok stehen musste. Aber heute war ihm alles egal.

Am nächsten Morgen, es war noch dunkel, wachte er im Wohnzimmer auf. Der Wecker dröhnte penetrant und Regen peitschte gegen die Fensterscheiben.

Percy rieb sich die Augen. `Oh Gott`, dachte er. `Da habe ich mir ja was angetan`. Und er spürte, dass er noch gehörig Restalkohol im Blut haben musste.

Langsam stand er auf und trottete ins Bad. Auf den morgendlichen Kaffee, den er sonst immer gern trank, verzichtete er heute, denn das hätte er jetzt noch nicht vertragen.

Leise verließ er sein Appartement, denn eine ältere Dame, die direkt unter ihm wohnte, hatte sich schon mehrmals bei der Hausverwaltung über ihn beschwert.

Als er am Bahnhof ankam, sah er auf die große Uhr. Es war kurz nach vier. Nur wenige Reisende liefen durch die Schalterhalle. So schnell er konnte, ging er zu einem Regionalzug, um nach einer Station am Güterbahnhof wieder auszusteigen. Er war spät dran, denn er musste sich noch die Frachtpapiere holen.

Der Fahrdienstleiter Jack Mason begrüßte ihn. Er stand kurz vor seiner Pensionierung und kannte Percy seit vielen Jahren. Er erklärte ihm schließlich, dass er heute die Glasgow-Route nehmen musste.

»Jack, wieso immer ich«? fragte Percy aufgebracht. »Die Rücktour ist erst morgen und dann komme ich ja heute nicht mehr heim«.

»Ron hat sich krank gemeldet«, entgegnete er. »Außer Dir kann niemand einspringen«.

Jetzt sah er ihn misstrauisch an. »Sag mal Percy, hast Du etwa getrunken? Du hast eine meterlange Fahne, aber bis Edinburgh hast Du ja noch Zeit. Dein Zug steht am Gleis zwölf«.

Percy drehte sich zur Seite. »Nein, ich habe eine Erkältung und deshalb Hustensaft eingenommen. Jack Du weißt doch, dass ich so etwas nicht machen würde«.

Jack wiegte den Kopf. »Na dann will ich das mal glauben. Hier sind der Frachtbrief und die Unterlagen für die Pension, in der Du übernachten kannst«.

Jetzt sah er ihn dankbar an. »Ich bin froh, dass Du mal wieder einspringst und werde dafür sorgen, dass Du einen Sonderbonus bekommst«.

Percy nahm die Unterlagen und sah ihn dabei nicht an. »Das hat mir die Geschäftsleitung schon so oft versprochen und nicht gehalten. Also hör auf mir Honig ums Maul zu schmieren«. Wütend verließ er das Büro.

Im Regionalzug nach Edinburgh blätterte er in den Papieren. Er hatte Drogerieartikel und zehn Waggons mit Lacken zu transportieren.

`Ein Gefahrentransport`, dachte er. `Hätte ich mich bloß auch krank gemeldet`. Der Regionalzug bremste bereits in Edinburgh-Waverley.

Er sprang heraus und lief zu seiner Lok. Alle Waggons waren bereits umrangiert und gekoppelt. Der Wagenmeister rief ihm zu: »Alles klar und gute Reise«.

Percy sah auf die Uhr und dann auf das grüne Signal am Gleis. Er löste die Bremsen und nahm Fahrt auf. Völlig übermüdet saß er in seinem Führerhaus. `In knapp drei Stunden bin ich dort`, dachte er. `Ich lasse sofort abkoppeln und werde mich erst einmal ausruhen`.

Die Gleise teilten sich. Satte Wiesen kamen in Sicht und langsam stieg die Sonne nach oben.

Jetzt, zum Beginn des Herbstes hingen taubehangene Äste der Bäume an der Strecke, die sich langsam bunt verfärbten. Auf den umliegenden Feldern standen Rehe, die nur darauf warteten, in einem günstigen Moment über die Bahngleise zu springen, um an die Früchte der Kastanienbäume heranzukommen. Percy sah ihnen lächelnd nach.

Er versuchte sich jetzt zu konzentrieren und alle Anzeigen im Führerstand und auf der Strecke im Blick zu behalten. Nach einer halben Stunde kam die erste Kleinstadt in Sicht.

Als er wieder auf die Strecke schaute, sah er mit Schrecken, dass an einer Straße, die er queren musste, die Schranke nicht geschlossen war.

Autos fuhren hin und her und er schätzte, dass er jetzt nicht mehr als dreihundert Meter von ihnen entfernt war. Hastig betätigte er die Dampfbremse, doch er kam unaufhaltsam näher.

Verzweifelt zog er jetzt die Reibungsbremse, mit der er sonst einen Zug nach dem Abstellen nur sicherte. Die Bremsklötze quietschten erbärmlich.

»Weg da«, schrie er. »Seit Ihr alle wahnsinnig«? Aber er wusste, dass ihn keiner hören konnte.

Es war zu spät. Ein kleiner LKW wurde erfasst und vor ihm hergeschoben. Plötzlich gab es einen dumpfen Aufprall und die Lok stand ruckartig still. Percy schloss die Augen und wurde ohnmächtig.

Als er wieder zu sich kam und blinzelnd um sich sah, stellte er fest, dass er in einem weiß gestrichenen Raum in einem Bett lag. Vor ihm an der Wand hing ein kleines hölzernes Kreuz.

Langsam drehte er den Kopf zur Seite und sah zum Fenster. Komisch`, dachte er. `Wieso sind da Gitterstäbe`?

Er schaute zur anderen Seite und blickte in das Gesicht eines Mannes in Uniform. Der erschrak, sprang von seinem Stuhl hoch und riss die Tür auf.

»Kommen Sie schnell. Der Lokführer ist wieder wach«.

Von weitem konnte Percy jetzt Schritte hören, die immer näher kamen und dann standen mehrere Männer mit ernsten Mienen an seinem Bett. Ein älterer Herr in einem weißen Kittel beugte sich über ihn und leuchtete ihm mit einer kleinen Taschenlampe direkt in die Augen.

»Ich bin Professor Lloyd«, sagte er mit ruhiger Stimme. »Wie ich sehe, sind Sie wieder bei uns. Bitte blinzeln Sie, wenn Sie verstehen, was ich gerade zu Ihnen gesagt habe«.

Percy schloss kurz die Augenlider, dann sah er den Arzt wieder an. Der drehte sich nun zu den anderen Männern um. »Mr. Johnson ist zwar jetzt stabil, aber noch zu schwach für ein Verhör. Lassen Sie ihn ein paar Stunden schlafen, dann können Sie ihn fragen, was Sie wollen«.

Ein Mann drängte sich aufgeregt nach vorn. »Das geht nicht. Wir müssen ihn jetzt sofort verhören, denn wir brauchen schnellstens Klarheit über den Unfallhergang. Schließlich gab es zwei Todesopfer«.

Der Arzt nahm seine Lesebrille ab. »Was hier in diesem Haus geht und was nicht, bestimme ich meine Herren«, sagte er harsch. »Sie verlassen jetzt sofort diesen Raum. Am Nachmittag wird Mr. Johnson zum Verhör bereit sein, eher nicht«.

Widerwillig verließen die Männer den Raum.
Der Professor sah die Schwester an. »Stabilisieren Sie ihn so gut es geht, versorgen Sie ihn ausreichend mit Flüssigkeit und wenn er will, kann er auch etwas essen. Weitere Medikamente braucht er meiner Meinung nach nicht, denn Schmerzmittel hat er zurzeit genügend in sich«. Noch einmal leuchtete er ihm mit der Taschenlampe vorsichtig in die Augen.

»Naja, sein Alkoholpegel scheint ja auch wieder gesunken zu sein«.

Dann ging er zu einem Waschbecken und drehte den Hebel herum. »Hat der ein Glück gehabt«, murmelte er. »So ein schwerer Unfall und nur ein verstauchter Knöchel. Er hat fast keinen Kratzer abbekommen«.

Die Schwester drehte sich zu ihm um. »Ja Sir, er hatte schon gehöriges Glück«, flüsterte sie aufgebracht. »Aber der Fahrer des LKWs und der Junge neben ihm hatten es nicht. Die sind jetzt tot«.

Der Arzt trocknete sich langsam die Hände ab. »Schwester Helen, soweit ich gehört habe, ist der Junge als Anhalter in diesem klapprigen LKW mitgefahren. Hätte er sich ein normales Bahnticket gekauft, würde zumindest er noch leben«.

Die Schwester zischte: »Bei allem Respekt Sir. Wollen Sie behaupten, dass diese bedauernswerten Menschen selbst schuld an ihrem Tod sind«?

Er warf das Handtuch an die Seite und sah sie ungerührt an. »Das haben wir letztendlich nicht zu beurteilen, aber eine Medaille hat immer zwei Seiten. Oder etwa nicht? Und jetzt lassen wir ihn schlafen und kümmern uns um die anderen Patienten«. Die Tür wurde leise geschlossen.

**

Rudi saß am Nachmittag allein im Aufenthaltsraum über seinen Hausaufgaben, denn Mitch hatte seit

Tagen Fieber und Halsschmerzen. Deshalb lag er auf der Krankenstation und niemand sollte ihn im Moment besuchen.

Rudi hoffte aber, dass er bald wieder im Schlafsaal übernachten durfte und nicht in diesem fürchterlichen Raum allein bleiben musste.

Simon spielte mit seinen Freunden in einer Ecke Cribbage. Immer wieder lachte er leise, wenn er die gewonnenen Punkte auf dem Cribbage-Brett absteckte und feststellte, dass er seinen Vorsprung gegenüber den anderen Mitspielern ausbauen konnte.

Rudi störte das nicht. Nein ganz im Gegenteil. So gut es ging, lauschte er, denn er kannte die Spielregeln nicht. Aber vielleicht würde er auch einmal diese Pokerkarten in der Hand halten und wie Simon oft sagte, Abwerfen und Kontern.

Plötzlich kam Ethan Gray herein. Suchend blickte er sich um, ging direkt zu Rudi und setzte sich mit ernster Miene gegenüber. Der schraubte seinen Füllfederhalter zu und sah ihn fragend an.

»Du bist doch mit Mitch befreundet«, begann er. Rudi setzte sich aufrecht hin. »Ja, was ist denn mit ihm«? fragte er erschrocken.

»Er wurde vorhin ins Krankenhaus gebracht«, erklärte Ethan. »Letzte Nacht stieg das Fieber weiter an und auch die kalten Umschläge haben nichts mehr genützt. Die Schwester wusste sich nicht mehr zu helfen«.

Rudi schluckte: »Und jetzt? Wie geht es ihm denn«? fragte er weiter.

Ethan hob die Schultern. »Das wissen wir im Moment nicht«. Er lehnte sich nach vorn. »Sag mal Rudi, hat Dick Mitchel Dir mal erzählt, wo seine Mutter jetzt lebt? Wir wollten sie erreichen um ihr zu sagen, dass es ihrem Sohn gar nicht gut geht. Aus den Unterlagen, die Mr. Walter im Büro hat, wird er angeblich nicht schlau. Sie soll ihren Wohnsitz in Glasgow haben, aber dort ist niemand erreichbar«.

Rudi überlegte. »Mitch hat mir nur erzählt, dass er hier ist, weil seine Mum ihn vernachlässigt hat und seine Schwestern auch. Er sagte, dass die in einem Heim für Mädchen wären. Und sonst hätte er niemanden. Mehr weiß ich wirklich nicht, denn danach haben wir nie wieder darüber gesprochen«.

Der Sportlehrer lehnte sich besorgt zurück und sah ihn an. »Schade, denn ich habe gehofft, dass wir seine Familie finden, ohne die Behörden einschalten zu müssen«.

Nach einer kurzen Pause sagte er: »Morgen werde ich Dick im Krankenhaus besuchen, denn sonst hat er ja niemanden. Und ich wollte Dich fragen, ob Du vielleicht mitkommen willst«?

Rudi nickte hastig. »Ja gerne, aber meinen Sie wirklich, dass Mr. Walter das erlaubt«?

»Ich werde das mit ihm klären«, antwortete Ethan. »Nimm Dir bitte nach dem Mittagessen nichts anderes vor, ok«? Rudi nickte wieder und fragte nun leise: »Wird Mitch denn wieder gesund«?

Der Sportlehrer stand auf. »Das wollen wir mal hoffen. Ich werde auf jeden Fall ein paar Früchte besorgen, damit er schnell wieder zu Kräften kommt«.

Am Abend saß Rudi wieder vor dem großen Regal im Flur und bürstete alle Schuhe.

Den ganzen Nachmittag hatte er darüber nachgedacht, was Mr. Gray wirklich damit meinte, dass es Mitch sehr schlecht ging. Er selbst hatte doch früher auch manchmal hohes Fieber, aber das ging doch meistens schnell vorbei.

Am nächsten Tag saß er in der Schule und schaute ständig auf die Uhr über der Kreidetafel. Die Zeit schien still zu stehen und außerdem wusste er immer noch nicht, ob er Mr. Gray zu Mitch begleiten durfte.

Endlich läutete die Pausenglocke. Schnell schob er sein Lesebuch und das Schreibheft in seine Stoffmappe. Die meisten anderen Jungen waren bereits auf dem Weg in den Innenhof.

Plötzlich stand wie aus dem Nichts Mr. Walter vor ihm. Und wie so oft hatte er die Arme hinter seinem Rücken verschränkt, was Rudi Angst einflößte.

»Du hast heute eine Stunde früher aus und darfst mit ins Krankenhaus fahren«. Dann sah er auf seine Armbanduhr. Ohne ihn anzusehen, ergänzte er:

»Wenn Du nicht Punkt halb 7 wieder hier bist, bekommst Du einen Tag Arrest. Hast Du das verstanden«? Jetzt sah er doch über die goldenen Ränder seiner Lesebrille.

Rudi stand auf. »Ja Mr. Walter. Ich habe es verstanden und werde pünktlich wieder hier sein«.

»Gut«, antwortete der gedehnt. »Dann ist ja alles klar«. Wortlos drehte er sich um und verließ das Klassenzimmer.

Eine Stunde später saß Rudi mit seinem Sportlehrer im Stadtbus und sah aufgeregt aus dem Fenster. »Was ist eigentlich mit Deiner Familie«? fragte Ethan leise.

Rudi sah ihn an. »Meine Eltern sind tot und mein Onkel und meine Tante, bei denen ich bis vor kurzem gewohnt habe, wollten mich nicht mehr«.

Ethan schluckte. Er wusste um viele Schicksale seiner Schützlinge, aber bei kleinen Kindern tat ihm das besonders leid. Doch ihm war klar, dass er nicht viel tun konnte.

Als sie am Hospital ankamen, sagte er: »Na komm schon Rudi. Wollen mal sehen, wie es Deinem Freund geht«.

Sie stiegen aus und betraten die Eingangshalle. »Seltsam«, sagte Ethan. »Seit wann ist denn das Krankenhaus bewacht? So viele Polizisten habe ich hier noch nie gesehen«.

Plötzlich öffnete sich die Tür am Aufzug und ein Mann, der von zwei uniformierten Männern begleitet wurde, ging zum Ausgang. Rudi stockte der Atem, als er den Lokführer erkannte.

Im Vorbeifahren sah auch der genauso überrascht zu ihm hinüber. »Rudi«, rief er ihm zu. »Geht es Dir gut«? Er nickte hastig und versuchte zu ihm hinzulaufen. Sofort wurde er von einem Polizisten aufgehalten. »Halt Junge, das geht nicht«, sagte er mit dunkler Stimme.

»Warum sind die Polizisten bei Dir«? fragte Rudi ungläubig. Percy sah ihn ernst an. »Ich habe etwas Schreckliches getan und deshalb muss ich jetzt mit ihnen gehen«. Schon wurde er weiter geschoben.

Percy drehte sich noch einmal um. »Mach`s gut. Sei ein braver Junge und lerne immer fleißig in der Schule«. Schon waren sie mit ihm durch die Drehtür nach draußen verschwunden.

Ethan kniete sich neben Rudi, dem bereits die Tränen die Wangen herunter liefen. »Wer war denn das«? fragte er.

»Das war Percy«, schluchzte er. »Aber den Nachnamen weiß ich leider nicht«. Schnell wischte er sich die Tränen aus dem Gesicht. »Er ist Lokführer und fährt einen großen Güterzug. Ich habe ihn auf dem Weg in das Waisenhaus kennen gelernt. Er wollte mir helfen, als mein Onkel und meine Tante so böse zu mir waren. Manchmal habe ich noch an ihn gedacht«. Jetzt begann er endgültig zu weinen.

Ethan nahm ihn in den Arm und hielt ihn einen Moment fest. Er wusste nicht, wie er ihn sonst trösten sollte. »Komm«, sagte er leise und hielt ihm ein Taschentuch hin. »Wir besuchen jetzt erst einmal Dick«.

Langsam gingen sie zur Kinderstation. Schwestern eilten durch den Flur. An einer offenen Tür blieb Rudi stehen und erkannte Dick, der mit hochrotem Kopf im Bett lag. Ein Arzt beugte sich gerade über ihn. »Schauen Sie mal Mr. Gray«, flüsterte er. »Da ist Mitch«.

Als er die Besucher bemerkte, rief er: »Sie dürfen hier auf keinen Fall hinein. Der Junge hat Masern, die im Moment hochansteckend sind. Wir verlegen ihn gleich, denn niemand außer unserem Personal darf Kontakt mit ihm haben«.

»Kann ich nachher kurz mit Ihnen sprechen, Doktor«? fragte Ethan höflich. Der Arzt nickte. »Ja, aber Sie müssen sich noch etwas gedulden«.

Ethan sah Rudi an. »Komm, wir werden uns jetzt ein Stück Kuchen genehmigen«. Rudi sah auf die Uhr, die an der Zugangstür zur Station hing und schluckte.

»Ich habe aber kein Geld und außerdem muss ich pünktlich zurück sein. Mr. Walter hat gesagt, dass ich Arrest bekomme, wenn ich zu spät bin«.

Ethan lächelte. »Das nehme ich auf meine Kappe und den Kuchen spendiere ich Dir natürlich«.

Als sie später wieder im Stadtbus saßen, fragte Rudi: »Was ist denn nun mit Mitch«?

Ethan legte den Arm um ihn. »Der wird wieder völlig gesund. Zumindest hat das der Doktor gesagt. Du wirst zwar noch eine Weile ohne Deinen Freund auskommen müssen, aber das kann man jetzt nicht ändern«. Rudi nickte. »Ich werde ihm schreiben«.

Der Bus hielt in der Nähe des Waisenhauses. Sie stiegen aus und liefen schnell zum Eingang, denn Ethan wollte seinen kleinen Schützling auf keinen Fall zu spät zurück bringen.

Vor dem Büro wartete bereits Mr. Walter und sah ihnen entgegen. Rudi erschrak. `Ob er doch zu spät gekommen war`?

»Warten Sie etwa auf uns«? rief Ethan. »Wie Sie selbst sehen, sind wir pünktlich zurück«.
Dann sah er Rudi an. »Geh bitte gleich zum Abendessen in den Aufenthaltsraum, ok«?

»Vielen Dank Mr. Gray«, sagte Rudi leise. Er drehte sich um und lief davon.

Der Heimleiter sah ihn ernst an. »Kommen Sie bitte mit in mein Büro Mr. Gray. Ich habe Ihnen etwas mitteilen«. Er öffnete die Tür und setzte sich hinter seinen Schreibtisch. Ethan lief ihm nach und zog sich einen Stuhl heran. »Was ist denn so dringend, dass es nicht bis Morgen warten kann«?

Dann sah er auf seine Armbanduhr. »Ich habe eigentlich noch privat etwas vor«. In Wirklichkeit war es ihm unangenehm, mit dem Heimleiter ein Gespräch zu führen, weil dies immer mit Kritik an ihm selbst, oder immer strengeren Anweisungen gegen die Kinder des Waisenhauses einherging.

»Ich werde Ihre kostbare Zeit nicht lange in Anspruch nehmen, verehrter Kollege«, antwortete Jacob Walter mit unterschwelliger Stimme und lehnte sich zurück. »Ich habe heute von der Polizeidienststelle in Dunbar einen Anruf erhalten. Es geht um Joshua Swift«. Ethans Gesichtszüge wurden starr. Schließlich wusste er, wie er diesen Jungen seit Jahren für seine Zwecke missbrauchte. »Und weiter«? fragte er monoton.

»Joshua ist tot« sagte der Heimleiter mit gesenkter Stimme. »Er hatte vor einer Woche heimlich das Haus verlassen und ist durch das Land gereist«.

Ethan stützte sich auf den Schreibtisch. »Wieso haben Sie das nicht der Aufsichtsbehörde gemeldet? Sie wären doch dazu verpflichtet gewesen«.

Jacob Walter räusperte sich. »Naja, er hat das schon einmal gemacht, weil er seinen Vater gesucht hat und war kurz darauf wieder hier«, sagte er unbehaglich. »Ich dachte, dass er auch jetzt bald wieder zurückkehren würde«.

Ethan fragte: »Wissen Sie denn, woran Joshua Swift gestorben ist«?

Jacob Walter stand auf, steckte die Hände in die Hosentaschen und ging zum Fenster. »Er war per Anhalter unterwegs und gestern in einem LKW gestiegen. An einem Bahnübergang ist es dann passiert. Die Schranke war nicht geschlossen und ein Zug hat sie erfasst. Angeblich waren sowohl der Fahrer und auch Joshua sofort tot«.

Er drehte sich zu Ethan um. »Der Police-Service sagte noch, dass der Lokführer verhaftet wurde. Er war nur leicht verletzt und nach einem kurzen Aufenthalt im Krankenhaus sitzt er jetzt in U-Haft«.

Ethan stand nun auch auf und stellte sich direkt vor ihn hin. »Sie müssen der Polizei sagen, dass Sie Joshua nicht haben suchen lassen«.

Jacob Walter sah ihn abschätzend an. »Am besten Sie halten sich da raus«.

Ethan ging zur Tür und drehte sich noch einmal um. »Ich hoffe, dass Sie ein Disziplinarverfahren an den Hals bekommen. Und sollte ich gefragt werden, glauben Sie ja nicht, dass ich schweige, wenn es um Ihre sogenannten Erziehungsmethoden bei den Kindern geht. Ganz im Gegenteil. Es wird höchste Zeit, dass Ihren Machenschaften ein Ende gesetzt wird«.

Mit einem Ruck warf er die Tür hinter sich zu.

**

Am nächsten Morgen saß Percy in seiner Haftzelle auf der Liege. Er war völlig übermüdet, denn er hatte kein Auge zubekommen.

Am Abend zuvor war er stundenlang zum Unfallhergang verhört worden. Immer wieder hatte er beteuert, auf alle Signalanlagen und Durchsagen geachtet zu haben, aber man glaubte ihm nicht.

Erschwerend kam hinzu, dass man ihm seinen hohen Alkoholspiegel zum Zeitpunkt der Kollision vorhielt.

Irgendwann resignierte er. »Ich will einen Anwalt«, hatte er gemurmelt und schwieg ab sofort beharrlich.

Schließlich war er zurück in seine Zelle gehumpelt und wartete nun, auf das was kommen würde. Er stand auf und versuchte, durch das hohe vergitterte Fenster in den Innenhof der Polizeistation zu sehen.

Aber in diesem Raum gab es nicht einmal einen Stuhl, auf den er hätte klettern können.

Plötzlich merkte er ein leises Klicken an der Tür. Jemand schien durch den Spion zu sehen. Laut wurde das Schloss entriegelt. Percy klopfte das Herz.

Ein Beamter betrat den Raum. »Guten Morgen Mr. Johnson. Hier ist Ihr Frühstück. In einer halben Stunde bin ich wieder hier, um Sie abzuholen. Ihr Pflichtanwalt wartet dann im Verhörraum auf Sie«.

Er stellte einen Teller und einen Becher auf den Tisch. »Bitte nehmen Sie es gleich wieder mit«, flüsterte Percy. »Ich bringe im Moment sowieso keinen Bissen runter«.

Der Beamte sah ihn misstrauisch an. »Geht es Ihnen etwa nicht gut«? Percy schüttelte langsam den Kopf. »Ich darf das Essen nicht einfach so mitnehmen«, sagte der Constable betreten. »Und vielleicht überlegen Sie es sich noch und trinken wenigstens ein bisschen Tee«.

Er ging zur Tür und nickte ihm aufmunternd zu. »Also bis gleich«. Die Tür wurde mit lautem Rasseln wieder verriegelt.

Percy sah zum Tisch und starrte auf den dampfenden Becher und den Teller, auf dem zwei Brotscheiben, etwas Käse und Schinken lagen.

Seit zwei Tagen hatte er nichts mehr gegessen, aber im Moment krampfte sich sein Magen ständig zusammen.

Die ganze Nacht hatte er sich selbst Vorwürfe gemacht und einen Vollidioten gescholten, weil er diesen vielen Scotch getrunken hatte. Und er überlegte fieberhaft, ob er womöglich doch ein Signal übersehen hatte.

Doch warum war diese vermaledeite Schranke nicht geschlossen? Darauf hatte er doch überhaupt keinen Einfluss.

`Etwas Tee wäre wirklich nicht schlecht`, dachte er nun und trank mit zittrigen Händen langsam einen Schluck nach dem Anderen. Eine wohlige Wärme breitete sich in ihm aus.

Plötzlich drehte sich wieder der Schlüssel in der Tür. »So Mr. Johnson«, sagte der Beamte ruhig. »Kommen Sie bitte mit, Ihr Anwalt ist da«.

Percy stand langsam auf, denn ein Fuß schmerzte ihn heute. Langsam humpelte er mit dem Beamten durch einen, von Neonröhren lichtdurchfluteten Kellergang.

Sie fuhren mit dem Aufzug nach oben und der Constable öffnete die Tür zum Verhörraum. Vor ihm stand ein sehr schlanker, großer Mann im Anzug und Krawatte, der ihn freundlich ansah. Percy schätzte, dass er höchstens Anfang dreißig sein konnte.

`Der hat bestimmt gerade erst seinen Abschluss gemacht`, dachte er resigniert. `Und jetzt darf er sich an einem wie mir ausprobieren`.

»Guten Morgen Mr. Johnson«, sagte der Mann höflich. »Ich bin Ihr Pflichtverteidiger Niklas Cunningham«.

Sie setzten sich an einem kleinen Tisch.

Percy sah ihn misstrauisch an. »Cunningham«? fragte er. »Sind Sie etwa Amerikaner«?

Der Rechtsanwalt hob erstaunt die Augenbrauen. »Spielt denn das für Sie eine Rolle? Aber ja, mein Großvater wurde dort geboren, falls Sie es genau wissen wollen«. Er öffnete nun seine Aktenmappe und legte einige Unterlagen auf den Tisch.

»Die können Sie gleich wieder einpacken Mr. Cunningham«, sagte Percy hastig. »Ich habe es mir letzte Nacht noch einmal genau überlegt und werde mich vor Gericht in allen Punkten schuldig bekennen«.

»Jetzt mal langsam Mr. Johnson«, antwortete er. »Soweit sind wir noch lange nicht«.

Percy kniff verbittert die Lippen zusammen. »Ich war so dumm, mit Alkohol im Blut meinen Dienst anzutreten«, flüsterte er heiser. »Und jetzt muss ich eben die Konsequenzen tragen«.

Der Anwalt legte seinen Stift weg, verschränkte die Arme vor sich und sah ihn mit ernster Miene an.

»Ja, es ist ein schrecklicher Unfall passiert, bei dem es zwei Tote zu beklagen gibt. Ja, Sie hatten zu diesem Zeitpunkt einen Alkoholspiegel von über zwei Promille und hätten eigentlich nicht diesen Zug fahren dürfen. Und es besteht auch durchaus die Möglichkeit, dass Sie ein Signal übersehen haben, aber das wissen wir noch nicht«.

Er klappte nun wieder seine Mappe auf. Ohne ihn anzusehen fragte er: »Bevor Sie mit einem Zug los fahren, findet doch mit Ihrem Fahrdienstleiter ein

Briefing statt, oder? Hat der eigentlich gemerkt, dass Sie Alkohol getrunken hatten«?

Percy sah ihn erschrocken an. »Lassen Sie Jack Mason aus dem Spiel. Wenn sich jemand etwas vorzuwerfen hat, dann bin ich es«.

Er sah auf die abgenutzte Tischplatte. »Jack hat es gerochen, als ich morgens bei ihm im Büro war. Und er hat mich natürlich danach gefragt«.

»Und was haben Sie geantwortet«? fragte Niklas leise. Percy schluckte. »Ich habe ihm gesagt, dass ich erkältet bin und Hustensaft getrunken habe«.

»Und das hat er Ihnen geglaubt«? fragte Niklas erstaunt.

Percy nickte. »Ja, das hat er mir nur allzu gern geglaubt, denn an diesem Morgen hätte er auf die Schnelle niemand anderen gefunden, der die Tour machen konnte. Wir sind seit Jahren notorisch unterbesetzt«.

Der Anwalt blätterte in der Personalakte, die er sich schnell hatte faxen lassen. »Sie sind seit fast achtzehn Jahren Lokführer und haben sich nach diesen Unterlagen nie etwas zu Schulden kommen lassen. Und was mit der Signalanlage an dieser Schranke los war, wissen wir auch noch nicht. Das Ergebnis dieser Untersuchung sollten wir unbedingt abwarten«.

Die Tür öffnete sich und der Beamte sagte: »Ihre Besuchszeit ist in fünf Minuten um«. Niklas Cunningham nickte. »Danke Officer. Wir sind gleich fertig«.

Dann sah er Percy an. »Gibt es eigentlich jemanden, den ich informieren soll? Vielleicht Ihre Frau oder Ihre Eltern«?

»Ich habe keine Familie«, antwortete Percy hastig und stand auf.

Auch Niklas Cunningham stand nun vor ihm. »Lassen Sie den Kopf nicht hängen Mr. Johnson«, sagte er beruhigend. »Vielleicht war es ja eine Signalstörung und Sie hätten den Unfall so oder so nicht verhindern können. Dann bekommen Sie zwar ein Disziplinarverfahren wegen Fahrens unter Alkohol, aber Sie müssen bestimmt nicht ins Gefängnis«.

»Wissen Sie etwas über die Todesopfer«? fragte Percy kleinlaut

Niklas stellte noch einmal seine Mappe auf dem Tisch ab. »Der Fahrer des LKWs war ein sechzig Jahre alter Mann, der sich mit einem kleinen Obsthandel etwas dazuverdient hat, um seine Familie durchzubringen. Und der Andere war ein vierzehnjähriger Junge, der aus einem Waisenhaus ausgebüxt und per Anhalter mitgefahren ist«.

Percy ließ sich wieder auf seinen Stuhl fallen. »Oh Gott«, murmelte er. »Ich habe einen Familienvater und einen vierzehnjährigen Jungen auf dem Gewissen. Darüber werde ich nie hinwegkommen«.

Niklas Cunningham beugte sich nach vorn. »Nicht doch Mr. Johnson. Wie ich schon sagte, warten wir die Ermittlungen ab«.

Wieder wurde die Tür geöffnet. »Sie müssen jetzt wirklich gehen Mr. Cunningham«, sagte der Officer.

Der Anwalt nickte und drehte sich noch einmal zu Percy um. »Kopf hoch. Sie sind durch verschiedene Umstände in eine äußerst missliche Lage geraten, aber ich werde alles tun, um Sie freizubekommen«.

Schnell verließ er den Verhörraum und Percy lag kurz darauf wieder auf der Liege in seiner Zelle und starrte grübelnd an die Decke.

Ihm ging jetzt dieser Junge, der ums Leben gekommen war, nicht mehr aus dem Kopf. `Ob er im gleichen Waisenhaus gewohnt hatte, wo Rudi jetzt lebt`?

Er hatte es nicht fassen können, als er ihn plötzlich in der Eingangshalle des Hospitals gesehen hatte. `Was wollte er denn dort, denn krank schien er nicht zu sein. Und wer war der Mann, der bei ihm stand`?

Percy drehte sich resigniert auf die Seite. `Ich habe mein Leben ruiniert`, dachte er. `Hätte ich doch bloß keinen Scotch getrunken, dann würde ich jetzt zu Hause sein, oder mit Piet, Edgar und Danny im Wohnzimmer Scrabble spielen`.

Völlig übermüdet und verzweifelt schlief er nun doch ein.

**

Jacob Walter saß am Vormittag in seinem Büro und starrte wütend auf das Telefon. Ein Journalist hatte ihn angerufen und ihn um ein Interview gebeten, nachdem bekannt geworden war, dass einer seiner Zöglinge bei diesem Zugunglück ums Leben gekommen war. Wenn er jetzt nicht aufpasste, würde eine große Untersuchung beginnen und so manches bekannt werden, was ihn seine Karriere kosten konnte.

Vor allen Dingen aber fürchtete er die Aussage des Sportlehrers Ethan Gray und natürlich die von Simon Baker. `Die beiden nehmen bestimmt kein Blatt vor den Mund`, dachte er besorgt.

Er zog sich das Sakko über, nahm den Schlüsselbund aus der Schublade und verließ sein Büro. Im Moment war niemand zu sehen, denn alle Kinder waren im Unterricht. Über die Hintertreppe lief er so schnell er konnte in den Keller und schloss hastig den Arrestraum auf, nachdem er das Schild neben der Tür heruntergerissen hatte.

`Das muss mir erst einmal jemand beweisen`, dachte er selbstgefällig. `Meine Aussage gegen Ihre`.

Er sah sich um und er wollte sich beeilen, denn jederzeit konnte der Hausmeister kommen, oder der Unterricht beendet sein.

Als Erstes zog er die dunklen Vorhänge zurück, klappte eine alte verrostete Liege zusammen und schleppte sie in einen Lagerraum.

Jetzt zog er einen hellen Tisch und vier Stühle herbei, die er in einem Nebenraum hatte bringen lassen und ging zum Fenster.

Er sah zum Schulgarten herüber. Über einen Seitenausgang lief er hinüber und riss ein paar Astern heraus. Unbemerkt verschwand er wieder im Haus und stellte die Blumen in einem Glas auf den Tisch.

Hastig zog er noch die Beschriftung des Schildes hinter der Folie heraus, holte einen Kugelschreiber aus dem Sakko und schrieb in Druckbuchstaben `Besprechungsraum` darauf. Dann schob er es vorsichtig wieder an seinen Platz. Als das Schild an der Wand hing, nickte er zufrieden, schloss leise die Tür und ging die Treppe nach oben.

Er atmete auf, als die Pausenklingel ertönte und er wieder hinter seinem Schreibtisch saß. Da klopfte es plötzlich an seiner Tür. »Herein«, rief er harsch.

Ein Postbote betrat das Büro. »Guten Tag Sir. Ich habe hier ein Einschreiben für Mr. Jacob Walter«.

»Ja das bin ich«, murmelte der unbehaglich. »Kommen Sie bitte näher, dann quittiere ich Ihnen den Brief«. Als der Postbote wieder gegangen war, öffnete er mit zittrigen Händen den Umschlag.

Die Aufsichtsbehörde kündigte sich mit mehreren Beamten für den nächsten Tag an. Alle Erzieher und Lehrer sollten ebenfalls anwesend sein und auch die Kinder hatten vormittags wegen möglicher Fragen keinesfalls das Heim zu verlassen.

Jacob ließ den Brief sinken. `Jetzt geht es also wirklich los`.

Fieberhaft überlegte er, wie er sich in kurzer Zeit die Gunst der Kinder sichern konnte. Es schien unmöglich, denn viele von ihnen lebten seit mehreren Jahren hier und er hatte sie ständig wie

Abschaum behandelt. Jetzt sprang er von seinem Stuhl auf und lief, so schnell er konnte in die Küche.

Lotta war gerade damit beschäftigt, einen großen Topf mit Gemüsesuppe umzurühren. Als sie ihren Chef bemerkte, erschrak sie. »Mr. Walter, ist irgendetwas nicht in Ordnung«?

Jacob rang sich ein Lächeln ab. »Nein Lotta, es ist alles in Ordnung«.

Dann sah er sich um und stellte sich direkt vor sie hin. »Sagen Sie mal«? fragte er gespielt freundlich. »Was essen denn unsere Kinder am liebsten«?

Lotta zog erstaunt die Augenbrauen hoch. `Seit wann interessierte es ihn denn, was die Kinder gerne mochten`? dachte sie überrascht. »Also wenn Sie es sich aussuchen könnten«, sagte sie und überlegte einen Moment. »Dann würden Sie sich bestimmt Pancakes mit Heidelbeeren wünschen«.

Jacob nickte. »Gut Lotta. Dann werden Sie das bitte morgen zum Mittagessen machen. Außerdem wünsche ich, dass alle Tische eingedeckt werden«.

Lotta war zuerst sprachlos. Schließlich fasste sie sich und fragte: »Gibt es einen Grund dafür«?

Jacob Walter verschränkte die Arme hinter seinem Rücken. »Nein, den gibt es nicht und ich wünsche keine weiteren Fragen«. Er drehte sich auf seinem Absatz um und verließ die Küche.

Auf dem Weg zum Büro kam ihm im Laufschritt Ethan Gray entgegen. Er hatte einen kranken Kollegen im Fach Geschichte vertreten und sich schnell seinen Jogginganzug angezogen, um jetzt in der Turnhalle Sportunterricht zu erteilen.

Jacob Walter hielt ihn auf. »Mr. Gray, warten Sie bitte«. Ethan blieb stehen. »Was gibt es Mr. Walter«? fragte er außer Atem. »Ich muss zum Unterricht«.

»Rufen Sie bitte in der nächsten Pause alle Erzieher und Lehrer zusammen. Ich habe Ihnen allen etwas mitzuteilen«.

Ethan stutzte. »Hat es etwas mit Joshua Swift zu tun«? Jacob Walter sah ihn ungerührt an. »Ja, das hat es«. Ethan konnte jetzt sehen, wie er seine Wangenknochen hin und her bewegte.

»Gut«, antwortete er. »Ich werde es meinen Kollegen sagen«. Jacob Walter nickte und ging an ihm vorbei, ohne ihn eines weiteren Blickes zu würdigen.

Ein paar Jungen, die soeben noch lachend den Flur entlang liefen, blieben stehen und verstummten schlagartig, als sie den Heimleiter bemerkten. Er ließ sie stehen und sah zum Eingang des Schultraktes.

Dort stand ein Mann, den er nicht älter als dreißig Jahre schätzte. Er hatte eine ausgewaschene Jeans an und trug ein Baseball-Cup. Mit einem Kaugummi im Mund schaute er sich die Pinnwände an.

»Wer sind Sie und was tun Sie hier? fragte der Heimleiter mit strengem Ton.

Der Mann drehte sich abrupt um. »Na Sie haben ja eine seltsame Art Besucher zu begrüßen«, sagte er freundlich. »Mein Name ist Scott Martin. Ich bin

Private-Detektive. Er zog eine Visitenkarte aus seiner Jeansweste. »Hier bitte. Mein Auftraggeber ist die Rechtsanwaltskanzlei Cunningham«. Er machte eine kurze Pause. »Können Sie mir sagen, wo ich einen gewissen Jacob Walter finde«?

»Worum geht es denn«? fragte Jacob sichtlich brüskiert.

Scott trat einen Schritt zurück. »Wieso sind Sie denn gleich so abweisend? Sind Sie etwa Jacob Walter«?

Jacob irritierte, wie dieser Private-Detektive auf seine bewusst harschen Antworten reagierte.

Schnell sagte er: »Kommen Sie mit in mein Büro, aber machen Sie es kurz. Ich habe zu tun«.

Er ging voraus und stieß ungehalten die Tür zu seinem Büro auf. »Nehmen Sie Platz«.

Als sie sich gegenüber saßen, sagte Scott: »Rechtsanwalt Cunningham vertritt einen Lokführer, der wegen eines Unfalls mit zwei Toten verhaftet wurde. Einer dieser bedauernswerten Opfer ist ein vierzehnjähriger Junge, der in diesem Waisenhaus gelebt haben soll«.

Jacob Walter sah ihn ungerührt an. »Woher wollen Sie denn wissen, dass der Junge hier war«?

Scott sah ihn durchdringend an. »So wie Sie mich das gerade fragen, bin ich jetzt sicher, dass hier sein zu Hause war«.

Er kaute jetzt seinen Kaugummi im Mund hin und her. »Stimmt doch, oder etwa nicht«?

Jacob Walter räusperte sich. »Na und wenn schon. Was wollen Sie jetzt genau wissen«?

Scott lehnte sich zurück. »Der Junge war erst vierzehn Jahre alt und somit ein Schutzbefohlener. Wie kann es sein, dass er allein und ohne Begleitung durch die Weltgeschichte reist«?

Jacob sah ihn mit eisiger Miene an. »Das erkläre ich nur vor der Behörde und bei der Polizei. Ihnen bin ich mit Sicherheit keine Rechenschaft schuldig. Ich weiß sowieso nicht, warum ich mich überhaupt mit Ihnen unterhalte«. Er stand auf. »Das Gespräch ist hiermit beendet«.

Scott hob gelassen die Schultern. »Na gut Mr. Walter, aber vielleicht komme ich mal wieder vorbei. Könnte durchaus sein. Einen schönen Tag noch«.

Er lächelte gespielt freundlich und zog die Tür absichtlich laut hinter sich zu.

Während er das Haus verließ, grübelte er. »Meine Spürnase sagt mir, dass dieser Heimleiter irgendetwas auf dem Kerbholz hat. Da bin ich ziemlich sicher«.

Eine Stunde später saß Jacob Walter mit allen Lehrern und drei Erziehern im Aufenthaltsraum.

Er begann: »Wie Sie ja alle bereits wissen, ist Joshua Swift bei einem Unfall ums Leben gekommen. Ich bedaure dies natürlich sehr und habe sofort seinen Vater, der nach wie vor in Glasgow lebt, schriftlich darüber unterrichtet«.

Sichtlich unbehaglich sah er nun in die fragenden Gesichter. »Heute Vormittag habe ich einen Brief der

Aufsichtsbehörde erhalten. Darin steht, dass morgen gegen 9.00 Uhr mehrere Beamte hierher kommen werden, um sich ein Bild über die Lebensumstände unserer Kinder hier im Haus machen zu können. Ich zähle selbstverständlich auf Ihre Loyalität mir gegenüber«.

Ethan Gray sprang auf. »Was meinen Sie denn damit? Sollen wir etwa Ihre sogenannten Erziehungsmethoden decken? Das können Sie vergessen Mr. Walter. Und als Erstes werde ich den Herrschaften den Arrestraum im Keller zeigen. Darauf können Sie sich verlassen«.

Jacob lehnte sich gelassen zurück. »Was für einen Raum meinen Sie denn Mr. Gray«?

Ethan sah sich um. »Hat denn außer mir hier niemand etwas dazu zu sagen«? Die anderen Lehrer sahen sich betreten an. »Geht Ihr zu Hause mit Euren eigenen Kindern auch so um«? rief er jetzt entrüstet.

»Hat außer mir niemand den Mut die Wahrheit zu sagen? Also ich mache da nicht mehr mit«.

Wütend nahm er seine Jacke und warf die Tür hinter sich zu. Während er durch die Flur in den Keller eilte, überlegte er: `Wieso war sich Walter so sicher wegen des Arrestraumes`?

Schließlich stand er vor dem neu beschrifteten Schild und wurde blass. »Aha, so ist das also«, sagte er laut. Dann riss er die Tür auf und betrachtete den Tisch und die Blumen. Schnell drehte er wieder um und lief zurück, um Simon Baker zu suchen.

Die Jungen standen grüppchenweise auf dem Schulhof. Als er ihn endlich fand, konnte er gerade noch erkennen, wie sie eine Zigarette miteinander rauchten. Erschrocken warfen sie die Kippe in eine Ecke. Simon fragte mit harmloser Stimme: »Mr. Gray, was machen Sie denn hier«?

Ethan ging mit ihm an die Seite. »Simon, es ist mir im Moment völlig egal, ob Ihr gerade geraucht habt oder nicht. Ich möchte Dich etwas anderes fragen«.

»Na dann fragen Sie mich doch«, antwortete Simon gelassen. »Worum geht es denn«?

Er begann: »Kann ich mich darauf verlassen, dass Du das, was ich Dir jetzt sage, bis morgen für Dich behältst? Es wäre wirklich wichtig«.

Simon nickte ernst. »Ehrenwort Mr. Gray«.
Ethan zog ihn noch ein wenig abseits. »Morgen früh kommen Beamte der Aufsichtsbehörde und überprüfen das Waisenhaus«, flüsterte er. »Es geht um Euren Alltag hier, die Schule und was weiß ich noch«.

Simon fragte: »Hat das was mit Joshua Swift zu tun«?

Ethan nickte. »Ich denke ja. Schließlich ist er ohne Aufsicht und allein über eine Woche unterwegs gewesen und das gilt es jetzt zu klären«.

Er atmete tief durch. »Ich will Jacob Walter das Handwerk legen. Seine Erziehungsmethoden Euch gegenüber sind meiner Meinung nach untragbar. Aber bei meinen Kollegen stehe ich allein auf weiter Flur. Niemand traut sich etwas zu sagen«.

Simon grinste. »Zeigen Sie denen einfach den Arrestraum, der spricht doch Bände«.

Ethan lächelte bitter. »Mr. Walter hat ihn in einen Besprechungsraum umgewandelt. Dort stehen jetzt ein Tisch und Stühle und sogar Blumen gibt es«.

Simons Gesicht wurde aschfahl. »Wenn er damit durchkommt, dann haue ich hier auch ab«.

Ethan sah ihn ernst an. »Das wäre der größte Fehler, den Du machen könntest. Darauf wartet er doch bloß und fühlt sich in seinem Tun noch mehr bestärkt«. Er überlegte: »Meinst Du, dass einige andere Jungen auch die Wahrheit sagen, falls sie über bestimmte Vorkommnisse gefragt würden«?

Simon hob die Schultern. »Keine Ahnung, aber wenn nur ich auspacke, glaubt mir das doch niemand«. Er setzte sich auf einen Findling. »Und wenn die wieder weg sind, habe ich bei Mr. Walter Spießrutenlaufen«.

Ethan hockte sich aufgeregt neben ihn. »Ich werde auch aussagen und ich verspreche Dir, dass ich Dich vor weiteren Repressalien beschützen werde«.

Simon sprang auf. »Ach, das würden Sie tun? Wollen Sie hier etwa übernachten? Was machen Sie denn, wenn er um Mitternacht in unseren Schlafsaal kommt, mich in die Dusche zerrt und mit eiskaltem Wasser abspritzt«?

Ethan sah ihn entsetzt an. »Wann war das«?

Simon winkte ab. »Ach vergessen Sie es, ich werde nichts sagen. Ich habe hier noch drei Jahre und dann bin ich achtzehn. Und bis dahin komme ich auch so zurecht«.

Ethan schluckte. »Und was ist mit den Jüngeren? Mitch zum Beispiel oder Rudi? Hast Du kein Mitleid mit Ihnen«?

»Ich war genauso alt, als ich hierher kam und ich lebe auch noch«. Er stand auf und ging mit schnellen Schritten zurück zu seinen Freunden.

Ethan sah ihm wortlos nach.

**

Niklas Cunningham saß in seinem Büro und sah wieder und wieder die Ermittlungsakte zum Unfallhergang durch.

Und noch immer wartete er darauf, dass der Police Service das Gutachten der Bahngesellschaft über den Unfallhergang präsentierte. Vor allen Dingen interessierte er sich dafür, was die Signalanlage vor der Schranke betraf und warum diese nicht automatisch geschlossen wurde, als Percy sich mit seinem Zug näherte.

Als er nun die Fotos der Opfer in der Hand hielt, schluckte er. Der Obsthändler, der eine Frau und drei Kinder hinterließ, lächelte ihm auf diesem Bild aus dem Führerhaus seines klapprigen LKWs entgegen.

`Diese Familie kann einem leidtun`, dachte er. Und dann hatte er das Foto von Joshua Swift, dem Jungen aus dem Waisenhaus, in der Hand. `Na mal sehen, was Scott über ihn herausgefunden hat`, grübelte er.

Das Telefon klingelte. Seine Sekretärin Anne, die im Empfang saß, sagte: »Sir, Mr. Martin ist gerade eingetroffen. Haben Sie Zeit für ihn«?

»Selbstverständlich«, antwortete Niklas. »Er soll gleich hereinkommen«. Er legte wieder auf.

Scott betrat das Büro und nahm dabei den Kaugummi aus dem Mund, denn er wusste, dass Niklas so etwas nicht mochte. Schnell steckte er ihn in eine kleine Streichholzschachtel, die er dafür immer bei sich trug.

Niklas sah ihn gespannt an. »Hallo Scott. Ich hoffe, dass Sie nicht mit leeren Händen zu mir kommen«.

Scott grinste. »Bei dem Honorar würde ich es nicht wagen, ohne Ergebnis in Ihr Büro zu kommen«.

Niklas lehnte sich nach vorn. »Dann spannen Sie mich nicht weiter auf die Folter«, sagte er hastig. »Was haben Sie herausgefunden«?

»Zu dem Obsthändler Robert Carlson gibt es nicht viel Neues. Seine Frau Melinda ist Sekretärin in einem Immobilienbüro. Sie arbeitet dort nur stundenweise. Obwohl…, wenn ich es mir richtig überlege, hat mich etwas doch irritiert«.

Niklas hob die Augenbrauen. »So, was denn«? fragte er erstaunt.

Scott deutete auf die Fotos. »Robert Carlson ist sechzig Jahre alt und sieht nicht gerade aus wie Don Juan. Seine Frau ist gut zwanzig Jahre jünger, einen Kopf größer als er und könnte meiner Meinung nach an jedem Finger einen anderen Kerl haben. Das ist schon seltsam«.

Niklas wiegte den Kopf. »Also aus Geldgründen hat sie ihn bestimmt nicht geheiratet und immerhin haben die beiden drei Kinder. Das muss einfach nur Liebe sein«.

Scott wiegte den Kopf: »Also ich weiß nicht recht. Abgesehen davon habe ich von einer Nachbarin erfahren, dass es nur ihre leiblichen Kinder sind, nicht seine«.

Niklas staunte: »Und da sagen Sie anfangs, dass es zu Robert Carlson nicht viel Neues gibt«?

Er grübelte. »Scott, recherchieren Sie doch bitte mal, ob hier doch Geld im Spiel ist«, sagte er. »Vielleicht bekommt sie ja eine dicke Lebensversicherung ausbezahlt«.

»Wozu soll denn das gut sein Mr. Cunningham«? fragte er erstaunt. »Robert Carlson ist ein Zufallsopfer und war meiner Meinung nach einfach nur zum falschen Zeitpunkt am falschen Ort«.

Niklas sah ihn durchdringend an. »Ja, das mag vielleicht sein, aber ich brauche alles, was uns weiter bringen könnte. Außerdem stört mich jetzt etwas an dieser Melinda Carlson. Ich weiß nur noch nicht, was es ist«.

Scott schüttelte den Kopf. »Ich halte das zwar im Moment für Zeitverschwendung, aber natürlich mache ich das. Nur das wird nicht billig. Sie kennen ja meinen Stundensatz«.

Niklas sah ihn lächelnd an. »Sollte sich etwas ergeben, bekommen Sie einen Sonderbonus«.

Scott grinste. »Ok Mr. Cunningham. Ich nehme Sie beim Wort«.

Niklas lehnte sich zurück. »Was wissen wir denn eigentlich über das andere Opfer, diesen vierzehnjährigen Jungen aus dem Waisenhaus«?

Scott seufzte. »Ich hatte ein kurzes Gespräch mit dem Heimleiter. Er heißt Jacob Walter und er ist ein unangenehmer Zeitgenosse, das kann ich mit Sicherheit sagen«.

»So? Woraus schließen Sie das«? fragte Niklas interessiert.

Scott kniff die Lippen zusammen. »Ich habe ihn darauf angesprochen, wie es sein kann, dass dieser Joshua Swift allein per Anhalter durch Schottland reist und nicht mit einem ordentlichen Ticket in einem Bus oder mit der Bahn«.

»Und weiter«? fragte Niklas, während er aufstand und eine Flasche Wasser und zwei Gläser holte.

»Er hat mir klargemacht, dass er mir keine Fragen zu beantworten braucht, sondern nur den Behörden Rede und Antwort stehen muss. Und dann hat er mich mehr oder weniger aus seinem Büro geschmissen«.

Scott trank nun einen Schluck Wasser und setzte das Glas wieder ab. »Dieser Walter hat `Dreck am Stecken`. Das sagt mir mein siebenter Sinn«.

»Na mal sehen, was die Obduktion dieses Jungen bringt«, sagte Niklas grübelnd. »Und versuchen Sie doch mal, an einen Lehrer, Erzieher oder irgendein Kind heranzukommen«.

Scott sah ihn an. »Sollte ich nicht besser bei der Bahn recherchieren? Abgesehen davon interessiert mich im Moment mehr, warum Melinda Carlson mit einem Mann wie Robert zusammen war und was dieser Jacob Walter in diesem Waisenhaus treibt. Aber was wollen Sie denn mit den Opfern? Sie haben doch mit dem Unfall nichts zu tun«?

»Irgendwo müssen wir ja beginnen. Bei der Bahngesellschaft sehen wir uns näher um, wenn wir die offiziellen Ergebnisse des Police-Service bekommen haben«, antwortete Niklas ruhig. »Jetzt sollten wir in andere Wespennester stechen, dann sind wir der Polizei vielleicht einen Schritt voraus und ich kann die Verteidigungtaktik schneller planen«.

Scott nickte und ging zur Tür. »Sie sind der Boss«. Er holte seine Streichholzschachtel aus der Jackentasche und steckte grinsend den Kaugummi wieder in den Mund. »Bin schon unterwegs«.

**

Piet und Zou saßen im Wartebereich der Police-Station, nachdem sie mehrere Tage von Percy nichts mehr gehört hatten.

Aus den Regionalnachrichten und der Zeitung erfuhren sie schließlich von dem schrecklichen Unfall. Schließlich berichtete ihnen der

Fahrdienstleiter Jack Mason, wie es jetzt um Percy stand und sofort waren sie zum ihm geeilt.

Jetzt saßen sie mit einem selbstgebackenen Kuchen auf der Besucherbank.

Ein Constable setzte sich zu ihnen und sah Piet an. »Mr. Barnes, ich darf im Moment niemanden zu Mr. Johnson lassen«.

Er sah ihn entsetzt an. »Warum denn nicht um Gottes willen«?

»Weil die Ermittlungen noch nicht abgeschlossen sind«, seufzte der Officer. »Und weil grundsätzlich Besuche in der Untersuchungshaft nicht vorgesehen sind. Tut mir leid«.

»Wie geht es ihm denn«? fragte Zou besorgt.
Der Officer wiegte den Kopf. »Naja, er isst sehr wenig und redet nicht viel, aber bestimmt baut es ihn auf, wenn er erfährt, dass Sie hier waren«.

»Kann ich ihm einen Brief schreiben«? fragte Piet resigniert.

»Ja das können Sie machen«, sagte der Beamte. »Aber Sie müssen sich darüber im Klaren sein, dass der von der Staatsanwaltschaft geöffnet und gelesen wird, bevor er ihn bekommt. Und das kann länger dauern«.

Er sah sich um, niemand war in der Nähe. »Ich gebe Ihnen einen Tipp, aber von mir haben Sie das nicht, falls Sie danach gefragt werden sollten«.

Wieder sah er sich kurz um: »Wenden Sie sich an seinen Anwalt, ein gewisser Mr. Cunningham«, flüsterte er. »Er darf ungelesene Post an seinen

Mandanten weiterleiten und Mr. Johnson bekommt die auch sofort«.

Piet und Zou sahen ihn dankbar an. »Dann bringen Sie ihm bitte den Kuchen«, sagte Piet. »Und sagen Sie ihm, dass wir zu ihm stehen und an ihn denken«.

Der Constable stand auf und nickte. »Mach ich Mr. Barnes«.

Auf dem Weg zum Ausgang flüsterte Zou: »Weißt Du, wo dieser Anwalt sein Büro hat«?

Piet lief weiter, ohne sie anzusehen. »Noch nicht Schatz, aber die nächste Telefonzelle ist meine. Vielleicht können wir gleich einen Termin bei diesem Mr. Cunningham bekommen«.

Kurz darauf hatte er die Adresse der Kanzlei im Telefonbuch entdeckt und wählte die Nummer. Anne, die Sekretärin hob ab. »Rechtsanwaltskanzlei Cunningham, was kann ich für Sie tun«?

»Mein Name ist Piet Barnes. Ich bin ein guter Freund von Percy Johnson und würde gerne mit Mr. Cunningham sprechen. Ist das möglich«?

»Grundsätzlich schon, aber Mr. Cunningham ist heute fast den ganzen Tag bei Gericht. Ich kann Ihnen einen Termin geben für …..«. Sie blätterte im Terminkalender. »Für Übermorgen um zehn Uhr. Wäre Ihnen das recht«?

»Was? Erst übermorgen«? fragte Piet entsetzt. »Ich hatte ehrlich gesagt an heute gedacht. Ich bitte Sie, es ist uns äußerst wichtig«, flehte er.

»Dann geben Sie mir bitte Ihre Telefonnummer und ich rufe Sie zurück, sobald Mr. Cunningham wieder im Büro ist«, sagte sie. »Mehr kann ich im Moment leider nicht für Sie tun«.

Nachdem er wieder aufgelegt hatte, sagte er: »Komm Zou, wir gehen jetzt nach Hause und schreiben einen Brief an Percy. Vielleicht haben wir Glück und können heute noch mit dem Anwalt sprechen«. Sie nickte. »Ok, beeilen wir uns lieber«.

Als sie zu Hause ankamen, warteten bereits die Kinder. »Was ist mit Onkel Percy«? fragte Edgar.

Piet zog sich die Jacke aus und ging wortlos in die Küche. »Nun sag schon Dad«, rief auch Danny ungeduldig.

Zou nahm die beiden in den Arm. »Onkel Percy muss weiter auf der Police-Station bleiben, bis die Ermittlungen abgeschlossen sind. Wir haben aber den Kuchen abgegeben und können ihm einen Brief schreiben. Das wird Dad jetzt gleich machen«.

Die Kinder sahen sie betreten an. »Jetzt schaut nicht so«, sagte nun Piet. »Bestimmt wird sich alles aufklären. Onkel Percy ist ein großer starker Mann. Der hält das schon aus«.

Plötzlich klingelte das Telefon. Zou hob ab und drehte sich zu Piet um. »Das ist die Sekretärin von Mr. Cunningham. Wir sollen in zwei Stunden in die Silver-Street kommen«.

Piet nickte. »Sag ihr bitte, dass wir pünktlich sein werden«. Als sie wieder aufgelegt hatte, lief sie zu ihm hin. »Du musst sofort schreiben«.

Piet ging zu seinem Sekretär, klappte die Lade herunter, nahm sich einen Bogen Briefpapier und setzte sich davor. Er begann: `Lieber Boyo`, ……

Als sie später mit dem Auto auf dem Weg zur Kanzlei waren, sagte Zou: »Es ist ein Alptraum. Wieso musste Percy überhaupt in Untersuchungshaft? Er kann doch für den Unfall nichts, oder«?

Piet fuhr gerade auf einen Parkplatz an der Silver-Street, zog die Handbremse an und zog den Schlüssel ab. »Ich verstehe es auch nicht Zou«, murmelte er.

»Aber vielleicht sind wir schlauer, wenn wir mit Mr. Cunningham gesprochen haben«.

Sie stiegen aus und gingen die Straße entlang. Schließlich standen sie vor einem Haus aus der Gründerzeit und fanden ein messingfarbenes Schild mit der Aufschrift `Rechtsanwalt Cunningham`.

Piet läutete kurz und ein Summer ertönte. Sie betraten das Haus.

»Sie müssen Mrs. Und Mr. Barnes sein«, sagte Anne freundlich. »Kommen Sie doch bitte herein. Mr. Cunningham erwartet sie bereits«. Dann ging sie voraus und die beiden betraten sein Büro.

Niklas lief auf sie zu und streckte ihnen die Hand entgegen. »Ich bin Rechtsanwalt Niklas Cunningham und freue mich sehr, Sie zu sehen«.

Piet nahm überrascht seine Hand. Er hatte nicht damit gerechnet, einen so jungen Anwalt vor sich zu haben. »Guten Tag«. Dann deutete er auf Zou. »Meine Frau«.

Niklas sah sie freundlich an. »Bitte setzen Sie sich«. Sie nahmen auf einer Ledercouch Platz.

»Darf Ich Ihnen etwas anbieten«? Vielleicht ein Glas Wasser, oder möchten Sie einen Tee«?

Zou winkte ab. »Machen Sie sich bitte keine Umstände Mr. Cunningham, ein Glas Wasser ist völlig ausreichend«.

Er nickte und stellte ein Tablett mit Gläsern und Wasser auf den Couchtisch, schenkte ein und setzte sich. »Nun«, begann er. »Der Grund unseres Treffens ist ja nicht besonders erfreulich. Woher wissen Sie eigentlich, dass ich Mr. Johnson vertrete«?

Piet und Zou sahen sich an. Schließlich hatten sie dem Constable versprochen, dicht zu halten.

Zou begann: »Wir haben aus den Nachrichten erfahren, dass Percy, ähm Mr. Johnson einen Unfall hatte. Und in der Zeitung stand, dass er verhaftet wurde. Also sind wir heute zu dieser Police-Station gefahren, um ihn zu besuchen. Das wurde uns nicht erlaubt, aber der freundliche Officer hat uns dann verraten, dass Sie sein Anwalt sind«.

Piet sagte schnell: »Bitte legen Sie ihm das nicht negativ aus. Schließlich sind wir froh, dass wir noch heute mit Ihnen sprechen können«.

Er zog einen Umschlag hervor und legte ihn auf dem Tisch. »Wir haben unserem Freund einen Brief geschrieben und wollten Sie fragen, ob Sie ihn mitnehmen können, wenn Sie zu ihm fahren«.

»Was steht denn drin, wenn ich fragen darf«?

Piet sah ihn traurig an. »Wir wollen ihm Mut zusprechen und ihm sagen, dass wir zu ihm halten, egal was geschieht«. Zou ergänzte: »Mein Mann ist schon seit Kindertagen mit ihm befreundet und er ist der Patenonkel unserer Kinder. Percy gehört gewissermaßen zur Familie. Schließlich hat er selbst keine«.

Niklas trank nun selbst einen Schluck Wasser. »Ich war bis jetzt nur einmal bei ihm und er war sehr niedergeschlagen. Es war nicht leicht, mit ihm ein Gespräch zu führen, aber vielleicht können Sie mir ein paar Fragen über ihn beantworten, die mir helfen, ihn besser zu verstehen«.

Piet sah ihn an. »Ich weiß nicht recht. Ich möchte eigentlich keine Privatangelegenheiten über meinen besten Freund offen ausbreiten«.

Niklas lehnte sich nach vorn. »Mr. Barnes, Percy Johnson sitzt in U-Haft. Sollte er verurteilt werden, geht er für lange Zeit ins Gefängnis. Es werden selbstverständlich keine Informationen weitergegeben, sondern dienen mir ausschließlich als Hilfestellung für seine Verteidigung vor Gericht«.

Piet schluckte. »Also gut, wir vertrauen Ihnen«. Er sah nun zu Zou herüber. »Oder bist Du anderer Meinung«?

»Nein, das bin ich nicht und wenn es Percy irgendwie hilft, sollten wir auch ehrlich sein«.

Sie sah nun Niklas an. »Erwarten Sie aber keine Wunder. Percy hatte mit Sicherheit auch seine eigenen Geheimnisse, von denen wir nichts wissen«.

»Erzählen Sie doch mal. Wie ist er denn so«? fragte Niklas. »Beschreiben Sie ihn einfach«.

»Percy war und ist, seit ich denken kann, schon immer mein bester Freund«, begann Piet.

»Sein Spitzname ist Boyo, aber das dürfen nur meine Frau und ich zu ihm sagen. Wir haben alles gemeinsam gemacht, im Kindergarten und auch in der Schule. Während der Lehrzeit hatten wir uns ein wenig aus den Augen verloren, denn ich war zwei Jahre in Edinburgh, wo ich ja auch meine Frau kennengelernt hatte«.

»Aber gleich danach zogen wir nach Dunbar«, sagte nun Zou weiter. »Wir bekamen drei Jahre später unsere Zwillinge, Edgar und Danny«.

Piet lächelte. »Sicher können Sie sich denken, wer ihr Patenonkel geworden ist. Natürlich Boyo. Er ist zu den beiden wie ein zweiter Vater«.

»Selbst hat er aber keine Familie gegründet«, warf Niklas ein. »Warum eigentlich nicht«?

»Das haben wir uns auch ihn hin und wieder gefragt«, sagte nun Zou. »Wir haben sogar versucht, ihn mit Freundinnen auf Partys bekannt zu machen, aber er hat sich dann immer sofort zurückgezogen und ist gegangen. Das haben wir nie verstanden«.

Niklas stellte sein Glas ab und sah das Paar durchdringend an. »Entschuldigen Sie, wenn ich jetzt eine sehr persönliche Frage stelle«.

Er verschränkte seine Arme. »Könnte es vielleicht sein, dass Percy schwul ist«?

Piet bekam große Augen. »Boyo soll schwul sein? Das glaube ich nie im Leben«. Er lehnte sich ungläubig zurück. »Ich meine, schauen Sie ihn sich doch an. Er ist groß, trägt einen Vollbart und ist das Abbild eines gestandenen Mannes«.

Niklas lächelte. »Mr. Barnes, das sagt gar nichts. Ich habe selbst in meiner Familie ein schwules Paar. Einer meiner Cousins ist mit einem Mann liiert. Äußerlich sieht man es ihm nicht an. Er arbeitet als Schlosser, fährt Motorrad, aber er liebt eben einen Mann. Für meine Tante und meinen Onkel war das anfangs nicht leicht zu akzeptieren, aber jetzt haben sich alle daran gewöhnt und mein Cousin ist glücklich. Und nur darauf kommt es doch letztendlich an, denn im Grunde ist es doch egal, was andere denken. Oder etwa nicht«?

Piet schüttelte den Kopf. »Das kann ich nicht glauben. Und er hat auch nie etwas gesagt«.

»Vielleicht haben Sie ihm nie die Chance gegeben Mr. Barnes«, sagte Niklas leise. »Oder er wollte es wirklich für sich behalten und fürchtete Nachteile in seinem Job. Aber womöglich täusche ich mich auch«.

»Wenn ich mir es jetzt überlege, könnte da was dran sein«, sagte nun Zou. Jetzt sah sie Piet an. »Wir werden ihn in dieser Hinsicht für alle Zukunft in Ruhe lassen. Womöglich haben wir ihn auch mit dieser Kuppelei zu sehr bedrängt«.

»Glaubst Du das wirklich«? fragte Piet. Zou hob die Schultern. »Was ich glaube ist nicht entscheidend. Boyo ist und bleibt unser Freund. Und es ist seine Angelegenheit. Ich möchte nur, dass er glücklich ist«.

Niklas nickte. »Ja genau und das ist er aus anderen Gründen im Moment überhaupt nicht«.
Er nahm die Akte in die Hand. »Hat Mr. Johnson eigentlich öfter mal getrunken«?

»Naja, so wie viele andere auch«, sagte Piet. »Aber nicht übermäßig, zumindest nicht, das ich wüsste. Aber warum fragen Sie uns das«?

»Weil er zum Zeitpunkt des Unfalls und das war vormittags, über zwei Promille Alkohol im Blut hatte«, erklärte er.

Zou schüttelte ungläubig den Kopf. »Ich kann das fast nicht glauben, denn das ist doch gar nicht seine Art«.

»Und ich dachte bisher, dass ich Boyo in- und auswendig kenne«, sagte Piet. Er machte eine Pause. »Jetzt fällt mir aber etwas ein«.

Niklas stutzte. »Was denn«?
Piet fasste sich grübelnd ans linke Ohr. Das tat er immer, wenn er genau überlegte.

»Einen Tag vor seinem Unfall habe ich ihn angerufen, weil ich mir ein Fahrrad leihen wollte.
Da war er so niedergeschlagen. Also bin ich zu ihm gefahren und habe ihn gefragt, was los ist. Er hat mir so aggressiv geantwortet, dass alles ok wäre und ich ihn in Ruhe lassen soll. Am nächsten Tag habe ich ihm das Fahrrad zurückgebracht und wollte ihn noch zu uns zum Essen einladen, aber er sagte, dass er einen

Magenvirus hätte. Naja, ich habe mir nichts weiter dabei gedacht und bin sofort wieder gegangen.

Vielleicht hat ihn etwas anderes bedrückt und deshalb hat er sich am Abend volllaufen lassen«.

»Interessant«, sagte Niklas. »Ich muss nur schauen, wie ich ihn danach fragen kann, ohne dass er merkt, dass Sie mir das erzählt haben«.

Piet schüttelte den Kopf. »Nein. Bitte sagen Sie ihm, dass wir miteinander gesprochen haben, geben ihm unseren Brief und bestellen viele Grüße«.

Niklas stand auf und ging zum Schreibtisch. »Das mache ich natürlich gerne Mr. Barnes und hier ist meine Karte. Sollte Ihnen noch etwas einfallen, dann melden Sie sich bitte«.

Sie verabschiedeten sich und verließen das Büro.

**

Am nächsten Morgen saß Rudi auf seinem Bett und packte seine Schulbücher in eine Stoffmappe. Einen richtigen Ranzen hatte er noch nie besessen und er war sich sicher, dass er bestimmt nie das Geld dafür zusammen bekommen würde.

Plötzlich stand Simon neben ihm. »Hey Browny«, sagte er und grinste.

Rudi lächelte. »Hallo Simon, was gibt's denn«?

Er setzte sich neben ihn. »Ich wollte Dich mal fragen, wie es Mitch geht. Ich habe gehört, dass Du mit Mr. Gray im Krankenhaus warst«.

»Er hat Masern«, antwortete Rudi bedrückt. »Deshalb geht auch sein Fieber nicht runter. Und niemand darf im Moment zu ihm«.

Er schloss seine Tasche. »Aber der Doktor hat gesagt, dass er wieder ganz gesund wird«.
Simon nickte. »Pass mal auf Browny, ich habe mir etwas überlegt«.

Rudi stutzte. »Hab ich etwa Deine Schuhe nicht richtig geputzt«? fragte er schüchtern.

Simon schüttelte langsam den Kopf. »Nein, aber erstens machen wir das jetzt reihum. Das heißt, dass Du heute abgelöst wirst, klar«? Rudi sah ihn etwas überrascht an.

»Brauchst gar nicht so zu schauen, es ist kein Witz«, sagte Simon. »Und zweitens stehen Du und Mitch ab sofort unter meinem Schutz«.

Er klopfte ihm auf die Schulter. »Sollte Euch wer blöd kommen, dann sagt Ihr es mir. Verstanden«? Rudi sah ihn ungläubig an. »Danke Simon«. Der drehte sich um und warf die Tür hinter sich zu.

Die erste Stunde hatte Rudi Mathematik und eine Schulaufgabe stand an. Das Rechnen fiel ihm nicht schwer und so legte er, als die Pausenglocke läutete, zufrieden seine Bogen auf den Stapel am Lehrertisch.

Nach der Pause war Geografie dran und er freute sich schon darauf, wenn die Weltkarte vor der Tafel ausgerollt wurde.

Plötzlich betrat Jacob Walter das Klassenzimmer. Alle Kinder verstummten, als sie seine ernste Miene sahen. Allerdings hatte ihn auch noch niemand lächeln sehen, aber darüber dachte auch niemand nach.

Er verschränkte wie immer die Arme hinter seinem Rücken und sagte: »Ich informiere hiermit alle Schüler, dass heute die Aufsichtsbehörde im Haus sein wird. Ich erwarte von Euch Benehmen, keinen Lärm in den Fluren und wenn an einen von Euch eine Frage gestellt werden sollte, bitte ich um korrekte Beantwortung«.

Lauernd sah er sich um. »Gibt es dazu Fragen«? Die Kinder sahen sich betreten an. Noch nie hatte Mr. Walter eine Frage zugelassen, aber niemand traute sich jetzt, eine zu stellen. Wortlos verließ er das Klassenzimmer.

Der Geografie-Unterricht begann und Rudi hatte den Auftritt des Heimleiters bald wieder vergessen. Zu sehr fesselte ihn die Schilderung des Lehrers über die Südseeinseln.

Zuletzt hatte er heute das Fach Kunst. Mit großer Mühe zeichnete er mit einem Kohlestift eine Blüte auf ein Pergamentpapier und malte es vorsichtig mit seinen Buntstiften aus. Als die Glocke erneut läutete, war er zufrieden.

Erst jetzt merkte er, dass er Hunger hatte und überlegte, was Lotta wohl heute austeilen würde. So gut wie bei ihr hatte er noch nie gegessen, weder bei seinem Vater und schon gar nicht bei Onkel Lukas und Tante Hedi.

Schnell stopfte er sein Stiftmäppchen in die Tasche, rollte das Pergament zusammen und lief den anderen Kindern hinterher.

Auf dem Flur standen drei Männer und eine Frau, die den Kindern interessiert nachsahen. `Das müssen die von der Behörde sein`, fiel Rudi ein und ging nun langsam, auf den Boden blickend, an ihnen vorbei.

Er wollte auf keinen Fall etwas gefragt werden, denn er wusste, dass für ihn an der Essensausgabe bestimmt nicht viel übrig blieb, wenn er aufgehalten wurde. Er atmete auf, als er unbehelligt um die Ecke gebogen war.

Jetzt stieg ihm ein süßer Duft in die Nase und er erinnerte sich an die Pancakes, die ihm seine Mum vor vielen Jahren manchmal gemacht hatte. `Dazu gab es dann immer Früchtekompott`, dachte er, während er weiter lief.

Als Rudi zur Tür des Aufenthaltsraumes kam, wunderte er sich, denn sonst war der Raum immer von lärmenden Kindern erfüllt. Heute standen alle stumm in der Schlange und betrachteten mit Argwohn die aufgelegten Stoffdecken und die kleinen bunten Blumenvasen.

Jacob Walter stand an der Seite und beobachtete akribisch jede Reaktion der Kinder. Zwei Mitarbeiter der Behörde waren inzwischen bei ihm und sahen sich wohlwollend um.

Simon, der ganz vorn an der Ausgabe stand, rief plötzlich: »Na sieh mal einer an. Zur Feier des Tages gibt's heute Pancakes und Heidelbeeren. Und wenn sich die Herrschaften am Nachmittag umgedreht haben und wieder in ihrem Auto sitzen, wird schnell alles weggeräumt und im Keller der Arrestraum eröffnet, weil einer von uns zu laut geatmet hat«.

Jacob Walter sah ihn mit blitzenden Augen an, während die Beamten irritiert zu Simon sahen, der von Lotta einen Teller bekommen hatte, grinsend an einen Tisch ging und sich setzte. Ohne sie anzusehen, stopfte er sich einen Kuchen hinein und sagte mit vollem Mund: »Ist das köstlich. Esst was Ihr könnt Leute, denn so etwas Gutes kriegen wir erst wieder, wenn die Kommission wieder einmal kommt«.

Ethan Gray stand auf der anderen Seite und verfolgte gespannt die Reaktion des Heimleiters. Man konnte sehen, dass er innerlich kochte und bereits rot vor Wut anlief. `Das wird mir dieser Lümmel büßen`, dachte der grimmig. `Diesmal hat er es zu weit getrieben`.

Mit Schrecken sah er jetzt, dass eine Beamtin langsam zu Simon ging und sich gegenüber setzte. Endlos lang sprach sie mit ihm. Dann stand sie auf und lief zu einem Kollegen, der sich bereits angeregt mit Ethan Gray unterhielt.

Jacob Walter wurde schlecht, er hatte jetzt das Gefühl, als ob er gerade einen Schwinger in die Magengrube erhalten hatte. Er musste jetzt hier raus, denn sonst würde er sich übergeben. Als er den Flur entlang lief, rief jemand: »Mr. Walter, warten Sie bitte. Sie können nicht einfach hier weg«.

Es war der Leiter der Aufsichtsbehörde Edwin Jenkins, der sich kurz von seinen Mitarbeitern die wahre Sachlage über die Zustände in diesem Waisenhaus hatte schildern lassen. Als er bei ihm war, blieb Jacob stehen.

Der Beamte sah ihn ernst an. »Wir haben gerade unerhörte Anschuldigungen, die vor allem Sie betreffen, sowohl von einem Lehrer, als auch von einem Schüler erfahren. Sollten sich diese Aussagen bestätigen, haben Sie mit Konsequenzen zu rechnen«. Er machte eine kurze Pause. »Mr. Walter, bis zur Klärung der Vorwürfe sind Sie mit sofortiger Wirkung als Heimleiter suspendiert. Verlassen Sie umgehend das Haus, aber halten Sie sich unbedingt zur Verfügung«.

Jacob sah ihn entgeistert an. »Was fällt Ihnen ein«? zischte er plötzlich. »Sie können mich doch nicht einfach, nur auf der Grundlage eines Schülers, der hier ständig als Querulant in Erscheinung tritt und eines, aus meiner Sicht unfähigen Lehrers, von meinem Amt suspendieren«?

Er war außer sich. »Was glauben Sie eigentlich, wer Sie sind«? brüllte er. »Ich habe dieses Waisenhaus zu dem gemacht, was es heute ist. Das lasse ich mir von niemandem nehmen, auch von Ihnen nicht«.

Die anderen Beamten waren Edward Jenkins zu Hilfe geeilt, denn es war zu befürchten, dass Jacob Walter völlig außer Kontrolle geriet.

Er fuchtelte mit den Armen, stampfte auf den Boden und lief ständig auf und ab.

Nun standen die Erzieher, die Lehrer und Erzieher da und sahen fassungslos zu, wie sich Jacob Walter aufführte.

Als er schließlich, weinend wie ein Kind auf den Steinboden sackte, weil er scheinbar Luftnot hatte, sagte Jenkins mit ruhiger Stimme zu seiner Kollegin:

»Rufen Sie sofort einen Arzt und den Police-Service. Jacob Walter ist im Moment eine Gefahr für die Allgemeinheit und muss unbedingt auf seinen Gesundheitszustand untersucht werden. So können wir ihn hier nicht weglassen«.

Dann ging er zu Ethan Gray: »Können Sie für die nächste Zeit die Leitung des Hauses übernehmen, bis wir eine adäquate Lösung gefunden haben«?

Er nickte. »Natürlich, ich werde mir Mühe geben«. Edwin Jenkins sah seine Mitarbeiter an. »Kommen Sie. Wir haben hier genug gesehen«.

Inzwischen war der Notarzt im Haus und ein Streifenwagen bremste scharf am Eingang.

Der Leiter der Aufsichtsbehörde erklärte den Beamten die Situation und kurz darauf saß Jacob Walter auf dem Rücksitz, denn außer einem erhöhten Blutdruck konnte der Doktor nichts feststellen.

**

Am nächsten Morgen saß Scott Martin In einer Parklücke an der Kellie-Road in seinem alten Rover und beobachtete das Geschäftshaus, in dem Melinda Carlson als Sekretärin arbeitete.

Ihre geschwätzige Nachbarin hatte ihm bereitwillig erzählt, wann Melinda morgens das Haus verließ und wieder kam.

Scott sah auf seine Armbanduhr. `Sie kann also höchstens noch eine halbe Stunde im Büro sein`, dachte er.

Am Vorabend hatte er mit einem Freund telefoniert, der oft als Gutachter für eine Unfallversicherung tätig war. Leider war der Name Carlson in seinen Unterlagen bisher nicht aufgetaucht, aber er hatte ihm versprochen sich zu melden, sobald er etwas hören würde.

Scott biss in einen Burger, während er den Eingang des Immobilienbüros nicht aus den Augen ließ. Auf der gegenüberliegenden Seite war ein kleines Straßencafé, in dem an diesem schönen Tag viele Besucher saßen, die die letzten Sonnenstrahlen des Jahres genießen wollten. Muntere Plaudereien und das fröhliche Lachen einiger Kinder waren nicht zu überhören.

Er wollte gerade einen Schluck Cola trinken, als er plötzlich Melinda Carlson an dem zweiflügeligen Portal des Geschäftshauses entdeckte. Sie hatte ein geblümtes Kleid und dazu passende Absatzschuhe an. Dazu trug sie ein kurzes rotes Jäckchen und ihre dunklen schwarzen Haare waren gekonnt hochgesteckt.

»Wie eine trauernde Witwe sieht sie ja nicht gerade aus«, murmelte er vor sich hin.

Sie sah sich kurz um und lief mit wippenden Schritten und ihrer Handtasche unter dem Arm geradewegs auf das Café zu.

Scott sah genau hin, denn sie schien jemanden anzulächeln. Tatsächlich stand jetzt ein ziemlich korpulenter, älterer Mann auf und begann zu strahlen, als sie bei ihm an den Tisch kam. Er hatte einen graumelierten Schnauzbart, der früher sicher einmal feuerrot war. Mit einem Blumenstrauß in der Hand und einem Kuss auf die Wange begrüßte er sie und tätschelte ihren Arm.

Scott nahm schnell den Fotoapparat aus dem Handschuhfach und drückte wieder und wieder auf den Auslöser.

Die beiden schienen sehr vertraut zu sein, denn sie steckten immer wieder die Köpfe zusammen und raunten sich gegenseitig irgendwelche Worte ins Ohr. Und jedes Mal, wenn sie sich dann ansahen, schmunzelten sie und nippten hin und wieder an ihren Gin-Tonic-Gläsern.

Scott knüllte sein Burger-Papier zusammen, steckte seinen Kaugummi, den er auf der Ablage am Armaturenbrett aufgeklebt hatte wieder in den Mund und öffnete die Fahrertür. Er hoffte, dass er die beiden belauschen konnte und wollte sich, rein zufällig, an einen Tisch neben sie setzen.

Dann warf er das Papier in einen Mülleimer und sah sich um. Nicht ein einziger Platz war frei, aber er konnte nicht lange stehen bleiben, denn die beiden sollten ihn nicht wahrnehmen. Wer weiß, ob er sie noch einmal beschatten musste.

Schnell lief er zu seinem Auto zurück und setzte sich wieder hinein. `Fürs Erste habe ich ja genug gesehen`, dachte er. ` Jetzt muss ich herausfinden, wer dieser Mann ist. Ich werde gleich die Fotos entwickeln lassen und fahre damit zu ihrer Nachbarin. Mal sehen, ob er auch bei Mrs. Carlson daheim ein und ausgeht`.

Er startete nur mit großer Mühe den klapprigen Rover und fuhr langsam aus der Parklücke.

An einem kleinen Foto-Shop, ganz in der Nähe seiner Wohnung hielt er an, holte den Film aus dem Apparat und betrat den Laden.

»Hey Jimmy«, rief er und legte die Rolle auf den Tresen. »Kannst Du mir das bis heute Nachmittag entwickeln? Es wäre wichtig«.

Der Besitzer lächelte. »Klar Scott, wie immer mit zwanzig Prozent Aufschlag«. Scott wiegte den Kopf.

»Jimmy, wenn Du so weiter machst, suche ich mir bald einen anderen Laden. Schließlich bin ich einer Deiner besten Kunden«.

»Dann mach das ruhig Scott«, antwortete er unbeeindruckt. »Wie Du weißt, habe ich auch meine Unkosten und muss für drei Kinder jeden Monat das Schulgeld aufbringen«.

»Schon ok«, antwortete er, während er seinen Kaugummi im Mund hin und her schob. »Aber einen Versuch ist doch legitim, oder etwa nicht«?

Jimmy nahm die Filmrolle. »Komm in drei Stunden wieder«, brummte er versöhnlich. »Dann bekommst Du Deine Fotos in Hochglanz und Farbe«.

Scott ging zur Tür und grinste. »Ist aber nur ein schwarz-weiß Film. Auch ich habe meine Unkosten. Bis nachher«.

Er ließ sein Auto stehen und lief zu einem Kiosk. Dort kaufte er sich eine Tageszeitung, einen Kaffee im Pappbecher und holte seinen Wohnungsschlüssel aus der Hosentasche. Während er die Treppe nach oben in sein Appartement ging, sah er auf die Titelseite der Zeitung und schluckte. `Skandal im Waisenhaus-Heimleiter vorläufig in Gewahrsam`.

Schnell schloss er das Appartement auf, warf seine Jacke über einen Stuhl und setzte sich an den Küchentisch. Hastig las er den Bericht über den Eklat während eines Besuches der Aufsichtsbehörde.

Dann klopfte er mit der Faust auf die abgenutzte Holzplatte. Der Kaffeebecher kippte um und ergoss sich über die Zeitung. »Hab ich es doch gewusst«, rief er laut. »Und dieser Walter hat vielleicht noch mehr auf dem Kerbholz, als das was da steht«.

Er holte sein Notizbuch hervor und blätterte darin. Schließlich schob er das Telefon vor sich hin und wählte eine Nummer.

Mehrere Male läutete es, bevor endlich jemand abhob. »Hallo Steven, hier ist Scott«, sagte er. »Es ist soweit. Jetzt kannst Du mir auch mal einen Gefallen tun, denn wie Du weißt, schuldest Du mir noch was«.

Er lehnte sich zurück. »Pass mal gut auf«, sagte er gedehnt. »Check mal das Konto von einem gewissen Jacob Walter. Ich brauche alle Zahlungsein- und Ausgänge der letzten drei Jahre«.

Scott machte eine Pause und hörte zu. »Ich weiß, dass das nicht legal ist Steven«, sagte er gereizt. »Aber ich brauche es für meine Ermittlungen«. Dann nickte er. »Gut, wir treffen uns heute Abend an der Parish Church um neun, ok? Und denk dran. Den Gefallen, den ich Dir vor einem halben Jahr getan habe, war auch nicht ganz legal, aber Dir blieb eine Menge Ärger erspart. Und wenn ich die Unterlagen von Dir bekommen habe sind wir quitt«.

Schnell legte er auf und sah seine Küchenuhr. Er blieben noch zwei Stunden Zeit, bis er die Fotos bekam.

Er ging zum Kühlschrank, holte sich eine Dose Bier und knackte sie auf. »Prost«, sagte er zufrieden und trank einen kräftigen Schluck.

Dann ging er ins Wohnzimmer, warf seine Lederstiefel in die Ecke, legte sich auf die Couch und gähnte. `Zeit für einen wohlverdienten Mittagschlaf`. Er schaltete den Fernseher ein und stellte den Ton leise. Bei diesem Gedanken schlief er ein.

Vom Läuten des Telefons wurde er schließlich wieder wach und erschrak. `Wie lange habe ich denn geschlafen`? dachte er. Er atmete auf, als er auf der Wanduhr sah Es war gerade vier Uhr am Nachmittag.

Er ging in die Küche und hob ab. Am anderen Ende war die Rechtsanwaltskanzlei. Niklas Cunningham fragte: »Scott, haben Sie heute schon Zeitung gelesen«?

Er nahm den Hörer ans andere Ohr. »Ja, das habe ich und ich nehme an, dass Sie die Schlagzeile über das Waisenhaus meinen«.

»Ja natürlich. Und was machen die Ermittlungen, über die wir gestern gesprochen haben«? fragte Niklas ungeduldig. Scott lächelte. »Es geht voran Mr. Cunningham. Mein Sonderbonus rückt näher, aber lassen Sie mir bitte noch einen Tag Zeit, dann komme ich zu Ihnen ins Büro. Das was ich Ihnen zu erzählen habe, ist nichts fürs Telefon. Bis morgen«.

Als er wieder aufgelegt hatte, zog er sich seine Stiefel an, nahm die Jacke und steckte sich einen neuen Kaugummi in den Mund. »Also dann mal los«, sagte er selbstsicher und verließ sein Appartement.

Als er den Foto-Shop betrat, stand Jimmy über seinen Tresen gebeugt und las Zeitung. Er sah über seine Lesebrille, als die Glöckchen an der Tür schellten. »Hey, da bist Du ja wieder«, sagte er. »Hab schon gedacht, dass Du mir beim Entwickeln zuschauen willst, wie das letzte Mal«. Er ging zum Regal und holte einen Umschlag hervor.

Scott stützte sich mit den Armen auf den Tresen und sagte lächelnd: »Nein, dieses Mal weiß ich ja, was drauf ist«.

»Hier, Deine Fotos«, brummte Jimmy. »Zwei waren überbelichtet, aber der Rest ist ganz gut«.

Er ging langsam zur Kasse. »Ich hab`s mir noch mal überlegt. Du bekommst heute einen Sonderrabatt, weil Du fast jede Woche was bestellst. Das macht dann sechs Pfund«.

Scott kaute seinen Kaugummi und begann zu grinsen. »Na siehst Du Jimmy. Es geht doch«.

Er legte ihm das Geld auf den Tresen und nahm den Umschlag. »Danke und ich werde ein treuer Kunde bleiben«. Schnell lief er zu seinem Rover und setzte sich hinein. Dann riss er den Umschlag auf und betrachtete in Ruhe alle Fotos.

Schließlich startete er den Wagen und machte sich auf den Weg zur Lochend Road, wo Melinda Carlson mit den drei Kindern wohnte.

Als er in die Straße einbog, bremste er und sah sich nach der Nachbarin um, die tagsüber oft Laub harkte, oder sich mit dem Schneiden ihrer Rosenbäume beschäftige. Fast nichts entging ihren neugierigen Blicken.

Schnell zog Scott die Handbremse an und sprang aus dem Auto, als er sie mit einem Einkaufskorb am Gehweg sah. Gerade wollte sie ins Haus gehen.

»Hallo Mrs. Stone«, sagte er höflich. Hastig zog er die Fotos aus dem Umschlag. »Darf ich noch einmal Ihre kostbare Zeit in Anspruch nehmen«?

Neugierig sah sie ihn an. »Ach Sie sind es wieder. Was gibt es denn«? Schon heftete sie ihre Blicke auf die Bilder, die Scott im Moment verdeckt in der Hand hielt. »Kommen Sie doch mit ins Haus«, sagte sie schnell. »Ich könnte uns einen Tee machen«.

Scott nickte. »Ja gerne Mrs. Stone, wenn es Ihnen nichts ausmacht«. Er lief hinter ihr her, während sie lamentierte: »Ach, sonst hat ja niemand für mich Zeit. Selbst meine Enkel kommen in den Ferien kaum noch vorbei«.

Sie setzte den Wasserkessel auf und holte Geschirr aus dem Schrank. »Milch und Zucker für Sie«? fragte sie mit schriller Stimme. »Ja gerne Mrs. Stone«, antwortete er geduldig.

Er legte seinen Umschlag auf den Tisch. »Sagen Sie mal, haben Sie seit dem Tod von Mr. Carlson vielleicht noch einen anderen Mann hier bei Mrs. Carlson gesehen«?

Die Nachbarin hob fragend die Augenbrauen und überlegte. »Eigentlich nicht, außer einem älteren Herrn. Ich habe ihn rein zufällig von meinem Küchenfenster aus gesehen«.

Sie lächelte etwas unsicher und sah ihn mit einem seltsamen Augenaufschlag an. »Naja und dann bin ich zur Haustür geschlichen und habe sie vorsichtig einen Spalt breit geöffnet«.

Scott beugte sich leicht nach vorn und sah sie verschmitzt an. »Mrs. Scott, Sie haben gelauscht, oder«? flüsterte er.

Leslie Stone setzte sich beleidigt gerade hin und zupfte mit den Fingern an der Tischdecke.

»Jedenfalls hatte er einen großen Blumenstrauß dabei. Erst habe ich mich darüber gewundert, denn es war schon später Nachmittag und begann dunkel zu werden. Aber dann stellte er sich als Mitarbeiter der Fürsorge der Bahngesellschaft vor und das er sich jetzt um die Familie nach so einem tragischen Unglück kümmern will«.

»Wie sah er denn aus«? fragte Scott. »Beschreiben Sie ihn doch mal«.

»Also schlank war er nicht«, sagte sie grübelnd. »Und auch nicht sehr groß. Und er trug so einen gezwirbelten Bart. Die beiden sind dann aber ins Haus gegangen und ich habe meine Tür schnell wieder zugemacht, denn der Wind blies an diesem Abend kräftig ums Haus«.

Scott drehte nun die Fotos um und breitete sie langsam vor ihr aus. »Ist das der Mann«? fragte er.

Leslie sah nur einmal hin. »Ja natürlich ist er das«. Scott schob die Fotos wieder zusammen.

»Was ist denn mit diesem Mann«? fragte Leslie sie neugierig. »Haben die beiden etwa…«.

Sie sprach nicht weiter, sondern hielt ihre Hand erschrocken vor ihren Mund.

»Was könnten denn die beiden haben«? fragte er jetzt provokativ.

In ihrem Gesicht stieg die Schamesröte auf. »Mr. Martin, jetzt tun Sie doch nicht so, als wüssten Sie nicht, von was ich rede«.

Scott sah sie ernst an. »Genau Mrs. Stone, denn wir wissen es im Grunde beide nicht. Und deshalb rate ich Ihnen, niemandem ein Wort zu sagen und keine Vermutungen in Umlauf zu bringen«.

Er machte eine kurze Pause und nippte an seinem Tee. »Denn wenn es wirklich nur ein Herr von der

Fürsorge war und stattdessen durch Sie behauptet wird, dass Mrs. Carlson eine Affäre hat, könnte Sie das teuer zu stehen kommen. Verleumdungen werden durch Gerichte hart bestraft. Und die arme Mrs. Carlson und ihre Kinder bekommen keinen Boden mehr unter den Füßen, denn einmal gestreute Gerüchte halten sich hartnäckig. Überlegen Sie sich das gut«.

So`, dachte er. `Jetzt habe ich sie hoffentlich genügend erschreckt um zu verhindern, dass sie alles sofort weiter tratscht und zumindest vorerst für sich behält, was sie gesehen hat`.

Er stand auf. »Vielen Dank für den Tee Mrs. Stone, aber ich muss jetzt leider gehen«.

Schnell lief er zur Tür. »Hier ist meine Karte, falls Ihnen noch etwas einfällt oder Sie etwas Interessantes sehen. Und sollte ich nicht da sein, sprechen Sie ruhig auf meinen Anrufbeantworter. Ich rufe Sie ganz bestimmt zurück«.

»Ist gut Mr. Martin«, flüsterte sie mit verschwörerischer Stimme. »Sie können sich ganz bestimmt auf mich verlassen«.

Kurz darauf wieder im Auto saß, sah er auf die Uhr am Armaturenbrett. Bis zu seinem Treffen mit seinem Informanten an der Parish Church hatte er immer noch genügend Zeit.

»Ich werde jetzt etwas essen gehen«, sagte er vor sich hin und startete seinen Wagen.

In einem kleinen Imbiss setzte er sich in eine Ecke, bestellte sich eine Portion Kartoffelchips und ein kleines Glas Bier. Dann sah er sich noch einmal die Fotos an, die er am Vormittag von Melinda Carlson und ihrem Begleiter gemacht hatte.

Plötzlich stutzte er. Zwei Reihen hinter Melinda saß mit finsterer Miene ein Mann, den er kannte.

Hastig verglich er die andern Fotos noch einmal. »Elliot Swan«, murmelte er vor sich hin. »Aus welchem Loch bis Du denn gekrochen«?

Elliot Swan war vor vielen Jahren einer seiner engsten Mitarbeiter in einer Security-Agentur, für die sie gemeinsam gearbeitet hatten. Sie begleiteten spezielle Geldtransporte und beschützten Aufsichtsratsmitglieder einer Bank bei öffentlichen Auftritten.

Doch dann gerieten sie in eine Schießerei, als sie ein gepanzertes Fahrzeug bei der Überstellung von Goldbarren eskortierten.

Elliot wurde an einem Bein schwer getroffen und hinkte seitdem. Langwierige Ermittlungen begannen und Scott kam in den Fokus der Ermittler, denn Elliot hatte ihn schwer belastet.

Nur mit Mühe konnte er durch die Unterstützung eines Anwalts seine Unschuld beweisen. Es war George Cunningham, der Vater von Niklas. Er glaubte ihm von Anfang an und war sicher, dass Scott nichts mit dem Überfall zu tun hatte.

Als alles vorbei war, wurde Scott freigesprochen und er bekam eine Abfindung. Trotzdem hatte er den Job verloren und seine Freundin war über Nacht aus der gemeinsamen Wohnung ausgezogen.

Verzweifelt hatte er sich erneut an George Cunningham gewandt und der schlug ihm vor, für seine Kanzlei Ermittlungen durchzuführen, wenn die Recherchen der Staatsanwaltschaft und des Police-Service zu mager oder strittig waren.

Seitdem hatte er regelmäßig Aufträge, die ihm ein recht annehmbares und freies Leben ermöglichten, aber an Elliot Swan durfte er nicht denken. Das hatte er immer noch nicht verwunden.

George Cunningham hatte inzwischen seinem Sohn die Kanzlei übergeben und sich zur Ruhe gesetzt. Er war mit seiner Frau nach Cork in Irland gezogen. Er mochte das mediterrane Klima in diesem Landstrich, denn das Rheuma plagte ihn schwer.

`Was macht Elliot Swan hier und warum beobachtet er Melinda Carlson`? grübelte Scott. `So langsam entwickelt sich die Angelegenheit zu einem interessanten Fall`.

Schnell schob er jetzt die Fotos zurück in den Umschlag und machte sich auf den Weg zur Parish Church. Er parkte an einem Postamt, setzte sich eine Sonnenbrille auf und spazierte die Queen Road entlang.

Als er der Kirche näher kam, sah er einen Mann in einem Jogginganzug an einem schmiedeeisernen Tor stehen, der immer wieder auf seine Armbanduhr blickte.

Scott schlug den Kragen seiner Jeansjacke hoch, steckte die Hände in seine Hosentaschen und lief direkt auf ihn zu. Als er bei ihm war, nahm er im Vorbeigehen einen Umschlag an sich.

Unbeirrt lief er weiter und war kurz darauf wieder bei seinem Auto. Als er auf dem Weg zu seinem Appartement war, drehte er das Radio laut und summte zufrieden die Songs mit.

Daheim angekommen, zog er die Vorhänge zu, setzte sich an seinen Schreibtisch und schaltete eine kleine Leuchte an. Ungeduldig riss er den Umschlag auf und begann die kopierten Listen durchzusehen.

Er rieb sich die Augen und dachte: `Das wird heute nichts mehr`. Er schaltete die Lampe wieder aus und legte sich auf die Couch.

**

Niklas Cunningham war auf dem Weg zum Gericht. Er hatte eine Haftprüfung beantragt, sich intensiv darauf vorbereitet und konnte nur hoffen, dass der Ermittlungsrichter seinen Argumenten folgen würde.

Lange hatte er mit Jack Mason, dem Fahrdienstleiter telefoniert, der ihm sagte, dass sich Percy während seiner Berufszeit nie etwas zuschulden hatte kommen lassen. Nur über den Unfallhergang selbst sprach er nicht.

Auch sein Gespräch mit Piet Barnes und seiner Frau Zou hatten ihn darin bestärkt, dass er ein anständiger Mann war.

Fluchtgefahr bestand seiner Meinung nach nicht, auch wenn immer noch nicht bekannt war, ob er ein rotes Signal überfahren hatte, oder auch ein Defekt an der Schranke vorlag.

Am Nachmittag hatte er einen Termin mit Scott Martin vereinbart und war gespannt, was der in der Zwischenzeit über die Opfer herausgefunden hatte.

Doch als er dem Ermittlungsrichter und dem Staatsanwalt gegenübersaß und die ersten Einzelheiten besprochen wurden, sah er sich einem regelrechten Komplott gegenüber. Er hatte den Eindruck, als ob Percy Johnson jetzt schon als alleiniger Schuldiger galt.

Seiner Argumentation, dass eine defekte Signalanlage der Grund dieses tragischen Zusammenstoßes sein könnte, ließ der Richter ebenfalls nicht gelten, da man dies noch nicht wisse.

»Ganz im Gegenteil«, sagte der Staatsanwalt. »Sollte Mr. Johnson aufgrund seines Alkoholspiegels den Unfall verursacht haben, indem er Signale übersehen oder Durchsagen nicht gehört hat, kommt möglicherweise noch eine zivilrechtliche Klage auf Schadensersatz auf ihn zu, deren Höhe im Moment nicht zu beziffern sei«.

Enttäuscht und wütend hatte Niklas das Gerichtsgebäude verlassen. Er war fassungslos, dass eine grundsätzliche Unschuldsvermutung, die bis zu einer Verurteilung zu gelten hatte, hier aus seiner Sicht keine Anwendung fand.

Als er sein Büro betrat, nahm er sich die bereitliegenden Zeitungen vom Tresen und sagte kurz angebunden: »Guten Morgen Anne«.

Sie unterbrach ihr Diktat. »Guten Morgen Sir«. Dann nahm sie die Kopfhörer ab. »Wie ist es denn gelaufen«?

Niklas winkte ab. »Fragen Sie nicht. Mr. Johnson bleibt wahrscheinlich bis zum Prozessbeginn in U-Haft. Ich hatte nicht den Hauch einer Chance«.

Sie stand auf. »Übrigens ist gerade ein Fax des Gutachters gekommen«. Sie nahm den Bericht aus der Ablage. »Hier bitte«.

»Warum sagen Sie das denn nicht gleich«? rief Niklas überrascht. »War sonst noch etwas Wichtiges«? fragte er, während er zu seiner Bürotür ging.

»Mr. Martin hat noch angerufen. Er wird so gegen 11.00 Uhr hier sein«.

»Gut Anne. Ich lese jetzt erst einmal den Bericht und möchte dabei nicht gestört werden«.

»Wann bringen Sie eigentlich den Brief der Familie Barnes zu Mr. Johnson«? fragte sie.

Niklas drehte sich um. »Wenn ich alle Fakten zusammen getragen habe. Dazu brauche ich auf jeden Fall den Bericht von Scott und vielleicht hilft uns auch das Gutachten weiter. Vereinbaren Sie bitte für morgen einen Termin«.

Anne nickte und nahm den Telefonhörer in die Hand. Niklas hing seinen Trenchcoat an die Garderobe und schloss die Tür.

Hastig nahm er sich die Unterlagen. Er überflog die Einleitung des Gutachters und war nun bei der Frage angelangt, warum die Schranke nicht geschlossen war, als sich Percy mit seinem Zug näherte. Gespannt beugte er sich über den Bericht und las weiter.

Plötzlich sah er auf und schluckte. »Das gibt es doch nicht«, sagte er laut vor sich hin. »Die Signalanlage war angeblich intakt und Percy soll zwanzig Kilometer vor dem Bahnübergang an einem Stellwerk ein rotes Signal überfahren haben. Aber dann, zwei Kilometer vor dem Unfallort hätte er auch noch eine Durchsage ignoriert«?

Grübelnd ging er zum Fenster und beobachtete die Autos auf der Kreuzung. »Ein überfahrenes Signal, so kurz vor der Unfallstelle würde ich glauben, aber ein Signal und eine Durchsage«? flüsterte er.

»Das kann ich mir nicht vorstellen. Dieses Gutachten kommt jetzt schon einem Schuldspruch von Percy Johnson gleich, zumal er unter Alkoholeinfluss stand«.

`Scott muss den Gutachter unter die Lupe nehmen. Wenn der immer bei solchen Unfällen von der Bahngesellschaft beauftragt wird, ist er vielleicht befangen und ich könnte diese Expertise anfechten. Nur ein gerichtlich bestelltes Gutachten kostet vor allen Dingen Zeit. Und ich muss dringend mit Percy sprechen und ihn mit den Aussagen des Gutachters konfrontieren. Vielleicht erinnert er sich auch an die Überfahrt an diesem Stellwerk`.

Mit hastigen Schritten ging er zu Anne. »Rufen Sie Scott an«. sagte er forsch. »Er soll in zwei Stunden kommen. Ich fahre jetzt erst einmal zu Percy«.

Ohne auf ihre Antwort zu warten, steckte er den Brief des Ehepaares Barnes in eine Mappe, suchte alle Unterlagen zusammen, nahm seinen Mantel und ging zur Tür.

Auf dem Weg zu seinem Auto dachte er: `Hier ist doch irgendetwas im Gange, was mir gar nicht gefällt`. Schnell startete er den Wagen und fuhr los.

Constable Anderson saß hinter dem Tresen der Police-Station und biss gerade genüsslich in einen Zuckerkrapfen, als Percy die Glastür mit Schwung öffnete. »Guten Tag. Ich muss dringend meinen Mandanten Percy Johnson sprechen«.

»Ihre Sekretärin sagte doch vorhin, dass Sie erst morgen gegen zehn kommen wollen«, antwortete er mit vollem Mund.

»Das war vor einer Stunde«, entgegnete Niklas. »Melden Sie mich bitte an. Die Sachlage duldet keinen Aufschub«.

Der Officer nahm den Telefonhörer und sprach mit seinem Vorgesetzten. Kurz darauf ertönte der Summer und schon war Niklas war auf dem Weg zu Percy.

Im Besucherraum öffnete er seine Ledermappe und breitete die Unterlagen vor sich aus. Er lehnte sich zurück und sah auf die Uhr. `Wo bleibt er denn`? dachte er ungeduldig.

Schließlich wurde die Tür geöffnet und Percy stand vor ihm. Niklas erschrak, denn er hatte tiefe Augenringe, die wie ein Schatten über seinem

Gesicht lagen. `Und viel gegessen scheint er auch nicht zu haben`, dachte er.

»Mr. Johnson, wie geht es Ihnen«? fragte er und stand dabei auf. Percy schlurfte zum Tisch und ließ sich wortlos auf seinen Stuhl fallen.

Der Officer sah auf die Uhr. »Sie haben wie immer eine halbe Stunde Zeit mit Ihrem Mandanten zu sprechen«.

Niklas nickte. »Danke Constable«. Er verließ den Raum.

Dann holte er schnell einen Umschlag aus der Innentasche seines Sakkos und legte ihn vor Percy auf den Tisch. »Hier Mr. Johnson. Ein Brief Ihrer Freunde. Er ist auch nicht geöffnet worden«.

Percy sah ihn mit müdem Blick an. »Etwa von Piet und Zou«? fragte er niedergeschlagen.

Niklas nickte. »Ja und hier ist noch ein selbstgemaltes Bild der Kinder, das ich Ihnen unbedingt geben soll«.

Percy`s Miene hellte sich ein wenig auf, als er erkannte, dass Edgar und Danny ihr Bestes gegeben hatten. Die beiden hatten um das Motiv gestritten und sich schließlich darauf geeinigt, ihren Patenonkel zusammen mit ihnen auf einer Dampflok zu malen.

Niklas lächelte, während Percy immer noch das Bild betrachtete. »Sie sind doch gut getroffen«, sagte Niklas. »Meinen Sie nicht«?

Percy antwortete nicht, räusperte sich kurz und nahm den Brief in die Hand. »Darf ich den mit in meine Zelle nehmen und allein lesen«?

»Ja natürlich dürfen Sie das und Sie können ihn auch schriftlich beantworten«, sagte Niklas leise. »Ich bin gerne weiterhin der Postbote«.

»Weiterhin«? fragte Percy resigniert. »Ich muss also doch hierbleiben, oder«? Enttäuscht lehnte er sich zurück.

Niklas sah ihn ernst an. »Noch ist nicht aller Tage Abend Mr. Johnson. So schnell lassen wir uns nicht unterkriegen und deshalb bin ich auch hier«.

Er nahm jetzt das Gutachten und erläuterte nun Percy den wesentlichen Inhalt. Niklas hatte jedoch das Gefühl, als ob er mit den Gedanken ganz woanders war, oder bereits schlief.

»Hören Sie mir eigentlich zu Mr. Johnson«? fragte er misstrauisch. »Ich habe nämlich gleich ein paar Fragen an Sie, denn die Behauptungen, die hier gemacht wurden, erschließen sich mir nicht ganz«.

Percy hob die Augenlider. »Wieder und wieder bin ich in Gedanken die Strecke abgefahren«, flüsterte er. »Ständig habe ich darüber nachgedacht, ob ich ein Signal übersehen oder eine Durchsage der Leitstelle überhört haben könnte«.

»Und«? fragte Niklas. »Gab es irgendwo ein rotes Signal oder eine mündliche Information, dass die Schrankenanlage defekt ist«?

Percy sah ihm offen ins Gesicht. »Auch wenn ich noch erheblich Restalkohol im Blut hatte, bin ich mir sicher, dass ich kein rotes Signal überfahren habe und eine Durchsage gab es definitiv auch nicht«.

Niklas lehnte sich zurück. »Wollen Sie etwa behaupten, dass Sie einem Komplott aufgesessen sind? Kein rotes Signal und keine Durchsage, dass die Schrankenanlage defekt war, würden letztendlich doch bedeuten, dass mehrere Personen nicht die Wahrheit sagen«.

Percy sah auf den Boden. »Ich bräuchte jetzt eine Blackbox wie in einem Flugzeug, um das Gegenteil zu beweisen. Aber die gibt es nun mal nicht«.

Niklas stand auf und lief grübelnd hin und her. »In dem Gutachten steht nicht, wer die Signale gesetzt hat und wer angeblich die Warnung kurz vor dem Unfall durchgegeben haben könnte. Wer macht das normalerweise«?

Percy überlegte: »Das macht in der Regel der Fahrdienstleiter in der Leitstelle«.

Niklas rieb sich nachdenklich das Kinn. »Es könnte also doch auch ein einzelner Mitarbeiter für die Umschaltung auf Rot und auch für die Durchsage verantwortlich gewesen sein«?

»Beides ist möglich«, sagte Percy. »Aber warum fragen Sie nicht einfach Jack Mason. Der müsste doch wissen, wer Dienst hatte«.

»Ich habe bereits mit Mr. Mason telefoniert. Wir haben auch über Sie gesprochen, was sicher nachvollziehbar ist. Er hat Sie in den höchsten Tönen gelobt, aber zu dem Unfall durfte er nichts sagen. Die Geschäftsleitung hat hierzu klare Anweisungen gegeben. Ich werde es aber, sobald ich zurück im Büro bin, noch einmal versuchen«.

Es klopfte kurz an der Tür und der Officer betrat den Besucherraum. »Mr. Cunningham, Ihre Zeit ist um«, sagte er höflich. »Bitte verabschieden Sie sich«.

Diesmal blieb er stehen und wartete, denn bei seinem letzten Besuch hatte er Ärger mit seinem Chef bekommen, weil der Anwalt länger als erlaubt, bei Percy geblieben war.

Niklas fasste Percy am Arm. »Bitte denken Sie noch einmal nach, ob Ihnen noch etwas einfällt«, sagte er eindringlich. »Und essen Sie, denn Sie müssen bei Kräften bleiben. Ich finde schon eine Lösung«.

Schnell steckte er seine Unterlagen in die Mappe, nickte dem Officer freundlich zu und verließ die Police-Station.

Als er zurück ins Büro kam, stand Scott am Tresen und flirtete mit Anne, die wie schon so oft, freundlich aber bestimmt seine Annäherungsversuche, abwehrte.

Sie war zwar nicht verheiratet und hatte auch keine Kinder, lebte aber seit einigen Jahren in einer festen Beziehung zusammen mit einem Arzt aus dem Central-Hospital.

Scott drehte sich erschrocken um, als Niklas plötzlich hinter ihm stand. »Sie wissen, dass ich Ihre Flirterei mit meiner Sekretärin nicht mag«.

Er ging an ihm vorbei und öffnete die Tür zu seinem Büro. »Kommen Sie schon. Wir haben wichtige Dinge zu besprechen«.

Scott nahm wie immer den Kaugummi aus dem Mund und lief ihm nach. Sie setzten sich.

»Scott, es wird eng für Mr. Johnson«, begann Niklas mit ernster Stimme. »Ich hatte heute Morgen einen Termin beim Ermittlungsrichter und beim Staatsanwalt. Er bleibt vorerst in U-Haft, weil im Moment noch alles gegen ihn spricht. Leider wurde natürlich auch sein Alkoholspiegel zum Zeitpunkt des Unfalls thematisiert. Und mittlerweile haben wir auch ein Gutachten der Bahngesellschaft vorliegen.

Danach ist im Moment angeblich auch er einzig und allein Schuld an dem Unfall. Jetzt komme ich gerade von Percy und er schwört, dass weder ein rotes Signal vorhanden war, noch eine Warnung über die Leitstelle durchgegeben wurde«.

Niklas lehnte sich nach vorn. »Haben Sie eine Möglichkeit herauszubekommen, wie oft dieser Gutachter bereits für die Bahngesellschaft tätig war«?

Scott wiegte den Kopf. »Ich werde sehen, welche Kontakte ich dazu benutzen kann«.

»Was gibt es Neues über Melinda Carlson«? fragte Niklas weiter, während er seinen Kugelschreiber ungeduldig in der Hand drehte.

»Ich habe Sie gestern beobachtet, als sie das Büro verlassen hat«, sagte Scott. »Und sie hat es mir nicht schwer gemacht«.

Niklas horchte auf. »Erzählen Sie«.

Scott schenkte sich ein Glas Wasser ein. »Sie hat sich in einem schicken bunten Kleid in dem gegenüberliegenden Café mit einem älteren Herrn getroffen und keinen Hehl daraus gemacht, dass sie ihn näher kennt. Ganz vertraut waren die beiden miteinander«.

Er legte ihm einen Umschlag auf den Schreibtisch. »Ich habe Fotos gemacht. Hier, schauen Sie selbst«.

Niklas betrachtete die Bilder. »Wer ist dieser Mann, wissen Sie das«?

Scott winkte ab. »Genau diese Frage hat mich auch interessiert, zumal der Typ erheblich älter ist als sie und nicht gerade aussieht wie ein Adonis. Ich bin also mit der Filmrolle los, habe sie entwickeln lassen und die Fotos am Nachmittag der Nachbarin von Melinda Carlson, einer gewissen Leslie Stone gezeigt. Sie ist eine alleinstehende geschwätzige Dame, der jede Abwechslung gelegen kommt«.

Scott grinste einen Moment, als er sich an den Tee in ihrer geblümten Küche erinnerte.

»Und weiter«? fragte Niklas ungeduldig.

»Sie hat diesen Mann vor ein paar Tagen tatsächlich an ihrer Haustür gesehen und sie sogar einen Moment belauscht«.

Er trank nun wieder einen Schluck Wasser und setzte das Glas laut auf der Tischplatte wieder ab. »Er hat sich als Vertreter der Fürsorgestelle bei der Bahngesellschaft vorgestellt«.

»Kann es sein, dass die beiden diesen Dialog Mrs. Stone nur vorgespielt haben«? fragte Niklas vorsichtig. »Schließlich wird Melinda Carlson doch auch wissen, dass sie eine überaus neugierige Nachbarin hat«.

Scott überlegte. »Wenn sie gemeinsam wirklich etwas im Schilde führen, ist das durchaus möglich. Ich habe Leslie Stone aber gewarnt, etwas in Umlauf zu bringen, was sie nicht beweisen kann«.

»Nehmen Sie Melinda Carlson die Geschichte mit dem Mitarbeiter der Fürsorge bei der Bahngesellschaft ab«? fragte Niklas misstrauisch.
Scott wiegte den Kopf. »Für mich waren die einen Tick zu vertraut, aber es könnte ja auch beides der Fall sein«.

»Wie meinen Sie das«? fragte Niklas.
Scott grinste. »Es könnte doch sein, dass der Kerl wirklich dort arbeitet und sich gleichzeitig an die frischgebackene Witwe ran gemacht hat. Fragen Sie doch mal diesen Mr. Mason, ob wir eine Liste der Sacharbeiter in dieser Abteilung bekommen können«.

Niklas nickte. »Einen Versuch wäre es wert. Und was haben Sie sonst noch rausgefunden«?

Scott zog sich einen frischen Kaugummi aus der Brusttasche seiner Jeansjacke und steckte ihn in den Mund. »Entschuldigung Sir, aber jetzt brauche ich einen«.

Dann legte er die Fotos wie einen Fächer vor ihn hin. »Sehen Sie sich die Bilder in dem Café bitte noch einmal genau an. Fällt Ihnen etwas auf«?

Niklas sah Scott erstaunt an und beugte sich über die Fotos. »Ich sehe nichts Besonderes«.

»Sehen Sie Mr. Cunningham«, sagte Scott zufrieden. »Und deshalb bin ich Private-Detektive und Sie sind Anwalt«.

Er tippte auf einen Mann im Hintergrund. »Erkennen Sie ihn«? Niklas wurde blass.

»Eliott Swan«. Natürlich wusste auch er, wie böse er Scott mitgespielt hatte.

»Was macht der denn dort? Und seit wann ist er wieder in Dunbar? Mein Vater sagte doch, dass er nach London gezogen war und sich bestimmt nicht mehr so schnell hier auftauchen würde«.

Scott lächelte bitter. »Naja, das ist aber auch schon fast sechs Jahre her, dass der Prozess beendet und ich freigesprochen wurde. Vielleicht denkt er, dass genügend Gras über die Angelegenheit gewachsen ist. Aber ich werde ihm das nie verzeihen und wie man sieht, trifft man sich eben doch zweimal im Leben«.

Niklas sah ihn erschrocken an. »Sie hegen doch nicht etwa irgendwelche Rachegelüste Scott? Schlagen Sie sich das aus dem Kopf. Finden Sie lieber heraus, warum er Melinda Carlson beschattet, denn das sieht man auf den Fotos auch ohne Lesebrille«.

»Ja, das habe ich mich auch schon gefragt. Ich glaube nicht, dass er eifersüchtig auf den älteren Herrn ist«. Er machte eine kurze Pause.

»Ich habe da eine Theorie, die ich noch nicht beweisen kann, aber das finde ich raus«.

Niklas lächelte. »Na los, sagen sie schon«.

»Elliot Swan hat damals genauso wie ich den Job verloren und falls er keine Erbschaft oder einen Lottogewinn bekommen hat, was ich ihm im Übrigen nicht gönnen würde, muss ja auch er irgendwie Geld verdienen«

Grübelnd sah er Niklas an. »Ich denke, dass er für eine Versicherung unterwegs ist, die sich die Begünstigten ansieht, bevor es zur Auszahlung von hohen Beträgen kommt. Würde zumindest genau zu Swan passen«.

»Selbst wenn Mrs. Carlson am selben Tag, als ihr Mann starb, mit zehn Anderen ins Bett ginge, jedoch mit dem Unfall nichts zu tun hat, müssen die trotzdem zahlen«, warf Niklas ein. »Wo kämen wir denn da hin? Auch wenn wir das moralisch, na sagen wir mal, für äußerst bedenklich halten würden«.

Scott nickte. »Ja schon, aber was ist, wenn Sie doch mit dem Unfall etwas zu tun hätte? Oder sie schon einmal bei genau dieser Versicherung eine Lebensversicherung ausbezahlt bekommen«?

Niklas schüttelte den Kopf. »Scott, entschuldigen Sie meine Redensweise. Geht es Ihnen wirklich gut? Was soll denn Melinda Carlson mit dem Hergang dieses Bahnunfalls zu tun haben«?

»Naja, vielleicht ist wirklich zu weit hergeholt«, antwortete er. »Ich werde aber trotzdem Augen und Ohren offen halten«.

Sie schwiegen einen Moment. Niklas sah ihn jetzt argwöhnisch an. »Ist da noch etwas anderes, was Sie mir sagen wollten Scott«?

Der drehte jetzt seinen Kaugummi im Mund hin und her. »Naja, ich habe da schon noch eine andere interessante Neuigkeit«, murmelte er. »Aber die Informationen, die ich bekommen habe, sind nicht legal und deshalb weiß ich nicht, ob wir sie überhaupt verwenden können«.

»Woher haben Sie die«? fragte Niklas.
Scott grinste. »Von jemandem, der mir einen Gefallen schuldete, weil ich ihn mal vor größerem Ärger bewahrt habe«.
»So und jetzt raus mit der Sprache«, sagte Niklas. »Ich mache mit Ihnen hier keinen Rate-Quiz«.

Er war jetzt sichtlich ungehalten, aber auch gespannt, was Scott noch zu bieten hatte.

Der räusperte sich und legte ihm wortlos einen Stapel Kontoauszüge auf den Tisch.

Niklas nahm sie und begann zu lesen. Knisternde Stille. Dann sah er seinen Private-Detektive sprachlos an und schluckte. »Das ist ja unglaublich«, sagte er, als er die mit einem Filzstift markierten Zahlen verglichen hatte.

»Jacob Walter, der Heimleiter«, sagte er fassungslos. »Er ist ein Betrüger und hat öffentliche Gelder über Jahre auf eines seiner Privatkonten umgeleitet. Und dem nicht genug. Er hat den Namen des Jungen, der bei dem Unfall ums Leben gekommen ist dazu verwendet, ein Unterkonto einzurichten, um Zuwendungen einer Kinderstiftung abzuzweigen«.

Scott nickte. »Ja, er hat seine Stellung in jeder Hinsicht ausgenutzt und schreckt anscheinend vor nichts zurück«.

Niklas stand auf, ging zum Fenster und öffnete es. Tief atmete er durch. »Nur wie kann das sein? So etwas kann er doch nicht allein durchgezogen haben«.

»Und was ist mit staatlichen Kontrollen«? fragte Scott entrüstet. »Da muss es doch hin und wieder jemanden geben, der dies prüft. Oder kann jeder machen was er will«?

Niklas schüttelte ungläubig den Kopf und schloss wieder das Fenster. »Und wie soll ich das öffentlich machen? Ich kann doch nicht losziehen und sagen,

`Hey, ich weiß, was Jacob Walter mit den Konten des Waisenhauses gemacht hat`.

Scott grinste. »Nein, das wäre nicht klug. Dann würden wir Jacob Walter und seine Komplizen, die sich vielleicht noch in Sicherheit wiegen, warnen. Ich habe da eine andere Idee«.

**

Dick Mitchel war aus dem Krankenhaus entlassen und in das Waisenhaus zurückgebracht worden.

Aber er war noch ziemlich schwach und deshalb vom Unterricht befreit.

Jetzt saß er im Schlafsaal auf seinem Bett und hörte gespannt zu, wie Simon und Rudi im erzählten, was passiert war.

»Und ausgerechnet jetzt war ich nicht da«, rief er enttäuscht. »Das hätte ich sehen wollen, wie er abgeführt wurde«.

»Simon war der Beste«, sagte Rudi. »Niemand sonst hätte sich getraut, Mr. Walter beim Mittagessen auffliegen zu lassen«.

Simon grinste. »Naja«, sagte er. »Der Schuss hätte auch nach hinten losgehen können und ich wäre für mindestens zwei Wochen im Loch gelandet«.

»Und Mr. Gray ist jetzt wirklich unser Heimleiter«? fragte Mitch ungläubig.
Simon nickte. »Ja, aber nur, bis sie einen Neuen von dieser Behörde schicken. Mal sehen, was nachkommt, aber schlimmer als der kann er ja nicht sein«.

Es klopfte an der Tür und Ethan Gray kam lächelnd herein. »Na Dick, wie geht es Dir? Hast Du noch Schmerzen«?

»Nein, schon zwei Tage nicht mehr«, antwortete er. Ethan ging um das Bett herum und sah Simon und Rudi an. »Ich muss mit Dick mal unter vier Augen sprechen«. Simon zog Rudi am Arm. »Ist schon ok, wir machen ne Fliege«.

Als sie allein waren, begann Ethan. »Dick, ich…«. Er unterbrach ihn: »Können Sie nicht auch Mitch zu mir sagen? Das machen alle hier. Nur meine Mum hat mich immer bei meinem richtigen Vornamen gerufen und natürlich meine Schwestern«.

Ethan lächelte. »Nein, wenn ich anfange Dich Mitch zu nennen, wollen das möglicherweise die anderen Kinder, die einen Spitznamen haben auch und das geht nicht«.

Er setzte sich auf die Bettkante. »Also Dick«. Er machte eine Pause.

Der setzte sich gespannt im Bett auf. »Hab ich was falsch gemacht«? fragte er leise.

Ethan schüttelte den Kopf. »Nein, das hast Du nicht. Ich wollte Dir sagen, dass vorhin die Aufsichtsbehörde angerufen hat. Deine Mum ist in der Stadt und will Dich besuchen«.

»Meine Mum«? fragte er ungläubig. »Sie will mich wirklich besuchen«?

Er nickte. »Die Behörde hat zugestimmt und wenn auch Du das möchtest, kann Sie morgen Nachmittag mit Deinen Schwestern hierher kommen. Na, was sagst Du dazu«?

Dick merkte, wie ihm die Tränen in die Augen stiegen, denn seit einem halben Jahr hatte er sie nicht mehr gesehen und jetzt wollte sie ihn besuchen. »Ja«, schluchzte er. »Aber jetzt weiß ich nicht, was ich sagen soll«. Er brach in Tränen aus.

Ethan nahm ihn in den Arm. »Ist schon ok Dick«, flüsterte er, während er ihn festhielt. Als er sich wieder beruhigt hatte sagte er: »So, jetzt schläfst Du ein bisschen und dann gibt es Mittagessen«.

Als Ethan wieder durch den Flur ging, dachte er: `Hoffentlich wird er nicht enttäuscht`.

In der Küche war Lotta gerade damit beschäftigt, den Nachtisch für alle Kinder in kleine Porzellanschalen umzufüllen. Sie hatte Himbeeren gekocht, die im Garten reichlich im Sommer an den Sträuchern hingen und von ihnen gepflückt worden waren.

Er lehnte sich lächelnd auf die Ausgabe. »Hallo Lotta. Na, wie steht`s? Ist das Mittagessen pünktlich fertig«?

Sie stemmte die Arme in die Hüften und lächelte nun auch. »Ja Mr. Gray, so wie immer«. Dann drehte sie sich wieder um und tat, als sei er nicht da. Ethan hob das Brett der Ausgabe nach oben und ging langsam zu ihr hin.

»Ich weiß, dass Du hinter mir stehst«, sagte sie gespielt ernst.

»Bitte geh mit mir aus«, flüsterte er ihr ins Ohr.
»Na gut Mr. Gray, ich bin heute Abend im `Rocks`, so gegen acht«, sagte sie leise.

Ethan dachte, dass er sich verhört hatte und nahm sie am Arm. »Ist das Dein Ernst«?

Lotta lächelte. »Ja Mr. Gray«. Er flüsterte. »Na endlich«.

Als er wieder sein Büro betrat, setzte er sich zufrieden hinter seinen Schreibtisch.

Das Telefon klingelte. »Kinderheim Dunbar«, sagte er gutgelaunt. Am anderen Ende war der Leiter der Aufsichtsbehörde. »Hallo Mr. Gray, hier ist Edwin

Jenkins. Wir hatten uns ja vor ein paar Tagen kennengelernt. Wie geht es Ihnen? Kommen Sie im Moment zurecht«?

»Hallo Mr. Jenkins, wir kommen klar. Nur der Papierkram macht mir zu schaffen. Ich wusste gar nicht, was da alles dran hängt«.

Er setzte sich aufrecht hin. »Wie geht es eigentlich Mr. Walter und wo ist er jetzt«? fragte er vorsichtig.

»Darüber wollte ich gerade mit Ihnen reden«.

Er machte eine kurze Pause. »Jacob Walter ist heute verhaftet worden«.

»Verhaftet«? fragte Ethan erschrocken. »Warum denn das? Ich meine, jeder weiß dass er ein Choleriker war und mit den Kindern nicht sehr fürsorglich umgegangen ist, aber…«.

Edwin Jenkins fiel ihm ins Wort. »Wir haben einen Anruf vom Police-Service bekommen, denn dieser tote Junge, dieser Joshua Swift ist obduziert worden. Er hatte viele alte, vernarbte Verletzungen am Körper, die ihm anscheinend Jacob Walter über mehrere Jahre zugefügt hat. Zumindest hat er das nun bei einem Verhör gestanden«.

Ethan schluckte. »Was? Ich dachte immer, dass er gerade ihn als einzigen verschont hat, im Gegensatz zu anderen Kindern hier im Haus«.

Edwin seufzte. »Es wird natürlich eine Untersuchung geben und wir müssen mit einem Arzt und einem Psychologen alle Kinder befragen. Jacob Walter hat dieses Heim komplett in Verruf gebracht.

Wir erwägen daher, es zu schließen und die Kinder auf andere Häuser im Land zu verteilen«.

»Aber deswegen muss man doch die Einrichtung nicht gleich schließen«, antwortete Ethan fassungslos. »Ich meine, wir wollen doch jetzt alles besser machen und dafür sorgen, dass sich die Kinder wohlfühlen und eine Perspektive haben. Wenn Sie sie jetzt einfach auseinander reißen, werden sie das nicht verstehen«.

Edwin Jenkins räusperte sich. »Sie ahnen noch nicht, was auf uns alle zukommt. Und wenn die Presse von diesem Skandal Wind bekommt, haben wir hier im Amt die Hölle auf Erden«.

»Aha, darum geht es Ihnen in Wirklichkeit. Sie haben doch nur Angst, dass Ihre Behörde jetzt an den Pranger gestellt wird und die Zeitungen darüber schreiben«, brauste Ethan auf. »Dann hätten Sie eben mal eher eine unangemeldete Kontrolle schicken müssen, Mr. Jenkins«.

Wütend warf er seinen Kugelschreiber auf den Tisch. »Wann haben Sie denn das vor und wer sagt das den Kindern«? fragte er zähneknirschend.

»Mr. Gray, wir haben bereits Kontakt mit anderen Heimen aufgenommen und schon mehrere Zusagen erhalten«, antwortete er ruhig. »Abgesehen davon wäre es auch Ihre Pflicht gewesen, Missstände zu melden, sofern Sie welche mitbekommen hätten«.

Ethan war sprachlos. Als er sich nach einem kurzen Moment wieder gefasst hatte, sagte er leise:

»Ach so ist das also. Sie wollen Ihr eigenes Unvermögen und das Versagen der Behörden jetzt auf uns Mitarbeiter abwälzen«.

Er stützte seine Arme auf den Schreibtisch. »Wissen Sie was Mr. Jenkins«? sagte er jetzt mit einem gefährlichen Unterton in der Stimme: »Ich werde mich jetzt selbst an die Presse wenden und alles, was ich weiß, dem erst besten Journalisten erzählen und dann können Sie sich warm anziehen. Das verspreche ich Ihnen«.

»Hören Sie auf mir zu drohen«, zischte Edwin. »Und eigentlich dachte ich, dass Sie ein verständnisvoller und vernünftiger Mensch sind Mr. Gray, aber unter diesen Umständen beende ich jetzt das Gespräch. Sie hören wieder von uns«. Ohne seine Antwort abzuwarten, legte er auf.

Ethan hielt noch immer den Hörer in der Hand und warf ihn schließlich resigniert auf den Apparat. Er hatte gerade das Gefühl, als ob ihm der Boden unter den Füßen weggezogen worden war. `Wie soll ich das bloß den Kindern beibringen`? dachte er verzweifelt.

Es klopfte an der Tür. »Herein«, sagte Ethan leise. Langsam wurde die Klinke heruntergedrückt. Er sah den Mann, der bisher nicht kannte erschrocken an. »Wer sind Sie«, fragte er misstrauisch.

Der holte eine Karte aus seiner Jeansjacke. »Mein Name ist Scott Martin. Ich bin Private-Detektive und arbeite für die Rechtsanwaltskanzlei Cunningham«.

»Sie arbeiten also für eine Kanzlei«? fragte Ethan zynisch. »Und was möchte Ihr Anwalt wissen«?

Scott stutzte, denn der Tonfall wunderte ihn. »Darf ich auch Ihren Namen wissen«? fragte er freundlich.

»Mein Name ist Ethan Gray«, seufzte er. »Ich habe kommissarisch die Heimleitung übernommen, nachdem mein Vorgänger verhaftet wurde«.

Jetzt sah er Scott mit zusammen gekniffenen Lippen an. »Bitte setzen sie sich«.

Schnell zog sich Scott einen Stuhl heran.
»Also, machen wir es kurz«, sagte Ethan. »Was kann ich für Sie tun«?

»Wir ermitteln wegen dieses schrecklichen Unfalls an einem Bahnübergang«, begann Scott. »Mr. Cunningham vertritt den Lokführer, der seitdem in Untersuchungshaft sitzt«.

»Und wie kann ich Ihnen dabei helfen«? fragte Ethan gereizt.

»Bei Ihnen wohnte doch Joshua Swift, der dabei leider auch ums Leben gekommen ist, oder«? fragte Scott, während er einen Kaugummi aus der Verpackung wickelte.

Ethan hob die Schultern. »Ja schon, aber Joshua ist ein Opfer und hat sicher nichts mit der Unfallursache zu tun. Zumindest haben wir hier keine andere Information«.

Scott sah ihn durchdringend an. `Die sind immer noch ahnungslos über die finanziellen Machenschaften von Jacob Walter`, dachte er und lehnte sich nach vorn. »Wir können uns gut vorstellen, dass Jacob Walter nicht gerade, na sagen wir mal, traurig war, dass Joshua Swift jetzt tot ist«.

Ethan erschrak. `Weiß er etwas über die Misshandlungen durch Jacob`? dachte er entsetzt.

»Wie kommen Sie denn darauf«? fragte er unsicher.

Scott verschränkte die Arme. »Mr. Gray, Sie wissen doch etwas, das spüre ich«, sagte er mit ruhiger Stimme. »Und es wäre bestimmt besser, wenn wir zusammen arbeiten würden, statt uns zu belauern«.

Ethan rieb sich verzweifelt die Augen. Ohne ihn anzusehen, sagte er: »Es ist vorbei. Ich habe gerade einen Anruf bekommen. Die Aufsichtsbehörde wird in Kürze dieses Heim schließen«.

»Aus welchem Grund«? fragte Scott schnell. Ethan lehnte sich müde zurück. »Ich weiß nicht, ob ich Ihnen das sagen darf«.

Scott wiegte den Kopf. »Das finde ich auch so in Kürze heraus«.

»Wenn ich Ihnen den Grund nenne, versprechen Sie mir dann, dass Sie es vorerst für sich behalten«? flüsterte Ethan.

»Meinem Chef, also Mr. Cunningham muss ich es sagen«, flüsterte nun auch Scott. »Aber sonst erfährt es natürlich niemand. Sie können uns wirklich vertrauen«.

Ethan nickte. »Der Leiter der Aufsichtsbehörde, ein gewisser Edwin Jenkins, hat mich gerade angerufen. Er teilte mir mit, dass bei Joshua Swift alte Verletzungen festgestellt wurden, die Jacob Walter ihm zugefügt haben soll. Deshalb gibt es jetzt eine Untersuchung und das Heim wird geschlossen«.

»Und was wird aus den Kindern«? fragte Scott.
»Das habe ich auch als Erstes gefragt«, sagte Ethan resigniert. »Die werden einfach auf andere Häuser im Land verteilt«.

»Ist das der einzigste Grund für die Schließung«? fragte Scott vorsichtig weiter.

Ethan sah ihn erstaunt an. »Was sollte es denn noch für einen Grund geben«?

Scott sah ihn ernst an. »Ich kann Ihnen nur so viel sagen, dass es einen weiteren Grund geben könnte«. Er stand auf. »Können sie heute Abend so gegen acht in die Kanzlei zu Mr. Cunningham in der Silver-Street kommen? Er wird Ihnen den Grund nennen«.

Ethan grübelte fieberhaft. `Ausgerechnet heute hatte er sich das erste Mal mit Lotta verabredet, aber das musste jetzt warten.

»Ja Mr. Martin, ich werde kommen«. Er stand nun auf und hielt ihm die Hand entgegen. Scott nahm sie und sah ihm dabei direkt in die Augen. »Bis nachher Mr. Gray«.

Als er durch den Haupteingang nach draußen ging, sah er sich um. Ein paar Jungen spielten Basketball auf dem Vorplatz.

Plötzlich sprang der Ball weg und blieb direkt vor ihm liegen. Ein kleiner Junge mit vielen Sommersprossen im Gesicht, rannte auf ihn zu und sah ihn fragend an, denn Scott hatte seinen Fuß darauf gestellt.

»Na, bist Du heute der Balljunge«? fragte er freundlich und hockte sich vor ihn hin. »Wie heißt Du denn«?

»Rudi«, antwortete er schüchtern. Scott lächelte, denn ihm gefiel der kleine schlanke Bursche mit den strohblonden Haaren. Er warf ihm den Ball zu. »Ok Rudi, viel Spaß noch«.

Plötzlich stand Simon hinter ihm. »Was wollen sie von ihm«? fragte er misstrauisch.

Scott hob die Hände. »Nichts, es ist alles in Ordnung«. Er zwinkerte Rudi noch einmal zu und ging zu seinem Auto.

Als er kurz darauf in seinem Appartement ankam, sah er schon den Anrufbeantworter blinken. Er drückte auf die Taste und während die Nachrichten liefen, zog er sich die Jacke aus und ging zu seinem Kühlschrank.

Gerade wollte er sich eine Dose Bier öffnen, da fiel ihm ein, dass er ja noch einmal in die Kanzlei fahren musste. Er warf den Kühlschrank wieder zu.

Jetzt horchte er auf, denn Leslie Stone, die Nachbarin von Melinda Carlson, flüsterte gerade mit geheimnisvoller Stimme, dass sie einen jungen blonden Mann bei ihr gesehen hatte, der mit einem Fuß hinkte.

Während Scott zuhörte, wurden seine Augen schmal. »Eliott Swan«, flüsterte er. »Du bist also doch an ihr dran«.

Schnell nahm er den Hörer und wählte ihre Nummer. Niemand ging ran. Er legte wieder auf und fuhr das Band mit den Nachrichten zurück.

»Er war also vor zwei Stunden bei Melinda Carlson«, sagte er grübelnd.

Plötzlich begann er zu grinsen. `Warum frage ich nicht einfach mal ihre Kinder, was Mummy so am Abend macht`? dachte er. Schnell holte er sich einen Stadtplan und sah sich die Schulen in Dunbar an.

»Zuerst nehme ich mir die Grundschule vor und wenn es sein muss, schaue ich mich auch noch an der High-School um«, murmelte er. Dann sah er auf die Uhr, es war jetzt kurz nach eins. `Wenn ich Glück habe, kommen jetzt die Kinder aus dem Unterricht`, überlegte er.

Hastig nahm er seine Jacke und die Autoschlüssel und war auf dem Weg zur Grundschule. Er parkte in einer Seitenstraße und hörte schon von weitem lärmende Kinder, die tatsächlich gerade das Gebäude verließen.

Langsam lief er am Zaun entlang. Nur leider wusste er weder, wie ihre Kinder aussahen und wie alt sie jetzt waren.

Plötzlich sah er, dass drei Jungen ein Mädchen umringten, sie zwischen sich hin und her schubsten und riefen: »Kleine Maus, graue Maus, kommst jetzt ohne Vater aus«.

Scott erschrak. `Ob damit der tote Robert Carlson gemeint war`? dachte er. `Aber wenn das stimmt, frage ich mich, wie grausam Kinder in diesem Alter sein können`.

Schnell lief er hin. »Hey, Ihr lasst sofort das Mädchen los«, rief er forsch.

Schlagartig verstummten die Jungen und sahen ihn erschrocken an. Er ging langsam einen Schritt nach vorn und schon rannten sie davon.

Scott sah ihnen kopfschüttelnd nach und hob ihre Schulmappe auf, die verstaubt auf dem Kies lag. Das kleine Mädchen tat ihm leid. »Na, ist wieder alles in Ordnung«? fragte er mitfühlend.

Sie nickte verstört. »Ja, es geht schon«, schluchzte sie. Er hockte sich nun vor sie hin. »Also ich bin Scott«, sagte er lächelnd. »Und wie heißt Du«?
»Ich darf nicht mit fremden Leuten sprechen, sagt meine Mum«, antwortete sie ängstlich.

Scott begann zu lächeln. »Ach komm schon. Ich habe Dir doch auch gerade geholfen, ohne Dich zu kennen«.

Schnell holte er nun seine Kaugummi-Packung aus der Jeansjacke. »Hier«, sagte er leise. »Magst Du Pfefferminze? Etwas anderes habe ich leider nicht«.

Zögernd nahm sie den Kaugummi und steckte ihn in den Mund. »Na siehst Du«. Er stand auf. »Und jetzt werde ich gehen«. Er drehte sich um.

»Mein Name ist Lilly Swan«, hörte er sie sagen. Scott fuhr ein Schreck durch die Glieder. Er drehte sich wieder zu ihr um und sah sie ungläubig an. »Und wer ist Dein Dad«? fragte er verdattert.

»Ich kenne meinen richtigen Dad nicht, nur meine Brüder John und Anton kannten ihn«, sagte sie traurig. »Und jetzt ist Robert auch tot«, flüsterte sie resigniert.

Scott konnte sehen, dass ihr die Tränen in die Augen stiegen.

»Wieso auch«? fragte er hastig.
Lilly schluckte. »Weil Mum sagt, dass unser richtiger Dad auch nicht mehr lebt«.

»Wie war denn der Vorname von Deinem Dad«? fragte er vorsichtig.

»Na Elliot«, sagte sie unbefangen.
Er wurde er kreidebleich, denn bis jetzt hatte er noch vermutet, dass der gleiche Nachname vielleicht nur ein Zufall war. `Also doch`, dachte er jetzt. `Und Melinda Carlson hat den Kindern erzählt, dass ihr Vater nicht mehr lebt`.

»Am besten ist es, wenn Du jetzt nach Hause gehst, ok«? sagte er. »Die Jungen sind bestimmt über alle Berge«, fügte er leise hinzu.

Lilly nickte. »Mach`s gut«. Schnell lief sie davon.
Scott sah ihr nach. `Was für ein Zufall`, dachte er. `Elliot Swan hat anscheinend mit Melinda Carlson drei Kinder. Und jetzt ist er hinter ihr her, weil er eifersüchtig und bestimmt auch geldgierig ist.

Er erfährt, dass sie seit Kurzem wieder allein ist und vermutet, dass sie mindestens eine Witwenrente und vielleicht Geld von einer Lebensversicherung bekommt. Swan will sich deshalb wieder an sie ran machen und trifft sie

stattdessen mit dem nächsten Kerl. Deshalb hat er ihr in diesem Straßencafé so grimmig nachgeschaut`.
Langsam ging er zu seinem Auto zurück.

**

Percy saß in seiner Zelle und hatte den Brief von seinem Freund Piet gelesen. Immer wieder waren ihm die Tränen gekommen und ihm war klar geworden, wie wichtig er und seine Familie für ihn waren. Sein einziger Halt in dieser schweren Zeit.

Danach hatte er sich wehmütig das Bild von Danny und Edgar über das Bett geheftet und sah es immer wieder an. `Ob die beiden wissen, was passiert ist und warum ich hier bin`? dachte er.
Resigniert drehte er sich auf die Seite. `Was soll dieser Anwalt schon rausfinden? Ich habe zwei Menschen auf dem Gewissen und werde jetzt für den Rest meines Lebens dafür büßen`.

Er setzte sich auf. »Es gab doch kein rotes Signal auf der Strecke«, sagte er verzweifelt. »Und kurz vor dem Stellwerk habe ich doch noch den Wärter gegrüßt, der aus dem Fenster sah, als ich vorbeifuhr«.

`Ich schreibe jetzt noch einmal alles genau auf, was ich von der Fahrt weiß und gebe die Notizen Mr. Cunningham. Wenn mich noch jemand retten kann, dann er`.

Wieder schloss er die Augen. Vor ihm tauchten nun die Gleise auf, die Weichen, die Kurven und die Signale, an denen er vorbeifuhr.

Er sah die Waldstücke und die Orte vor sich, die links und rechts der Strecke lagen. Immer wieder schüttelte er den Kopf. `Nein`, dachte er. `Ich habe doch keinen Fehler gemacht`.

Wütend warf er jetzt den Bleistift in die Ecke. `Warum haben sich eigentlich Jack Mason oder ein anderer Vertreter der Bahngesellschaft noch nicht bei mir gemeldet? Lässt man mich denn völlig im Stich`? Wieder legte er sich resigniert auf sein Bett und starrte an die Decke.

Plötzlich hörte er, dass jemand durch den Spion sah und schon klickte das Schloss. Die Tür wurde geöffnet und Constable Frank Anderson betrat seine Zelle. Er hatte inzwischen ein freundschaftliches Verhältnis zu Percy, aber er musste aufpassen, dass das niemand merkte. Hin und wieder brachte er ihm Zeitschriften, Stifte und Papier.

Persönliche Kontakte zu Häftlingen waren jedoch strikt untersagt und würden mindestens eine Abmahnung, im schlimmsten Fall aber die Suspendierung vom Dienst nach sich ziehen.

Alle Zeitungsartikel hatte Frank ausgeschnitten, die mit diesem schrecklichen Unfall zu tun hatten und er fand es mittlerweile merkwürdig, dass Percy Johnson hier saß und wie ein Sündenbock behandelt wurde. »Hallo Percy«, sagte er lächelnd. »Die Sonne scheint und Sie haben Hofgang. Kommen Sie, es wird Ihnen guttun«.

Percy schüttelte den Kopf. »Nein«, flüsterte er. »Keine Lust«.

Frank kam näher. Jetzt sah er das Bild über dem Bett und lächelte. »Ist das von Ihren Söhnen«?

»Nein, von den Kindern meines besten Freundes«, entgegnete er. »Ich bin ihr Patenonkel«.

»Haben Sie keine Frau«? fragte Frank vorsichtig. Percy stand nun auf und sah ihm offen ins Gesicht.

»Ich bin schwul«.

Frank schluckte. »Kommen Sie bitte, die Zeit für den Hofgang ist in einer halben Stunde wieder vorbei«.

Wortlos nahm Percy nun doch seine Jacke und verließ mit ihm den Raum.

Als er wieder in seiner Zelle war, dachte er: `Die frische Luft hat mir zwar gut getan, aber jetzt langweile ich mich zu Tode. Wenn ich wenigstens ein Radio hätte, von einem Fernseher ganz zu schweigen`. Resigniert nahm er sich die Zeitschriften, die Frank auf den kleinen Tisch gelegt hatte.

Am Abend sah er auf die Uhr. Gleich würde das Licht reduziert und die Nachtruhe begann. Er hatte mindestens fünf Sudoku und alle Kreuzworträtsel gelöst, die er fand.

Plötzlich rasselte wieder der Sicherheitsschlüssel und Frank Anderson betrat erneut seine Zelle. Leise schloss er die Tür.

»Was machen Sie denn um diese Zeit hier«? fragte Percy erstaunt.

Frank legte seinen Zeigefinger an den Mund. »Pst, ich muss mit Ihnen reden«, flüsterte er.

Percy setzte sich auf und sah ihn misstrauisch an. Frank deutete auf den einzigen Stuhl. »Darf ich mich kurz setzen«? Er nickte wortlos. Frank räusperte sich und sah ihn an.

Percy lehnte sich mit dem Rücken zur Wand und zog seine Füße an. »Worüber wollen Sie denn mit mir reden«?

Frank schluckte und Percy merkte, dass es ihm nicht leicht zu fallen schien. »Ich bin auch schwul«, begann er, während er auf den Boden sah. »Aber niemand hier auf der Wache weiß es und auch meine Familie ist ahnungslos«.

Er machte eine kurze Pause und schaute nun zu Percy herüber, der ihn ernst ansah. »Wissen Sie«, sagte Frank leise. »Ich habe jahrelang mit mir gerungen, habe in mich hineingehört und auch eine Frau geheiratet«. Er begann zu lächeln. »Wir haben eine kleine Tochter. Sie heißt Joyce und ist jetzt vier«.

»Und wie lange soll das gut gehen«? fragte Percy ungerührt. »Sie betrügen Ihre Frau und sich selbst«.

»Das ist ja mein Dilemma«, seufzte Frank. »Meine Frau ahnt nichts und ich rede mich ständig wieder und wieder raus, wenn sie mir näher kommen möchte. Sie ist sehr liebenswert, aber wenn sie irgendwann heraus bekommt, dass ich mich hin und wieder mit Männern treffe, ist es garantiert aus. Sie wird dafür sorgen, dass ich Joyce nie wieder sehe und es bestimmt auch meinem Vorgesetzten erzählen«.

»Woher wollen Sie denn wissen, dass sie alle Register zieht, falls sie es erfährt? Sicher, anfangs wird es nicht leicht für sie, aber möglicherweise ist sie verständnisvoller, als Sie jetzt glauben. Und auf Dauer wird Sie mit Ihnen auch nicht glücklich sein«.

Frank verzog verächtlich den Mund. »Sie sollten sie und meine Schwiegereltern hören, wenn es um ein solches Thema geht«, sagte er resigniert.

»Neulich haben wir zusammen eine Travestie-Show im Fernsehen geschaut. Das Wort Tunten war dabei eine ihrer harmlosesten Beschreibungen«.

»Aber Travestie ist doch Kunst«, sagte Percy entrüstet. »Und diese Leute sind nicht zwangsläufig alle schwul oder lesbisch«.

»Na das sagen Sie mal meiner Familie«, antwortete Frank mit matter Stimme. »Haben Sie vielleicht einen Rat für mich«?
Percy stand langsam von seinem Bett auf, ging zu seinem Schrank und holte sich eine Flasche Wasser.

»Wissen Sie Frank, im Grunde stecken wir doch beide in der Scheiße«, sagte er leise. »Sie auf Ihre Weise und ich auf meine«.

Er trank jetzt einen Schluck und sah ihn ernst an. »Einen guten Rat könnte ich übrigens auch gebrauchen, aber Ihnen kann ich nur empfehlen, Ihrer Frau bald zu sagen, was los ist«.

Er setzte sich wieder gegenüber. »Sie erfährt es sowieso, nur jetzt könnten Sie noch den Zeitpunkt bestimmen und sich auch darauf vorbereiten«.

»Haben Sie nie eine Frau kennengelernt, oder sind bedrängt worden eine Familie zu gründen«? fragte Frank leise.

»Zur Genüge«, antwortete Percy mit einem Lächeln. »Zwar nicht von meinen Eltern, denn sie leben nicht mehr. Aber mein Freund Piet und seine Frau wollten mich hin und wieder mit alleinstehenden Damen verkuppeln. Ich habe mich dann immer geschickt verzogen«.

Frank stand auf. »Ich muss jetzt leider gehen«.
Er lief zur Tür und drehte sich noch einmal um.

»Danke«, sagte er. »Das Gespräch mit Ihnen hat mir gut getan. Gute Nacht«. Leise schloss er die Zelle auf und verriegelte sie wieder.

Kurz darauf wurde das Licht gelöscht, nur die kleine blaue Notbeleuchtung über der Tür warf matte Schatten an die Zellenwände, die Percy jede Nacht schlaflos anstarrte.

**

Scott hatte Niklas Cunningham das Ergebnis seiner Ermittlungen der letzten zwei Tage geschildert und saß nun zufrieden auf der Ledercouch in der Kanzlei und trank Tee.

Niklas sah ihn grübelnd an. »Und Sie sind sich wirklich sicher, dass Elliot Swan der Vater der Kinder von Melinda Carlson ist«?

Scott hob die Augenbrauen. »Also für mich liegt das auf der Hand. Warum sollte das kleine Mädchen denn so eine Story erfinden«?

»Hat Swan je davon erzählt, dass er drei Kinder hat«? fragte Niklas ungläubig. »Mein Vater hat nie ein Wort darüber gesagt«.

»Fragen Sie ihn doch einfach selbst«, schlug Scott vor. »Er kann sich bestimmt daran erinnern, wenn es so war«.

»War Elliot Swan etwa mit dieser Mrs. Carlson auch verheiratet«? fragte Niklas weiter.

»Keine Ahnung«, sagte Scott. »Aber ich glaube nicht«. Niklas sah auf die Uhr. »In einer halben Stunde kommt Ethan Gray. Ich rufe Vater schnell noch an«.

»Warum ist denn das alles so interessant für Sie«? wollte Scott wissen.

»Es könnte doch durchaus sein, dass er seinen Unterhaltsverpflichtungen nicht nachgekommen ist. Muss ich weiter reden«?
Scott sah ihn staunend an. »Und ich dachte, dass nur ich hinter ihm her bin«.

Niklas sah zu ihm herüber. »Ich kann mich noch gut an Ihren Prozess erinnern und weiß, wieviel Kraft und Nerven das auch meinen Vater gekostet hat«.

Niklas nahm den Telefonhörer in die Hand. »Hallo Dad, hier ist Niklas. Wie geht es Euch«?

Er hörte zu und nickte. »Du ich habe nicht viel Zeit, muss Dich aber schnell etwas fragen. Sag mal, Du kannst Dich ja noch gut an Elliot Swan erinnern, oder«? Wieder hörte er zu. »Und jetzt interessiert mich folgendes. Ist Dir bekannt, dass Swan drei Kinder hat und vielleicht auch verheiratet war«?

Scott saß ihm gegenüber und verfolgte gespannt, die Reaktion von Niklas, der jedoch nur starr geradeaus blickte. Er nickte schließlich und sagte nun: »Danke Dad und grüß Mum von mir«.

Als er aufgelegt hatte, stand er auf, steckte seine Hände in die Hosentaschen und sah Scott grinsend an. »Jetzt haben wir einen weiteren interessanten Nebenkriegsschauplatz. Dad hat gesagt, dass Swan damals angegeben hat, ledig und kinderlos zu sein.

Ich werde aber sicherheitshalber noch einmal die Ermittlungsakte aus dem Archiv kommen lassen. Und Gnade ihm Gott, wenn er gelogen hat«.

Scott wiegte den Kopf. »Aber wenn es tatsächlich so wäre, müsste doch Melinda Carlson eher sauer auf ihn sein. Wieso lässt sie ihn dann in ihre Wohnung«?

»Damit werden wir uns morgen beschäftigen«. Jetzt sah Niklas wieder auf die Uhr. »So, aber nun werden wir uns mit Ethan Gray und Jacob Walter befassen. Mr. Gray müsste eigentlich bald hier sein«.

Da klingelte es auch schon an der Tür. »Machen Sie bitte auf Scott. Anne ist nicht mehr im Haus«.

Kurz darauf betrat er das Büro. Niklas streckte ihm die Hand entgegen. »Guten Abend Mr. Gray, bitte setzen Sie sich doch«. Er nickte ihm aufmunternd zu. »Möchten Sie etwas trinken«?

Ethan winkte ab. »Nein danke«, sagte er. »Und bitte kommen Sie gleich zur Sache, denn ich habe mir den ganzen Tag den Kopf zermartert, was es noch für einen Grund geben könnte, warum das Heim geschlossen werden könnte«.

Niklas stand auf und holte Scotts Recherchen an den Tisch. »Na gut, dann wollen wir beginnen«.

Er setzte sich und fragte: »Haben Sie Einblick in die Kontenbewegungen des Heims, seit Sie dort der Heimleiter sind«?

»Ich bin erst seit drei Tagen im Amt und ehrlich gesagt noch gar nicht dazu gekommen mir die Kontoauszüge anzusehen«.

Niklas sah ihn ernst an. »Dann rate ich Ihnen dringend, dies nachzuholen«.

»Wieso«? fragte Ethan. »Gibt es da etwa auch Ungereimtheiten«?

»Wir haben Informationen erhalten, dass Jacob Walter Gelder des Waisenhauses aus verschiedenen Fonds abgezweigt und auf seine Privatkonten umgeleitet hat«.

Ethan schluckte. »Auch das noch«.

Scott lehnte sich nach vorn. »Und dem nicht genug, denn dazu hat er auch den Namen von Joshua Swift benutzt«.

»Deshalb haben Sie mich heute Vormittag gefragt, warum es Jacob Walter entgegen käme, dass er jetzt tot ist«, sagte Ethan und sah dabei Scott an.

»Naja, das wird Jacob Walter nichts mehr nützen«, sagte Niklas. »Aber ich könnte mir vorstellen, dass er seine bisherige Aussage widerruft und alle Vorwürfe abstreitet«.

»Dann ist es endgültig aus, denn wenn das auch noch bekannt wird, haben wir keine Chance mehr«, sagte Ethan resigniert.

Niklas wiegte den Kopf. »Noch ist nicht aller Tage Abend Mr. Gray«. Er legte die Unterlagen beiseite.

»Die Untersuchungen in Ihrem Haus wird mit Sicherheit in Kürze stattfinden. Und deshalb rate ich Ihnen, gleich morgen mit Ihren Recherchen zu beginnen. Schauen Sie in jeden Ordner, sehen sie sich seine Notizen an, sofern es welche gibt«.

»Warum denn«? fragte Ethan erstaunt. »Ich habe doch nichts Unerlaubtes gemacht«.

Jetzt nahm ihn Scott am Arm. »Weil wir der Meinung sind, dass er das nicht allein durchgezogen haben kann. Er muss Komplizen gehabt haben. Und wenn irgendwelche Beweise beschlagnahmt oder vernichtet werden, noch bevor die offiziellen Ermittlungen beginnen, hilft das wiederum Jacob Walter«.

Ethan lehnte sich zurück. »Eigentlich sind Sie beide doch wegen des Lokführers engagiert, der diesen Unfall verursacht haben soll und dessen zufälliges Opfer Joshua Swift war, der auch wiederum zufällig in unserem Heim wohnte. Warum kümmern Sie sich jetzt um unsere Probleme? Damit haben Sie doch gar nichts zu tun«.

Niklas verschränkte die Arme. »Erstens gilt für meinen Mandanten die Unschuldsvermutung«, sagte er forsch. »Und zwar bis zu dem Zeitpunkt, wo eine Verurteilung stattfindet, oder eben auch nicht.

Im Zuge unserer Ermittlungen sind wir mit Hilfe meines Detektives auf die Ungereimtheiten in Ihrem Waisenhaus gestoßen. Natürlich nur rein zufällig, weil eines der Opfer Joshua Swift war. Ob das eine mit dem anderen letztlich etwas zu tun hat, werden wir am Ende sehen. Wahrscheinlich nicht, vielleicht aber doch. Ich versichere Ihnen, dass wir nur helfen wollen und ich habe bestimmt kein Interesse, die Schließung des Waisenhauses zu forcieren«.

Er sah ihn ernst an. »Ganz im Gegenteil. Ich bewundere Ihr Engagement und Ihre Arbeit. Abgesehen davon spendet auch unsere Kanzlei jedes Jahr viel Geld für caritative Zwecke«.

Ethan schluckte. »Entschuldigung, so war das ja nun auch nicht gemeint«.

»Wenn Sie morgen etwas herausbekommen, sagen Sie uns dann bitte Bescheid«? fragte Scott. »Natürlich nur, wenn es etwas mit unserem Mandanten zu tun hat«, fügte er schnell hinzu.

Ethan sah ihn grübelnd an. »Da fällt mir wirklich etwas ein«.

Niklas fragte überrascht. »So? Was denn«?
»Ich war vor ein paar Tagen mit einem Jungen aus unserem Heim im Hospital. Wir haben einen kranken Freund von ihm besucht, der an Masern erkrankt war«.

»Und weiter«? fragte nun Scott ungeduldig.

Ethan sah nun von einem zum anderen. »Da wurde Ihr Lokführer gerade weggebracht«.

»Das war doch auch rein zufällig, oder«? fragte Niklas.

»Ja, aber Rudi, so heißt der Junge, kennt ihn. Das hat er mir zumindest gesagt«.

Scott horchte auf. »Rudi? Der hat doch Sommersprossen im Gesicht und strohblonde Haare oder«?

Ethan nickte. »Ja, woher kennen Sie ihn denn«? »Hab ihm heute vor dem Haus den Ball zugeworfen«, antwortete er.

»Auch so ein bedauernswerter Junge«, seufzte Ethan. »Hat keine Eltern mehr und wurde von seinem Onkel zu uns gebracht«.

Niklas stand jetzt langsam auf. »Mr. Gray, das wäre es für heute. Aber ich werde meinen Mandanten nach diesem Rudi bei meinem nächsten Besuch fragen. Ist schon ein seltsamer Zufall«.

Ethan verabschiedete sich und verließ die Kanzlei. Als er draußen vor der Tür stand, dachte er: `Wer weiß, was jetzt auf mich zukommt, aber ich werde die Kinder nicht im Stich lassen`.

Jetzt sah er auf seine Armbanduhr. Es war halb zehn und für Ethan definitiv zu früh, um nach Hause zu gehen. `Ich werde jetzt noch ins `Rocks` schauen und vielleicht ist auch Lotta noch da`.

Schnell stieg er in seinen Wagen und fuhr los.

Als er den Pub betrat und zur Bar ging, sah er sich um. Sie war nirgends zu sehen.

`Schade`, dachte er. `Aber morgen werde ich mit Ihr ein richtiges Date vereinbaren und sie zum Essen einladen`. Er bestellte sich ein Bier und während er der Musik lauschte, versuchte sich ein wenig zu entspannen. Die Ereignisse der letzten Tage hatten seine Spuren hinterlassen.

Wieder kam er ins Grübeln. `Niklas Cunningham hatte von Komplizen gesprochen. Wer sollte denn mit Jacob Walter gemeinsame Sache machen`?

Er schloss die Augen und ging in Gedanken nacheinander das Personal und die Lehrer durch.

Doch niemandem traute er so etwas zu. Im Gegenteil, alle Kollegen waren froh, wenn sie nicht zu ihm ins Büro kommen mussten. Und wenn doch, atmete jeder auf, wenn er es wieder verlassen konnte.

Er schreckte auf, als plötzlich eine Frau neben ihm sagte: »Hallo, so ganz allein hier«?

Diese Stimme kannte er. Lotta sah ihn lächelnd an. »Na das ist ja eine Überraschung«, sagte er mit einem breiten Grinsen. »Ich dachte, Du wärst schon gegangen«? Sie setzte sich neben ihn auf einen Barhocker. »Nachdem Du mir leider abgesagt hast, bin ich mit einer Freundin ins Kino gegangen und jetzt wollten wir eigentlich nur noch einen Drink nehmen«.

Ethan sah sich um. »Und wo ist Deine Freundin«?

»Anne ist gerade wieder los. Ich hatte sie dazu überredet hierher zu fahren. Nachdem ich Dich gesehen habe und ihr erzählt habe, dass wir uns heute hier treffen wollten, ist sie wieder gegangen.

Es war ihr ganz recht, denn sie holt jetzt ihren Freund von der Spätschicht ab. Er arbeitet als Arzt im Central-Hospital«.

Lotta bestellte sich jetzt beim Barkeeper ein Glas Wein und sah ihn an. »Wie war denn Dein Termin? Du hast ja ein richtiges Geheimnis daraus gemacht«.

»Erinnere mich bloß nicht daran«, sagte er nun mit ernster Miene.

»Wieso, was ist denn los«? fragte sie besorgt.
»Das kann ich Dir leider noch nicht sagen«, flüsterte er.

»Wieso nicht«? bohrte Lotta weiter. »So schlimm wird es schon nicht sein«. Sie trank einen Schluck. »Und ich kann schweigen wie ein Grab«.

»Dann komm mit darüber an einen Tisch, damit uns niemand hört«.

Sie standen auf und setzten sich in die hinterste Ecke des Lokals. »Was ich Dir jetzt erzähle, musst Du vorerst für Dich behalten«, sagte er mit Nachdruck.
Sie hob theatralisch zwei Finger nach oben. »Ich schwöre«, sagte sie gedehnt und lächelte ihn dabei an.

»Lotta, es ist nicht witzig«, begann er. »Also gut. Heute Morgen hat mich Edward Jenkins angerufen«.

»Wer ist denn dieser Edward Jenkins«? fragte sie unbedarft.

»Du kennst ihn, er war vor ein paar Tagen mit dieser Kommission bei uns und ist der Leiter der Aufsichtsbehörde«.

Ethan lehnte sich zurück. »Kurz und gut, er hat mir gesagt, dass das Waisenhaus wahrscheinlich geschlossen wird«.

»Was«? fuhr ihn Lotta an. »Und was wird aus den Kindern und was wird aus uns«?

»Ruhig Lotta«, flüsterte Ethan. »Wenn Du so schreist, können wir es gleich ans schwarze Brett am Eingang des Pubs nageln«.

Entsetzt sah sie ihn an. »Entschuldige bitte«, flüsterte sie. »Aber damit habe ich jetzt wirklich nicht gerechnet«. Sie vergrub die Hände im Gesicht. »Oh Gott und ich verliere meinen Job«.

Ethan nahm sie am Arm. »So weit sind wir noch nicht«.

Sie sah ihn verzweifelt an. »Nicht? Was willst Du denn dagegen tun? Und warum das Ganze überhaupt«?

Ethan lächelte bitter. »Naja, ein Grund ist Joshua Swift. Du weißt schon, er wurde bei diesem schrecklichen Bahnunfall getötet«.

»Und deshalb wird das Heim geschlossen«? fragte sie ungläubig.

Ethan schüttelte den Kopf. »Nein, nicht direkt. Aber er wurde wahrscheinlich vorher über einen längeren Zeitraum von Jacob Walter misshandelt. Deshalb gibt es eine umfassende Untersuchung und Befragungen der Kinder«.

Lotta sah ihn noch immer fassungslos an. »Jacob Walter war sehr streng, ja. Ich fand es auch nicht richtig, wie er mit den Kindern umgesprungen ist, aber das er so etwas gemacht hat«?

Ethan trank einen Schluck Bier. »Also ich bin nicht sonderlich überrascht, vor allen Dingen, wenn ich an diesen Arrestraum denke, wo Simon Baker oft eingesperrt war. Es ist sowieso ein Wunder, dass der keine Verletzungen hatte«.

»Das ist ja furchtbar«, sagte sie. »Aber was können wir denn gegen die Schließung tun«?

Ethan hob die Schultern. »Das weiß ich zwar noch nicht genau, aber ich werde mich mit allen mir zur Verfügung stehenden Mitteln dagegen wehren«.

Er beugte sich zu ihr hinüber. »Hilfst Du mir«? fragte er leise.

Sie hob die Schultern. »Wenn ich kann, schon, aber ich bin nur die Küchenfee, sonst nichts«.

»Sonst nichts«? fragte er entrüstet. »Wenn Du nicht immer so nett zu den Kindern gewesen wärst und sie mit Deinem tollen Essen versorgt hättest, wäre es für sie um Einiges schwerer gewesen. Du warst und bist ein echter Lichtblick für alle, das kannst Du mir glauben«.

»Meinst Du wirklich«? fragte sie leise.
Ethan nickte ihr nun aufmunternd zu. »Ich lass mich nicht so schnell unterkriegen und war deshalb heute bei einem Rechtsanwalt«.

»Das war also der Grund, warum Du mir abgesagt hast«? fragte sie.

»Ja Lotta«. Jetzt schwieg er einen Moment, denn von dem, was Niklas Cunningham und Scott Martin ihm vorhin erzählt hatte, wollte er ihr jetzt noch nichts sagen. Er musste erst sicher sein, abgesehen davon hatte er zugesagt, vorerst Stillschweigen zu bewahren.

»Lass Dir aber morgen bei den Kindern möglichst nichts anmerken«, sagte er. »Wir dürfen sie jetzt nicht verunsichern. Schließlich haben sie genügend durchgemacht und hoffen, dass jetzt, wo Jacob Walter nicht mehr da ist, alles gut wird«.

Sie nickte und sah ihn betreten an.

»Lotta, darf ich Dich morgen Abend zum Essen einladen«? raunte er

Sie lächelte zwar, aber er sah ihr an, dass sie sich große Sorgen machte. Er stand auf. »Komm, ich bringe Dich nach Hause«, sagte er beruhigend. »Wir haben morgen einen anstrengenden Tag«.

Während sie kurz darauf durch die Straßen fuhren, schluchzte sie: »Danke, dass Du mir vertraust«.

Ethan lächelte. »Na was glaubst Du denn? Du bist meine engste Vertraute und hoffentlich bald auch mehr. Wir stehen das zusammen durch«.

**

Niklas Cunningham hatte sich am Abend noch lange mit Scott beraten. Als Ethan Gray das Büro verlassen hatte, rief er den Pizzaservice an und holte ein paar Flaschen Bier aus dem Kühlschrank.

Ganz bewusst waren sie hier geblieben, denn in einem Pub hätte man sie durchaus belauschen können. Später hatten sie ein Taxi gerufen und sich nach Hause fahren lassen.

Als Niklas am nächsten Tag ins Büro kam, sah er in Anne`s fragendes Gesicht. »Mr. Cunningham, wo waren Sie denn«? sagte sie vorwurfsvoll. »Hier läuft das Telefon heiß und zu Hause sind Sie nicht ran gegangen«.

Niklas winkte ab. »Der Abend war anstrengend und ich wusste, dass ich heute keine Termine habe«.

Jetzt lehnte er sich auf den Empfangstresen und lächelte sie entschuldigend an. »Und was haben Sie gestern Abend gemacht«?

»Ich war mit einer Freundin im Kino und wir wollten danach eigentlich noch auf einen Drink in einem Pub«.

»Und warum haben Sie das nicht gemacht«?
»Weil sie dort einen Typen getroffen hat, der schon lange hinter ihr her ist«, antwortete Anne lächelnd.

»Er saß an der Bar und schien noch auf sie zu warten. Ich habe die beiden allein gelassen und stattdessen Clarke im Hospital von der Spätschicht abgeholt«.

Während sie weiter redete, heftete sie Unterlagen ab und schob die Ordner wieder in die Regale. »Übrigens hat mich Clarke auf dem Heimweg gefragt, wie es dem Lokführer geht«.

Niklas horchte auf. »Woher weiß er denn davon? Sie haben ihm hoffentlich nichts aus der Kanzlei erzählt«.

Anne lehnte sich zurück. »Mr. Cunningham, ich bin mir sehr wohl darüber bewusst, was ich ihm sagen darf und was nicht. Ich kann es Clarke aber nicht verdenken, dass er nach ihm fragt, denn nicht alle Tage wird ein Patient nach seiner Behandlung im Hospital in die Untersuchungshaft verlegt«.

»Und was für einen Film haben Sie gesehen«? fragte Niklas jetzt. »Ich war ja selbst schon ewig nicht mehr im Kino«.

»Beverly Hills Cop natürlich«, sagte sie zufrieden. »Meine Freundin Lotta hatte die Karten schon vor einer Woche reservieren lassen«. Sie stellte nebenbei den letzten Ordner weg. »Übrigens arbeitet sie als Köchin in besagtem Waisenhaus, wo dieser Joshua Swift bis vor kurzem gelebt hat«.

Niklas stutzte. »Na sieh mal einer an«, sagte er erstaunt. »Und wenn Sie mir jetzt noch verraten, mit wem sich Ihre Freundin gestern Abend getroffen hat, schließt sich der Kreis. Sagen Sie bloß noch, dass der Typ Ethan heißt«.

Er nahm die Zeitungen und die Post vom Tresen und lief zu seinem Büro.

»Ja«, sagte sie erstaunt. »Woher wissen Sie denn das«?

Er drehte sich noch einmal um und fügte lächelnd hinzu: »Weil ich Hellsehen kann«.

Scott wurde an diesem Morgen von dem energischen Klingeln seines Telefons geweckt.

Der Anrufbeantworter erlöste ihn. »Hallo Scott«, hörte er eine dunkle Stimme. »Bist Du da«? Er machte eine kurze Pause. »Ruf mich dringend zurück. Ich habe für Dich eine Information über Melinda Carlson«.

Er sprang aus dem Bett und wählte hastig die Telefonnummer seines Informanten.

»Hallo Stuart, gut dass Du noch da bist«, sagte er erleichtert. »Was hast Du herausgefunden«?

Er hörte zu. Schließlich legte er lächelnd wieder auf. »Melinda Carlson«, sagte er nun laut vor sich hin. »Du bist ja mit allen Wassern gewaschen und ganz schön frech«.

Schnell wählte er die Nummer der Kanzlei. »Guten Morgen Anne«, sagte er gut gelaunt. »Wie geht es Ihnen«?

»Mir geht's gut Scott«, antwortete sie. »Aber wie sieht`s denn bei Ihnen aus? Den leeren Bierflaschen zufolge, die ich heute Morgen weggeräumt habe, ist die Frage doch berechtigt oder«?

»Es geht schon wieder. Sagen Sie mal, ist Mr. Cunningham da«?

»Ja Moment, ich verbinde«. Kurz darauf war Niklas am Apparat. »Hallo Mr. Cunningham«, sagte Scott hastig. »Ich habe soeben eine Nachricht erhalten, dass Melinda Carlson in Kürze schon das zweite Mal die Lebensversicherung eines verstorbenen Ehemannes kassiert«.

»Wie soll sie denn das inszeniert haben«? fragte Niklas. »Es ist wohl kaum möglich, dass sie die Schrankenanlage einer Bahngesellschaft manipuliert hat, oder ihren Mann genau zur richtigen Zeit zufällig über die Gleise schickt«.

»Glauben Sie mir Mr. Cunningham«, sagte Scott. »Auf irgendeine Weise steckt da mehr dahinter, als wir jetzt glauben. Mein Informant hat mir außerdem erzählt, dass sie gemeinsam mit Elliot Swan bei der Versicherung aufgetaucht ist. Die ziehen vielleicht einen Betrug durch«.

»Na dann bleiben Sie den beiden auf den Fersen. Ich fahre heute Nachmittag wieder zu Percy Johnson. Kommen Sie heute Abend gegen sechs zu mir nach Hause«. Sie legten wieder auf.

Scott stand kurz darauf unter der Dusche, trank schnell einen Kaffee und verließ sein Appartement.

Er war auf dem Weg zu dieser Aufsichtsbehörde, um einige Kontakte zu knüpfen, denn irgendwie musste er herausfinden, ob Elliot Swan wirklich der Vater der Kinder von Melinda Carlson waren. Wie er das anstellen sollte, war ihm allerdings noch nicht klar.

Und wie sollte er an einen Mitarbeiter der Bahngesellschaft herankommen, der wusste, wie oft der Gutachter bei Unfällen eingeschaltet wurde.

Er betrat jetzt das Gebäude und sah sich um, dann entdeckte er einen Informationsstand. Eine junge Frau saß hinter dem Tresen und blätterte in einer Zeitschrift. Als sie Scott bemerkte, sah sie erschrocken auf und versteckte sie schnell unter einer Ablage.

»Guten Morgen«, sagte er freundlich und hatte dabei den Eindruck, dass sie sich ein wenig ertappt fühlte. »Guten Morgen«, sagte sie etwas unsicher. »Wie kann ich Ihnen weiter helfen«?

»Ach wissen Sie«, begann Scott. »Ich habe da ein Problem. Meine Ex-Freundin, die ich schon mehrere Jahre nicht mehr gesehen habe, hat sich wie aus dem nichts bei mir gemeldet und gesagt, dass ich der Vater ihres Kindes wäre«.

Er sah sich jetzt um und raunte ihr zu: »Und sie hat behauptet, dass sie dies der Behörde gemeldet hat«. Er machte eine kurze Pause.

»In welches Büro muss ich denn gehen, um zu erfahren, ob das stimmt«?

Sie sah ihn etwas misstrauisch an, dann nahm sie sich das Register. »Fragen Sie am besten im dritten Stock bei Mr. Smith nach«, sagte sie nun. »Es kann aber sein, dass sie warten müssen. Es macht gerade eine Pause«.

Scott bedankte sich und ging zum Aufzug. Dort kamen ihm mehrere Angestellte entgegen, die auf dem Weg in die Kantine waren. Endlich fand er an einer satinierten Glastür die Aufschrift des Beamten.

Er atmete kurz durch und klopfte an. Vorsichtig drückte er die Klinke herunter. Das Büro war leer. Schnell ging er hinein und zog leise die Tür hinter sich zu. Hastig sah er sich um. Ein großer Blechschrank weckte sein Interesse. Scott zog ihn auf und blätterte eilig die Hängeregister durch.

Plötzlich hielt er den Atem an. »Swan, Eliott«, flüsterte er. »Habe ich Dich, Du Mistkerl«.

Kurzerhand zog er die Unterlagen heraus und wühlte schnell die Dokumente durch.

Als er die Urkunde über die anerkannte Vaterschaft von John, Anton und Elizabeth Swan in den Händen hielt, hatte er ein breites Grinsen im Gesicht. »Ja«, sagte er zufrieden und holte eine kleine Pocketkamera aus der Jeansjacke, die er meistens bei sich trug.

Er hatte gerade ein Foto gemacht, da hörte er Schritte. Schnell stopfte er die Unterlagen zurück in den Schrank und rannte zur Tür. Dort stellte er sich hinter einen kleinen Garderobenständer und hielt den Atem an.

Ein Mann kam herein und lief geradewegs zu seinem Schreibtisch. Schnell nutzte er die Gelegenheit und konnte, ohne dass der Beamte etwas bemerkte, das Büro wieder verlassen.

Er lief nun schnell über die Feuertreppe zurück ins Erdgeschoß. Im Vorbeigehen nickte er der jungen Frau an der Information freundlich zu und verließ das Gebäude. »Geschafft«, sagte er laut und ging zufrieden die Straße entlang.

Von weitem sah er den Bahnhof. »Heute scheint ein Glückstag zu sein, vielleicht sollte ich gleich noch versuchen herauszufinden, was das für ein Gutachter ist. Jetzt hatte er doch eine Idee und als er eine Telefonzelle sah, öffnete er die Glastür.

Er warf hastig ein paar Münzen ein, wählte eine Nummer und sagte darauf: »Hallo Stuart, hier ist noch einmal Scott. Ihr bemüht doch in bestimmten Fällen Gutachter für Verkehrsunfälle und dergleichen. Sagt Dir vielleicht der Name ` Rolfs & Reed ` etwas«?

Er hörte zu und begann erneut zu lächeln. »Stuart, ich danke Dir für die Auskunft und grüß Helen von mir. Wenn Ihr Zeit habt, lade ich Euch mal wieder zum Essen ein, ok? Du hast etwas gut bei mir«.

Er hängte den Hörer wieder ein und stieß die Glastür der Telefonzelle mit Schwung auf.

»Heute ist wirklich mein Glückstag«, sagte er laut.

**

Niklas Cunningham hatte eine weitere Haftprüfung beantragt und konnte jetzt nur hoffen, dass der Ermittlungsrichter diesem Termin zustimmte.

Doch zuvor wollte er unbedingt noch einmal mit Jack Mason, dem Fahrdienstleiter sprechen. Am Telefon hatte der ihm zwar gesagt, dass er keine Auskünfte zu dem Bahnunfall geben dürfe, aber damit konnte Niklas sich nicht zufrieden geben.

` Und hoffentlich hat Scott auch etwas über diesen Gutachter heraus gefunden `, dachte er.

Wieder und wieder hatte er die beschriebenen Ereignisse vor der Kollision gelesen. Er schüttelte erneut den Kopf. »Irgendetwas stimmt da nicht«, sagte er jetzt laut. »Ein Signal überfahren, ja vielleicht, wenn man gerade in diesem Moment auf die Seite schaut. Aber die sind doch beidseitig der Gleise positioniert und leuchten einem doch auf mindestens zweihundert Meter entgegen«.

Er stand auf und ging zum Fenster. »Und selbst bei Restalkohol hört man doch eine Durchsage. Darauf hätte Percy bestimmt reagiert«, sagte er vor sich hin.

`Und wer war eigentlich zu dieser Zeit auf dem Stellwerk`? überlegte er jetzt. `Ein Name wurde in dem Gutachten nicht genannt, aber das kann uns bestimmt Jack Mason beantworten. Ich muss ihn unbedingt sprechen`.

Mit hastigen Schritten ging er zu Anne ins Vorzimmer. »Verbinden Sie mich bitte mit Jack Mason, ich muss ihn erreichen«. Ohne ihre Antwort abzuwarten, warf er seine Tür wieder zu.

Er zog sich seinen Trenchcoat über, als Anne an die Tür klopfte. »Sir, man hat mir gerade gesagt, dass Mr. Mason Urlaub genommen hat«.

Niklas sah sie ungläubig an. »Urlaub? Für wie lange«? Anne sah ihn an. »Für drei Wochen«.
Niklas schluckte. »Für drei Wochen? fragte er gereizt. »Und das gerade jetzt«.

Er überlegte. »Ist er verreist«? Anne hob die Schultern. »Das weiß ich nicht Sir«.

»Wissen Sie wenigstens, wo er wohnt«? Sie trat einen Schritt zurück. »Ich schaue sofort ins Telefonbuch Sir«.

Selten hatte Anne ihren Chef so aufgebracht gesehen. Hastig blätterte sie die Seiten durch und atmete auf, als sie endlich den Namen fand.

Schnell notierte sie seine Adresse. »Hier Mr. Cunningham«, sagte sie.

Niklas nickte. »Ich fahre jetzt zu ihm und Sie melden mich auf der Police-Station an. Ich muss Percy Johnson sprechen«.

Er sah auf seine Armbanduhr. »Ich werde ungefähr in einer Stunde dort sein«.

Er nahm seine Mappe und ging zur Tür. »Und falls sich Scott meldet, dann erinnern Sie ihn bitte an unseren Termin heute Abend bei mir zu Hause. Er soll pünktlich um sechs da sein. Es ist wichtig«.

Als er schließlich am Haus von Jack Mason ankam, parkte er seinen Wagen vor der Garage und stieg aus. Ein paar Kinder fuhren mit ihren Fahrrädern auf der Straße umher, sonst war niemand zu sehen.

Langsam ging er zur Haustür und läutete. Eine kleine untersetzte Frau öffnete. »Ja? fragte sie vorsichtig. »Wen suchen Sie denn«?

Niklas holte eine Visitenkarte aus seiner Innentasche. »Entschuldigen Sie bitte die Störung«, sagte er freundlich. »Mein Name ist Cunningham und ich bin Rechtsanwalt«. Sie nahm die Karte und sah ihn dabei misstrauisch an. »Und was wollen Sie von uns«?

»Ich vertrete einen Mitarbeiter der Bahngesellschaft wegen dieses Unfalls, von dem Sie sicher auch gehört haben. Und deshalb müsste ich

Ihren Mann sprechen, nur leider habe ich vorhin erfahren, dass er Urlaub hat. Sonst hätte ich es nicht gewagt, Sie privat zu belästigen. Ist er denn da«?

Die Frau gab ihm die Karte zurück. »Leider nein, denn er ist gestern zum Fischen gefahren und wird bestimmt erst in einer Woche zurück sein«.

Niklas Gesichtszüge wurden starr. »Zum Fischen«? fragte er. »Darf ich wissen, wo das ist«?

Sie lächelte matt. »Irgendwo im Hochland. Mehr kann ich Ihnen leider nicht sagen, denn ich weiß es wirklich nicht«.

»Und in einer Woche ist er wieder da«? fragte Niklas erneut.

Sie verschränkte jetzt vor sich die Arme und lehnte sich gegen den Türpfosten. »Ja und wenn er zurückkommt, fliegen wir zusammen nach Mallorca. Das verspricht er mir nämlich schon seit Jahren. Ich habe mich allerdings gewundert, dass er ohne `Wenn und Aber` mit mir ins Reisebüro gegangen ist. Sonst hatte er jedes Mal eine andere Ausrede«.

Niklas hielt ihr erneut die Visitenkarte hin. »Bitten Sie ihn doch mich anrufen, bevor Sie in den Urlaub fahren«.

Sie nickte. »Ich werde es ihm sagen, nur versprechen kann ich Ihnen nichts. Ist ja sowieso sein Letzter, denn danach ist er endlich pensioniert. Seine wechselnden Schichten haben mich regelrecht krank gemacht«.

»Er wird also nach dem Urlaub nicht mehr im Dienst sein«? fragte Niklas erstaunt.

»Nein«, antwortete sie. »Es ist endlich vorbei und erstaunlicherweise sieht er das plötzlich auch so. Noch bis vor kurzem war er mehr mit seiner Arbeit verheiratet als mit mir«.

»Danke Mrs. Mason«, sagte Niklas. »Und einen schönen Urlaub«. Sie schloss die Tür.

Nachdenklich ging er zu seinem Auto. Aber jetzt musste er sich beeilen, denn der nächste Termin wartete bereits.

Als er den Besucherraum der Police-Station betrat, wartete Percy bereits auf ihn.

»Sie wollten mich sprechen Mr. Cunningham«? fragte er erwartungsvoll. »Haben Sie endlich etwas herausgefunden, das mir hilft, hier wieder herauszukommen«?

Niklas gab ihm die Hand. »Setzen wir uns Mr. Johnson«. Er räusperte sich. »Nun meine erste Frage. Kennen Sie den Namen des Mannes, der Sie aus dem Stellwerk gegrüßt hat, als Sie daran vorbeifuhren«?

Percy schüttelte den Kopf. »Nein, den kannte ich nicht. Noch nie gesehen«.

Niklas lehnte sich zurück. »Beschreiben Sie ihn doch mal. Wie sah er aus«? Percy überlegte kurz.

»Naja, ungefähr so alt wie ich, aber ich konnte ihn nur kurz sehen und wenn er nicht gegrüßt hätte, wäre er mir gar nicht aufgefallen«.

»Welche Haarfarbe hatte er«? fragte Niklas weiter.

»Keine Ahnung, er hatte ein schwarzes Base-Cup auf«, sagte Percy. »Aber warum fragen Sie mich das überhaupt? Jack Mason musste doch wissen, wer an diesem Tag auf dem Stellwerk Dienst hatte«.

»Ich konnte ihn leider nicht noch einmal fragen. Seine Frau sagte mir vorhin, dass er Urlaub hat. Jetzt ist er für eine Woche im Hochland und dann fliegt er mit seiner Frau in den Süden. Aber machen Sie sich bitte keine Sorgen. Ich werde jetzt Antrag auf Akteneinsicht stellen, denn wir können nicht warten, bis er wieder da ist«. Er machte eine kurze Pause.

»Kennen Sie eigentlich einen Kollegen, der bei einem anderen Unfall mit diesem Gutachter schon einmal zu tun hatte«?

Percy schüttelte den Kopf. »Nein, damit habe ich mich bisher noch nie beschäftigen müssen«.

Niklas lehnte sich nach vorn. »Gibt es jemanden, der Ihnen schaden will, oder möglicherweise froh wäre, wenn Sie aus dem Verkehr gezogen werden«?

Percy stutzte. »Nein, nicht dass ich wüsste. Auf der Lok stehe ich immer allein und treffe Kollegen höchstens in der Kantine oder im Pausenraum. Man grüßt sich, aber mehr auch nicht«.

»Und in Ihrem Privatleben«? fragte Niklas vorsichtig. »Gibt es vielleicht jemanden, der Sie, na sagen wir mal, überhaupt nicht leiden kann«?

»Wie meinen Sie denn das«? wollte Percy wissen. »Vielleicht haben Sie zum Beispiel mal jemanden die Freundin oder Frau ausgespannt und derjenige hat es nicht verwunden«?

»Wie kommen Sie denn auf so einen Blödsinn«? zischte Percy plötzlich. »Und wie sollte jemand, der nicht mit den Signalanlagen vertraut ist, diese manipulieren? So eine These ist doch an den Haaren herbei gezogen«.

»Fakt ist«, sagte Niklas. »Es steht Aussage gegen Aussage«.

Er stand auf und lief nachdenklich auf und ab. »Sie haben bei der Polizei im Beisein des Gutachters zu Protokoll gegeben, dass Sie trotz Ihres Restalkohols keinen Fehler gemacht haben«.

Er drehte sich zu Percy um »Und ich betone ausdrücklich, dass ich Ihnen glaube«.

»Also«, sagte er weiter. »Sie sind davon überzeugt, dass es keine Stoppsignale auf der gesamten Strecke gab und auch keine akustische Warnung, den Zug sofort anzuhalten«.

Er sah Percy wieder an. »Aber im Gutachten steht, dass es beides gegeben hätte. Was machen wir nun? Wie sollen wir das widerlegen«?

Percy sah resigniert auf den Boden. »Ich habe keine Ahnung«.

»Wer könnte Ihnen denn angeblich über Funk mitgeteilt haben, dass Sie halten sollen«? murmelte Niklas.

»Das kann nur ein Fahrdienstleiter tun«, antwortete Percy.

»Jetzt ist mir klar, warum Mr. Mason mir bei seinem letzten Telefonat nichts zu dem Unfall sagen wollte«, sagte Niklas. »Und wir müssen herausfinden, ob er zur fraglichen Zeit in der Leitstelle war«.

Er setzte sich wieder an den Tisch. »Mein Gefühl sagt mir, dass er da irgendwie mit drinsteckt«.

»Jack Mason«? fragte Percy erstaunt. »So etwas traue ich ihm nicht zu Mr. Cunningham«.

Niklas verschränkte jetzt die Arme. »Im Moment habe ich aber keine andere Erklärung. Wir hatten gestern übrigens ein Gespräch mit dem jetzigen Leiter des Waisenhauses, indem eines der Opfer, Joshua Swift, lebte. Er heißt Ethan Gray und erzählte, dass er gerade mit einem Kind im Hospital war, als sie hierher gebracht wurden. Der Junge heißt Rudi«.

Percy sah auf. »Rudi? Lebt er tatsächlich auch in diesem Waisenhaus, hier in Dunbar«?

Niklas nickte. »Ja, woher kennen Sie ihn eigentlich«?

Percy winkte ab. »Ach das war ein blöder Zufall. Ich stand mit meiner Lok auf den Gleisen, so wie alle anderen auch. Stellen Sie sich mal vor, ein Totalausfall. Alle Signalanlagen waren rot. Und wie ich da so sitze und warte, dass es weiter geht, springt plötzlich dieser Junge aus einem Reisezug und läuft über die Gleise. Ich bin ihm hinterher gerannt, weil genau in diesem Moment eine Diesellok angefahren kam. Ich konnte Rudi gerade noch auf die Seite ziehen«.

»Dann haben Sie ihm wohl das Leben gerettet, oder«? fragte Niklas.

Percy hob die Schultern. »Ja vielleicht. Aber dann kamen seine Verwandten, so eine dicke keifende

Frau und ihr Mann. Da konnte ich verstehen, warum er weggelaufen war«.

Percy schluckte. »Er bettelte regelrecht, dass ich ihn mitnehmen soll, weil er jetzt in ein Heim muss. Aber ich konnte doch nichts tun. Tränenüberströmt haben sie ihn dann zurück gezerrt. Der Junge tat mir unendlich leid und seitdem geht er mir auch nicht mehr aus dem Kopf. Immer wieder muss ich an ihn denken«.

»Warum haben Sie denn keine eigenen Kinder«? fragte Niklas. »Denn wenn man Ihnen so zuhört, wären Sie doch der geborene Familienmensch«.

Percy lächelte müde. »Wissen Sie, diese Frage wurde mir schon oft gestellt. Ich habe dann immer gesagt, dass ich wegen des Schichtdienstes keine Zeit habe«. Jetzt sah er ihm offen ins Gesicht. »Wenn mich heute jemand fragt, dann sage ich ihm, dass ich schwul bin«.

Niklas schluckte. »Ja, Sie haben richtig gehört«, sagte Percy weiter. Ich bin ein Mann, der eine Lok fährt und schwul ist«.

»Erstens ist das Ihre Privatsache Mr. Johnson«, antwortete Niklas. »Und zweitens geht das niemand etwas an, außer Sie selbst beziehen denjenigen ein. Ich habe damit kein Problem«.

Er lächelte jetzt. »Und Ihr Freund Piet und seine Frau Zou im Übrigen auch nicht«.

Percy sah ihn erstaunt an. »Woher wissen die denn das? Ich habe den beiden doch nichts davon erzählt«.

»Zou und Piet Barnes waren bei mir in der Kanzlei. Naja, wir haben natürlich ausführlich über Sie gesprochen. Dabei habe ich selbst die Vermutung geäußert, dass es so ist wie es ist. Die beiden hatten wirklich keine Ahnung, aber sie lieben Sie so, wie Sie sind. Da können Sie sicher sein«.

Percy zog nun einen Umschlag hervor. »Ich habe Piets Brief beantwortet. Nehmen Sie ihn bitte mit«?

Niklas nickte. »Selbstverständlich«. Er steckte ihn ein und stand auf. »Meine Zeit ist um. Bestimmt kommt gleich wieder der Constable und erinnert mich daran«.

Während er seine Jacke überzog, sagte er weiter: »Ich habe übrigens noch eine weitere Haftprüfung beantragt. Sie bekommen bald eine Nachricht von mir, ok«? Percy nickte.

Der Constable betrat den Raum. »Sehen Sie«, sagte Niklas. »Da ist er auch schon«.

An seiner Penthouse-Wohnung angekommen, wartete bereits Scott vor dem Eingang, der gerade einen Zigarillo wegwarf, den er gelegentlich rauchte.

»Hallo Mr. Cunningham. Anne sagte, dass ich unbedingt pünktlich sein sollte. Was ist denn so dringend«?

Dabei holte er ein Sixpack Bier aus dem Kofferraum und grinste. »Dabei kann ich besser denken«.

»Kommen Sie mit Scott, wir haben einiges zu besprechen«.

Niklas schloss auf und sie betraten den Aufzug. Als sie oben waren, stellte Scott das Bier auf den Tresen.

»Es ist das erste Mal, dass sie mich hierher bitten. Schöne Wohnung haben Sie«.

Niklas nickte. »Ja, aber darum geht es jetzt nicht«. Er lief zu seiner Bar. »Ich brauche aber erst einmal etwas Stärkeres«. Dabei deutete er auf eine Scotch-Flasche. »Sie auch einen«?

»Ja, warum nicht«, murmelte Scott. Während Niklas einschenkte, fragte er: »Was gibt es Neues«?

Scott setzte sich auf einen Barhocker und grinste. »Ich habe so einiges herausgefunden«.

Niklas kippte den Schnaps mit einem Ruck herunter. »Na dann, erzählen Sie mal«.

»Als Erstes war ich bei der Aufsichtsbehörde«, begann Scott. Er zog nun ein Foto aus der Jacke und legte es vor ihn hin. »Fragen Sie mich aber bitte nicht, wie ich an diese Kopie gekommen bin«.

»Elliot Swift ist also tatsächlich der Vater der Kinder von Melinda Carlson«, sagte Niklas nachdenklich. Jetzt fasste er sich an die Stirn. »Ich habe vergessen Anne zu bitten, die alten Unterlagen aus der Registratur zu holen«.

»Kein Problem«, sagte Scott. »Außerdem können Sie jetzt seine damalige Aussage besser abgleichen«.

Er nahm sich jetzt ein Bier aus der Verpackung und knackte es auf.

»Was gibt es noch«? fragte Niklas weiter.

Scott lächelte zufrieden. »Ich habe meinen Bekannten wegen der Lebensversicherung von Richard Carlson noch einmal angerufen«.

Jetzt nahm er seine Bierdose, trank wieder einen Schluck und wischte sich den Mund ab.

»Hier ist ein Glas«, sagte Niklas mürrisch. »Ein bisschen Kultur kann auch Ihnen nicht schaden«.

Er stellte es vor ihn hin und sah nun zu, wie sich langsam eine Schaumkrone darin bildete.

»Sie werden es kaum glauben«, sagte Scott. »Melinda Carlson war zusammen mit Elliot Swan im Hauptsitz dieser Versicherungsagentur und haben die Prämie geltend gemacht«.

Niklas stutzte. »Was«? fragte er sichtlich erstaunt. »Dann arbeitet er nicht, wie von Ihnen vermutet als Ermittler für eine Versicherung«?

»Nein«, sagte Scott. »Da habe ich mich tatsächlich geirrt«. Niklas stützte seine Arme auf den Tresen.

»Also fassen wir zusammen. Elliot Swan ist der Vater der Kinder von Melinda Carlson und wir können ihn vielleicht wegen der damaligen Falschaussage anzeigen. Und jetzt haben die beiden die Lebensversicherung geltend gemacht, was allerdings völlig legitim ist. Nur, diese Erkenntnisse helfen unserem Mandanten Percy Johnson überhaupt nichts«.

Er nahm sich nun auch eine Dose Bier und schenkte langsam ein. »Trotzdem Scott, gut gemacht«, sagte er zufrieden. »Der vereinbarte Bonus wird Ihnen gleich morgen überwiesen«.

Er sah ihn an. »Ich war übrigens heute bei Jack Mason zu Hause«.

Scott stellte sein Glas ab. »Wieso zu Hause? Ist er krank«? fragte er neugierig.

Niklas schüttelte den Kopf. »Nein, er ist jetzt im Urlaub und anschließend pensioniert«, sagte er grübelnd.

»So plötzlich«? fragte Scott erstaunt.

»Das habe ich mir auch gedacht«. Niklas rieb sich nachdenklich seinen Dreitagebart. »Zumal mir seine Frau sagte, dass er bis vor kurzem lieber in seiner Leitstelle, als zu Hause war. Jetzt kann es ihm nicht schnell genug gehen in den Urlaub zu fahren und vorerst von der Bildfläche zu verschwinden«.

»Dann werde ich ihm auf den Zahn fühlen, wenn er wieder zurück ist«, antwortete Scott ruhig. »Wie geht es eigentlich Mr. Johnson«? fragte er. »Haben sie etwas von ihm gehört«?

Niklas nickte. »Ja, ich war vorhin noch einmal bei ihm«. Er holte den Brief aus seinem Sakko.

»Hier. Bringen Sie bitte den morgen zu den Barnes. Er ist von ihm. Übrigens hat er mir auch erzählt, wie er diesen Jungen aus dem Waisenhaus kennengelernt hat. An diesem Tag gab es schon einmal auf der Strecke von Glasgow nach Dunbar einen Totalausfall des Signalnetzes und während er wartete, rannte der Junge über die Gleise. Wahrscheinlich hat er ihm das Leben gerettet«.

Er atmete durch. »Wenn wir uns nicht langsam beeilen und irgendwelche Beweise finden, wird in Kürze Anklage erhoben«.

Er sah Scott mit ernster Miene an. »Und er ist wirklich schwul«.

»Haben Sie ihn etwa darauf angesprochen«? fragte Scott sichtlich erstaunt.

Niklas nickte. »Ja und sollte er verurteilt werden, hat er in der Haft bestimmt nichts zu lachen, falls das bekannt wird«.

**

Ethan war am nächsten Morgen sehr früh ins Waisenhaus gekommen. Er hatte schlecht geschlafen und die ganze Nacht gegrübelt, was er tun konnte, um eine Schließung des Waisenhauses zu verhindern.

Mit einer großen Tasse Kaffee saß er jetzt an Jacob Walters Schreibtisch.

Er neigte den Kopf zur Seite. Nicht ein Staubkorn war zu sehen. Vor ihm lagen zwei goldfarbene Füllfederhalter in einer Schale und akkurat gespitzte Bleistifte. Ein schwarz glänzender Briefbeschwerer mit einem kleinen Adler, der als Griff diente, stand am oberen Rand.

Jetzt starrte er auf das Regal, in dem Jacob Walter alle Ordner, die die Schule und das Waisenhaus betrafen, akribisch geordnet, nebeneinander standen. Nur wo sollte er anfangen zu suchen.

Er war mit Leib und Seele Erzieher und unterrichtete gerne. Vor `Bürokram` jedoch, wie er ihn immer nannte, drückte er sich, wann immer er konnte.

Er stand jetzt auf, zog die erste Akte heraus und setzte sich wieder hinter den Schreibtisch. Dann drehte er den Deckel herum.

Langsam sah er das Register durch. Alle Lehrer, Erzieher, die Angestellten der Küche und das Putzpersonal der Schule und des Waisenhauses waren darin aufgeführt.

Jacob Walter hatte anscheinend jeden einzelnen beobachtet und sich Notizen gemacht. Wann sie kamen, wann sie gingen, wer mit wem sprach und in welchem Stil jeder, zumindest aus seiner Sicht, gekleidet war.

Ethan schüttelte den Kopf, als er las, was Jacob Walter von ihm hielt, aber wirklich verwundert war er nicht. Er beschrieb ihn als dümmlichen Proleten, der nicht einmal ansatzweise in der Lage zu sein schien, dem geforderten Erziehungsauftrag nachzukommen. Und seine Kleidung, die er tagsüber trug, bezeichnete er als niveaulos und billig.

Ethan klappte angewidert den Ordner wieder zu und stellte ihn zurück ins Regal. Er wollte sich diese Beleidigungen nicht weiter durchlesen.

Es klopfte an der Tür. »Herein«, rief er überrascht und sah dabei auf die Wanduhr, denn eigentlich erwartete er jetzt noch keinen Erzieher oder Lehrer.

Die Tür ging auf und eine zierliche blonde Frau betrat sein Büro. »Guten Morgen, darf ich Sie kurz sprechen«?

»Ja natürlich, kommen Sie nur herein«, sagte er freundlich. »Was kann ich denn für Sie tun«?

»Mein Name ist Susan Mitchel«, antwortete sie zögernd. »Ich hatte vor ein paar Tagen angerufen. Es geht um meinen Sohn Dick«.

Ethan nickte. »Ja ich kann mich gut erinnern«, sagte er lächelnd. »Aber bitte setzen Sie sich doch«.

»Wie geht es ihm denn«? fragte sie etwas unsicher.

»Es geht ihm wieder gut Mrs. Mitchel«. Erschrocken sah sie ihn an. »Was meinen Sie denn mit `wieder gut`?

Ethan lehnte sich in seinem bequemen Ledersessel zurück. »Naja, er war im Hospital, weil bei ihm Masern festgestellt wurden und er hohes Fieber hatte«.

»Und jetzt«? fragte sie ängstlich.
Ethan lächelte. »Und jetzt ist er wieder ganz der `Alte`. Sie brauchen sich also keine Sorgen zu machen«.

»Wann kann ich ihn denn sehen«? fragte Susan weiter.

»Da muss ich in den Stundenplan schauen Mrs. Mitchel«. Er stand auf und ging zur Pinnwand, an der Jacob Walter mit kleinen farbigen Stecknadeln die einzelnen Unterrichtsstunden markiert hatte.

Dass das Fach Sport, welches er unterrichtete, mit schwarz markiert war, konnte Zufall oder Absicht sein.

»Mitch hat«. Er stockte. »Oh entschuldigen Sie bitte, natürlich meine ich Dick. Er hat heute um eins Schulschluss. Dann geht er zum Mittagessen, macht Hausaufgaben und ab drei hat er frei«.

Er sah ihr an, dass sie etwas enttäuscht war, weil sie so lange warten sollte. »Bitte bringen Sie ihn heute nicht durcheinander, sonst konzentriert er sich im Unterricht nicht«.

Sie nickte. »Ja, das verstehen ich natürlich«, sagte sie leise.

»Wie lange sind Sie denn in Dunbar«? fragte er.

»Wir wohnen in einer kleinen Pension und bleiben bis Freitag hier«.

Ethan sah sie an. »Wer ist denn `Wir`, wenn ich fragen darf?

»Meine beiden Töchter und ich. Und deshalb muss ich auch bald zurück, denn wenn sie aufwachen und ich nicht da bin, werden sie sich bestimmt wundern«.

»Wissen Sie was«? sagte Ethan. »Sie besuchen ihn alle heute Nachmittag und morgen stelle ich Dick ausnahmsweise frei«.

»Wir können morgen wirklich einen ganzen Tag zusammen verbringen«? fragte sie erstaunt.

Ethan nickte lächelnd. »Ja. Kommen Sie dann zum Haupteingang. Ich werde Dick gleich nach den Hausaufgaben informieren und zu Ihnen bringen«.

»Gut«, sagte sie stockend und hielt ihm die Hand hin.

»Oh«, antwortete er und nahm ihre. »Ich habe mich noch gar nicht bei Ihnen vorgestellt. Mein Name ist Ethan Gray und leite vorläufig das Haus«.

»Danke, ich muss jetzt schnell zurück in die Pension. Bis nachher«. Susan drehte sich um und verließ das Büro.

Ethan hatte noch gut in Erinnerung, wie Dick vor Freude geweint hatte, als er ihm gesagt hatte, dass seine Mum kommen würde. Und nun war sie tatsächlich da. Und falls das Waisenhaus wirklich geschlossen würde, wüsste er wenigstens einen, der vielleicht zurück nach Hause konnte.

Entschlossen nahm er sich nun den nächsten Ordner vor. Er verglich Einnahmen und Ausgaben und suchte sich dazu die Kontoauszüge heraus.

Jetzt stellte er fest, dass Jacob Walter bestimmte Ausgaben geschickt um-deklariert hatte. Und er erkannte, dass er für einige Kinder bei den Banken bevollmächtigt war, Gelder in bar abzuheben. Mit einem Taschenrechner zählte er nun zusammen, um welche Summe es ging.

Er warf seinen Kugelschreiber wütend beiseite. »Er muss sich doch völlig sicher gewesen sein, dass er nicht auffliegt«, sagte er laut vor sich hin. »Sonst hätte er das doch nicht hier in den Akten festgehalten«. Er stand auf und ging zum Fenster.

»Sechzehntausend Pfund hat er abgezweigt. Aber der Krug geht bekanntlich immer so lange zum Brunnen, bis er bricht«.

Jetzt hatte er erst einmal genug gesehen. Er musste hier raus. Schnell zog er sich sein Sakko über und verließ das Büro.

Er war auf dem Weg zu Lotta, denn nur mit ihr konnte er darüber reden. In der Küche wurde gerade Gemüse geputzt, aber sie war nirgends zu sehen.

Schließlich kam sie mit einer Kiste gefrorenes Fleisch aus dem Kühlraum und legte es in das Auftaubecken. Als sie Ethan sah, lief sie schnell zu ihm hin. »Und? Was hast Du herausgefunden«? fragte sie gespannt.

»Komm mit«, sagte er, nahm sie an der Hand und zog sie in den Flur. »Jacob Walter hat sich auf allen drei Konten des Waisenhauses privat bedient«, begann er. »Allein dafür gehört er bestraft«, flüsterte er. »Und wenn jetzt noch der Vorwurf der Kindes-Misshandlungen laut wird, steht unsere Einrichtung vor dem Aus. Niemand wird uns mehr Kinder anvertrauen«.

»Aber wenn nachgewiesen werden kann, dass nur er es war«? fragte Lotta entrüstet. »Was machen wir denn jetzt«?

Ethan hob die Schultern. »Ich muss die Aufsichtsbehörde informieren und die Unterlagen der Polizei übergeben. Ich habe gar keine andere Wahl«.

Lotta sah ihn resigniert an. »Kopf hoch«, sagte er. »Vielleicht kann auch der Anwalt, bei dem ich gestern war, das Schlimmste verhindern. Falls es notwendig wird, rufe ich ihn an«.

Er umfasste sie. »Und jetzt wollte ich Dich noch fragen, wann ich Dich heute Abend abholen darf«.

»Komm um sieben zu mir nach Hause«, flüsterte sie. »Ich koche uns was Schönes«.

Lächelnd sagte er: »Ich werde ganz pünktlich sein«. Er nickte ihr aufmunternd zu, dann sah er auf die Uhr. »Ich habe gleich die erste Sportstunde und muss mich noch umziehen«.

Eilig lief er zurück um seine Sachen zu holen. Er war schon an der Tür, da klingelte das Telefon.

Als Ethan abhob und hörte, dass Edwin Jenkins dran war, bekam er weiche Knie.

»Guten Morgen Mr. Gray«, sagte der höflich. »Ich wollte Ihnen mitteilen, dass morgen die Untersuchungen beginnen. Das bedeutet, dass alle Lehrer und Erzieher ab neun Uhr im Haus sein müssen. Es werden sowohl Mitarbeiter unserer Behörde kommen und auch der Police-Service wird da sein«.

»Und was wird aus dem Unterricht«? fragte Ethan. »Ich kann doch so schnell keinen neuen Stundenplan aufstellen«.

Edwin Jenkins schien einen Moment zu überlegen und sagte schließlich: »Dafür habe ich natürlich Verständnis. Ich schlage daher vor, dass morgen ausnahmsweise der Unterricht ausfällt«.

»Na gut Mr. Jenkins, ich werde dies ankündigen«. Schnell legte er wieder auf und atmete schwer.

`Jetzt geht es also tatsächlich los`, dachte er besorgt. Wieder sah er zu dem Aktenschrank herüber, indem wohl geordnet das belastende Material von Jacob Walter stand. Jetzt hatte er aber keine Zeit mehr darüber nachzudenken.

Hastig zog er sich seine Sportsachen an, versperrte sorgfältig das Büro und lief zur Sporthalle.

Er ließ heute die Jungen Handball spielen. Schließlich brach er ab und sagte: »Bildet bitte einen Sitzkreis. Ich habe Euch etwas zu sagen«.

Kurz und knapp schilderte er nun, was am kommenden Tag auf sie zukommen würde. Zum Schluss sagte er: »Ich werde alles daran setzen, dass das Haus und die Schule weitergeführt werden. Darauf habt Ihr mein Wort«.

Die Jungen sahen sich betreten an. Schließlich meldete sich Simon zu Wort. »Was wird dann aus uns«?

Ethan schluckte. »Ich kann zwar jetzt nichts versprechen, aber ich lasse bestimmt niemanden im Stich«.

»Ich bin Schuld«, sagte Simon. »Denn wenn ich meinen Mund gehalten hätte, als diese Beamten da war, wäre das alles nicht passiert. Und ...«.

»Nein Simon«, unterbrach ihn Ethan. »Das was Du gemacht hast, war sehr mutig und hätte die Untersuchung auch nicht verhindert, denn der Grund sind ja die festgestellten Misshandlungen bei Joshua«.

Er sah in die Runde. »Wir beenden den Unterricht für heute. Ihr habt Freizeit, aber ich bitte um Ruhe und Rücksicht, bis auch die anderen Schüler kommen«.

Am Mittag saßen Rudi und Dick im Aufenthaltsraum und machten ihre Hausaufgaben. Natürlich hatten auch sie inzwischen von den Ermittlungen gehört.

»Mitch, was meinst Du? Müssen wir bald woanders hin«? fragte Rudi leise.

Der hob die Schultern. »Keine Ahnung was passiert, aber Simon hat vorhin zu mir gesagt, dass Mr. Gray uns nicht alleine lassen will«.

»Das kann er doch gar nicht bestimmen«, antwortete Rudi resigniert. »Die Erwachsenen machen doch sowieso immer nur was sie wollen«.

Dick antwortete nicht darauf und schrieb weiter an seinem Diktat.

Ethan betrat den Raum und sah sich um. Als er die beiden entdeckte, lief er auf sie zu und blieb stehen.

»Hallo Rudi«, sagte er mit väterlicher Stimme. »Hallo Mr. Gray«, antwortete der leise.
Dann wandte er sich an Dick. »Ich muss kurz mit Dir sprechen«. Er deutete auf einen freien Tisch am anderen Ende des Raumes.

»Hab ich was falsch gemacht Mr. Gray«? fragte er misstrauisch. Ethan lächelte. »Nein, ganz und gar nicht. Ich habe für Dich eher eine Überraschung«.

Dick stand auf und sah ihn fragend an. Sie setzten sich und Ethan begann: »Deine Mum war heute Morgen bei mir im Büro«.

Dick bekam große Augen. »Sie war wirklich hier«? fragte er ungläubig. Ethan nickte. »Ja und in einer halben Stunde kommt Sie mit Deinen Schwestern wieder hierher, um Dich zu besuchen«.

Dick war sprachlos und schluckte. »Darf ich ihnen alles zeigen«? fragte er schließlich. »Ich meine den Schlafsaal und unseren Essensraum und ...«.

»Ja natürlich darfst Du sie durch das Haus führen«. Jetzt nahm er ihn am Arm. »Eigentlich hatte ich Dir morgen freigegeben, damit Du mit Deiner Familie zusammen sein kannst. Da nun leider diese Untersuchung beginnt, müssen wir abwarten, falls man auch Dir irgendwelche Fragen stellen möchte. Das verstehst Du doch, oder«?

Dick nickte und fiel ihm plötzlich um den Hals. Ethan sah ihm lächelnd nach, als er nun zu Rudi rannte, um ihm von seinem Glück zu berichten.

Rudi sah ihn fragend an. »Wirst Du uns mit Deiner Mum verlassen«? Dick hielt inne und dachte einen Moment nach. »Ich weiß nicht, ob ich mitdarf. Und davon hat Mr. Gray auch nichts gesagt«. Er drehte sich um, aber der war bereits gegangen.

Dick stopfte schnell seine Schulsachen in die Mappe. »Rudi, ich muss leider los. Bis nachher«.

Schon rannte er davon.
Rudi sah ihm nach. »Mitch hat es gut«, dachte er traurig. »So etwas wird mir nie passieren, denn ich habe niemanden mehr«.

Er holte jetzt ein kleines Heft aus seinem Schulbeutel und begann darin zu blättern. Resigniert sah er sich alle Bilder an, die er immer dann gemalt hatte, wenn er verzweifelt war und nicht mehr weiter wusste.

Er betrachtete das Cottage, indem er mit seinen Eltern lebte. Bunte Blumenkästen hingen vor den Fenstern. Er blätterte um und wurde ernst, denn er hatte sich selbst mit einem schwarzen Kohleeimer auf dem Hof seines Onkels gezeichnet.

Als er das nächste Bild betrachtete, wurde es ihm warm ums Herz. Eine Dampflok war zu sehen, aus dem ein großer starker Mann lachend winkte.

`Percy`, schluchzte er leise. Vorsichtig sah er sich um, denn niemand sollte merken, wie es ihm gerade ging. Schnell wischte er sich die Tränen aus dem Gesicht.

Plötzlich stand Lotta vor ihm. »Hallo junger Mann«, sagte sie augenzwinkernd. »Wir haben noch etwas Vanille-Pudding übrig. Wie sieht`s aus? Hast Du vielleicht noch Appetit darauf«?
Rudi nickte. Sie sah ihn misstrauisch an und setzte sich. »Hey was ist denn los? Hast Du gerade geweint«? Rudi schüttelte wortlos den Kopf.

»Na dann komm mal mit«. Sie gingen nun in die Küche und Lotta öffnete den Kühlschrank. »Hier«, sagte sie und gab ihm eine Schale. »Ich habe auch noch Schokoladensauce«, sagte sie lächelnd.

»Danke Lotta«, antwortete er.
»So, alle kennen meinen Namen«, sagte sie gutgelaunt. »Wie heißt Du denn überhaupt? Bis jetzt kenne ich Dich nur vom Sehen«.

»Ich bin Rudi«, flüsterte er. Sie nickte und sah ihn dabei an. `Irgendwas hat er doch`? dachte sie.

»Komm mal mit Rudi«. Sie gingen in den Pausenraum, der nur für das Personal bestimmt war. »Setzen wir uns«.

Dann sah sie ihm zu, wie er seine Schale aß. »Wo kommst Du eigentlich her? fragte sie vorsichtig. »Leben Deine Eltern noch«?

»Meine Mum und mein Dad sind tot. Und mein Onkel wollte mich nicht«.

Lotta begann: »Weißt Du Rudi, mir ging es auch nicht viel besser. Meine Eltern haben sich getrennt, als ich noch klein war und dann starb meine Mum. Mein Dad hat noch einmal geheiratet, aber seine neue Frau hatte selbst schon zwei Kinder«.

»Musstest Du deshalb auch in ein Heim«? fragte er gespannt.

»Nein, aber in ein Internat. Und ich durfte nur einmal im Monat nach Hause fahren«, erzählte sie weiter. »Und wenn ich dann dort war, hat man mich auch vom Familienleben ausgeschlossen. Also bin bald gar nicht mehr gefahren, sondern lieber da geblieben«.

»Und was hat Dein Dad gemacht«? wollte Rudi wissen. »Hat er Dir nicht geholfen«?

»Anfangs schon, aber dann bekam er mit meiner Stiefmutter noch einen gemeinsamen Sohn. Ab da war ich abgeschrieben«.

Sie lehnte sich zurück. »Und später habe ich geheiratet, weil ich eine eigene Familie gründen und alles besser machen wollte. Aber auch das hat nicht funktioniert und jetzt bin ich schon vierzig, geschieden und stehe hier in der Küche und koche für Euch«. Rudi grübelte.

»Über was denkst Du gerade nach«? fragte sie.

»Dann hast Du aber einen Bruder«, antwortete er leise. »Ich habe überhaupt niemanden mehr«.

Lotta hob die Schultern. »Ja das stimmt, aber ich kenne ihn überhaupt nicht«.

»Also ich würde meinen Bruder suchen«, sagte Rudi und sah ihr dabei in die Augen.

Lotta wurde nachdenklich und stand plötzlich auf. »Ok, ich muss jetzt noch dringend einiges erledigen«, sagte sie hastig.

Er schob langsam seinen Stuhl zurück. »Danke für den Pudding«.

**

Piet Barnes lag mit seinen Söhnen Danny und Edgar und einer Packung Chips auf der Couch im Wohnzimmer. Sie schauten Fußball, aber es wollte keine Stimmung wie sonst aufkommen.

»Dad, wann kommt Onkel Percy wieder heim«? fragte Edgar. Auch Danny sah ihn nun fragend an.

»Ich weiß es nicht und ich kann Euch nicht sagen, wie sehr er auch mir fehlt«.

Es läutete an der Tür. Zou schaute Piet an. »Erwartest Du noch jemanden«? fragte sie.

Piet schüttelte den Kopf. »Nicht das ich wüsste«.

Sie legte ihr Häkelzeug an die Seite und stand von ihrem Ohrensessel auf. Schnell kam sie zurück.

»Da ist ein gewisser Scott Martin und er sagt, dass er im Auftrag von Mr. Cunningham kommt«, sagte sie. »Kennst Du ihn«?

Piet horchte auf. »Na dann hol ihn rein«.
Er sah seine Söhne an. »Ihr geht jetzt bitte in Euer Zimmer, ok«?

»Immer wenn es spannend wird, müssen wir rausgehen«, maulte Danny.

»Du weißt genau, dass das so nicht stimmt und jetzt ab«, sagte Piet mit ernster Miene. Die Jungen trollten sich, natürlich nicht, ohne Scott im Vorbeigehen `Hallo` zu sagen.

Lächelnd sagte der: »Hallo Mr. Barnes, nette Jungs haben Sie«.

Piet ging jetzt nicht darauf ein und setzte sich gerade hin. »Sie kommen im Auftrag von Mr. Cunningham? Gibt es Neuigkeiten wegen Percy«?
Scott zog den Umschlag aus seiner Jacke. »Ich soll Ihnen einen Brief von ihm geben«. Er legte ihn auf den Tisch.

»Wissen Sie denn, wie es ihm geht«? fragte Piet gespannt.

»Naja«, antwortete Scott. »Wie man sich eben in so einer Lage fühlt, aber nachdem was mir mein Boss, also Mr. Cunningham sagte, gibt er nicht auf«.

»Können wir nicht irgendetwas für ihn tun«? fragte Zou verzweifelt. Scott nickte. »Ja, schreiben Sie ihm wieder. Um alles andere kümmern wir uns«.

»Bitte setzen Sie sich doch«, sagte nun Piet. »Kann ich Ihnen etwas anbieten?

Scott winkte ab. »Nein danke«, sagte er. »Ich habe gleich noch einen anderen Termin und muss bald weiter. Nur wenn ich schon mal hier bin, habe ich doch noch ein paar Fragen an Sie«.

»Na los, fragen Sie«, antwortete Piet. »Immer gerne, wenn es Percy weiterhilft«.

»Hat er eigentlich eine Familie«? fragte Scott. »Ich meine, wo sind seine Eltern? Oder gibt es vielleicht einen Bruder oder eine Schwester, oder beides«?

»Percys Vater ist bei einem Unfall gestorben«, sagte Piet. »Da war er erst sechs Jahre alt. Seine Mum hat es nicht leicht gehabt, denn es gab noch drei Schwestern«.

»Hat er Kontakt zu denen«? fragte Scott weiter.
»Nein«, antwortete Piet. »Seine Mutter ist inzwischen auch nicht mehr am Leben und was mit seinen Schwestern ist, weiß ich leider nicht. Er sprach auch nie darüber. Warum kann ich Ihnen nicht sagen, aber soweit ich gehört habe, leben sie in London«.

»Können Sie sich vorstellen, dass ihm jemand schaden will«? fragte Scott. »Oder hatte er irgendeinen Streit? Vielleicht mit einem Bekannten oder einem Arbeitskollegen«?

Piet stutzte: »Percy und Streit? Ich wüsste nicht, mit wem. Worauf wollen Sie denn hinaus«?

»Mr. Cunningham und ich sind inzwischen der Meinung, dass Percy Johnson das Opfer einer Intrige ist«, sagte Scott.

»Das halte ich für ausgeschlossen«, sagte nun Zou. »Percy hatte keine Feinde. Da bin ich sicher«.

»Kennen Sie eigentlich seinen Fahrdienstleiter Jack Mason«? fragte Scott weiter. »Hat er mal etwas Näheres über ihn erzählt«?

»Naja, manchmal war Percy sauer auf ihn, wenn er ihn zu Wochenendschichten eingeteilt hatte, die eigentlich nicht geplant waren«, sagte Piet nachdenklich. »Aber persönlich kennen wir ihn nicht. Sonst hat er eigentlich selten über seinen Job geredet, aber ich weiß, dass er gerne auf seiner Lok stand. Er liebte diese Fahrten kreuz und quer durch das Land. Und meistens war er ja dann abends wieder zu Hause«.

Scott dachte nach und stand plötzlich auf. »Entschuldigen Sie bitte, aber ich muss jetzt leider gehen«. Dann zog er eine Visitenkarte aus der Tasche. »Hier. Rufen Sie mich oder Mr. Cunningham an, falls Ihnen noch etwas einfällt«.
Draußen sah er sich um und ging zu einer Telefonzelle an der Straßenecke.

Hastig wählte er die Nummer der Kanzlei. »Hallo Anne«, sagte er aufgeregt. »Geben Sie mir bitte Mr. Cunningham. Ich muss ihn dringend sprechen«.

Ungeduldig trommelte er mit den Fingern auf den Münzapparat. »Mr. Cunningham«, sagte er nun. »Sie erzählten mir doch, dass Percy Johnson vor einiger Zeit schon einmal einen Totalausfall der Signalanlage auf der Strecke Glasgow-Dunbar erlebt hat«.

Er hörte ihm zu und sagte nun: »Und genau das müssen wir herausfinden«. Er legte auf und wühlte seine Hosentaschen durch. »Mist«, sagte er. »Jetzt habe ich kein Kleingeld mehr«.

Eilig ging er zu seinem Auto und fuhr in die Innenstadt. Er erinnerte sich, dass er ja doch jemanden kannte, der schon viele Jahre in der Verwaltung am Hauptbahnhof arbeitete.

Er hatte einen Cousin, dessen Frau dort Sekretärin war. Mit Jasper hatte er sich vor Jahren zerstritten und keinen Kontakt mehr.

Scott hielt ihn schon als Kind für einen Schlappschwanz. Er konnte nicht schwimmen, kletterte nie mit den anderen Kindern auf Bäume und schwärzte ihn bei seiner Mutter an, wenn er mitbekommen hatte, dass er sich ein paar Penns aus ihrem Geldbeutel genommen hatte, um sich ein Eis zu kaufen.

Umso mehr war erstaunt, was für eine Frau er später heiratete. Mildred war groß, schlank und selbstbewusst. Sie trug teure Kleidung und flirtete gern, sobald sich eine Gelegenheit bot.

Scott lief inzwischen durch die Bahnhofshalle zum Verwaltungsgebäude hinüber.

Als er am Haupteingang ankam, versperrte ihm ein Portier den Weg und sagte: »Haben Sie einen Dienstausweis junger Mann«?

Scott schob sich schnell einen Kaugummi in den Mund. »Können Sie nicht mal eine Ausnahme machen«? fragte er freundlich. »Ich möchte nur kurz eine Verwandte besuchen«.

»Sie haben Sie hier keinen Zutritt«, antwortete er entschlossen. »Ich habe nun mal meine Vorschriften«.

Scott sah auf die Uhr und überlegte. Er musste Mildred unbedingt hier sprechen, denn Jasper wollte er keinesfalls treffen.

Schließlich setzte er sich in ein Café gegenüber und wartete. »Irgendwann muss sie ja herauskommen«, murmelte er leise vor sich hin.

Die Zeit verging und langsam wurde es dunkel. Scott zweifelte inzwischen schon daran, das Mildred überhaupt im Gebäude war. Ein dunkler Wagen fuhr vor und blieb direkt vor dem Eingang stehen.

Er wurde starr vor Schreck, als Elliot Swan ausstieg und dem Portier die Hand gab.

Sie plauderten eine Weile. Plötzlich kam Mildred heraus und lächelte Elliot zu. Sie stiegen ins Auto und fuhren davon. Scott rannte auf die Straße und sah den Rücklichtern nach.

Ungläubig ging er zu dem Portier. »Entschuldigen Sie bitte«, sagte er. »Aber das war doch Mildred. Mildred Martin, die Frau meines Cousins«.

Der Portier lächelte matt. »Ich weiß nicht, wer Sie sind. Aber wenn Sie wirklich mit ihr verwandt wären, dann wüssten Sie bestimmt, dass sie seit fast einem Jahr geschieden ist und wieder Jones heißt«.

Er sah ihn verächtlich an und ging zurück zum Eingang.

Scott war sprachlos, denn das hatte er nicht erwartet. »Was ist hier bloß los«? sagte er jetzt laut. »Haben sich hier alle mit Elliot Swan verschworen«?

Er ging langsam zum Auto und ordnete seine Gedanken. Während er nach Hause fuhr, dachte er:

`Um ein Haar hätte ich Mildred von meinen Ermittlungen erzählt und dann hätte Elliot erfahren, dass wir ihm bereits auf den Fersen sind. Nur auf wie vielen Hochzeiten tanzt der denn noch`?

Als er zu Hause ankam, zog er seine Jacke aus, holte sich das Telefon und setzte sich in seinen Sessel. Er wollte unbedingt Niklas informieren, was er gerade gesehen hatte.

Andererseits ärgerte er sich jetzt darüber, dass Mildred für ihn nicht zur Verfügung stand, denn er hatte sich schon ausgemalt, wie er diesen Fall spektakulär lösen würde.

»Wen könnte ich jetzt bloß ins Boot holen«? sagte er vor sich hin. Jetzt wählte er die Nummer von Niklas Cunningham. Einige Male ließ er läuten, dann meldete er sich plötzlich. »Hallo Scott, haben Sie etwas herausgefunden«? fragte der sofort.

Er seufzte. »Ja schon«, antwortete er. »Nur leider nicht das, was ich mir erhofft hatte. Aber der Sumpf wird immer tiefer«.

»Wieso, was ist los«? fragte Niklas gespannt.
»Ich wollte eigentlich mit Mildred sprechen« sagte er. »Sie ist die Frau meines Cousins und arbeitet seit vielen Jahren in der Verwaltung am Hauptbahnhof. Ich hatte vor, mir über Ihre Kontakte Zugang zu den

internen Ermittlungen wegen des Unfalls zu verschaffen. Aber diese Chance ist nun leider vertan«.

»Haben Sie sie nicht angetroffen«? fragte Niklas gespannt.

»Doch«, antwortete Scott gedehnt. »Was glauben Sie, wer sie dort direkt am Haupteingang abgeholt hat«? Er machte eine kurze Pause.

»Nun sagen Sie es schon«, warf Niklas genervt ein.
»Na wer schon«? rief Scott. »Wieder einmal Elliot Swan«.

»Sagen Sie mal«, begann Niklas. »Kann es sein, das er mit jeder Frau in Dunbar ein Verhältnis hat? Ich kann es fast nicht glauben«.

Scott nahm den Telefonhörer ans andere Ohr. »Ja, so kommt es mir im Moment auch fast vor, aber wir hatten Glück im Unglück, denn weder sie noch er haben mich gesehen. Swan wüsste sonst, dass wir hinter ihm her sind«.

»Gut Scott«, sagte Niklas etwas zufriedener. »Dann ist ja nichts verloren. Vielleicht finden Sie noch eine andere Möglichkeit an weitere Informationen heranzukommen«.

»Wann kommt Jack Mason genau zurück«? fragte Scott.

»In etwa Woche, sagte zumindest seine Frau«, antwortete Niklas.

»Kann aber auch länger dauern, oder«? entgegnete jetzt Scott.

»Worauf wollen Sie hinaus«? fragte Niklas erstaunt.
»Naja, ich kenne mich im Hochland gut aus und mit ein wenig Glück finde ich Jack Mason. Mein Gefühl sagt mir, dass wir keinen Tag länger warten sollten«.

»Aber wo wollen Sie ihn denn suchen«? fragte Niklas zweifelnd. »Das Gebiet ist doch riesig«.

»Ich fahre morgen früh zu Mrs. Mason. Irgendeinen Tipp wird sie mir schon geben, denn die meisten Leute suchen zum Fischen immer wieder die gleichen Stellen auf. Und dann mache ich mich auf den Weg, Ihr Einverständnis vorausgesetzt«.

»Wenn Ihre Spesenrechnung nicht ins Unermessliche steigt und Sie mir außerdem versprechen vorsichtig zu sein, haben Sie meinen Segen«, antwortete Niklas. »Aber ich möchte nicht, dass Sie allein fahren«.

»Wer sollte mich denn begleiten«? fragte Scott erstaunt.

»Ich rufe Piet Barnes an«, antwortete Niklas. »Er ist der richtige Partner für jemand wie Sie. Außerdem möchte er für seinen Freund etwas tun. Und wenn Sie morgen mit Jack Masons Frau gesprochen haben, sagen Sie auf jeden Fall Bescheid, in welches Gebiet Sie fahren«.

»Wieso denn das«? fragte Scott wieder.
»Ich bestehe darauf, denn sollte Ihnen etwas zustoßen, müssen wir wenigstens ungefähr wissen, wo wir Sie beide suchen müssten«, sagte Niklas besorgt.

»Jetzt malen Sie mal nicht den Teufel an die Wand Mr. Cunningham«, murmelte er. »Ich kann sehr gut allein auf mich aufpassen«.

Jetzt hatte er genug gehört. Solche fürsorglichen Ratschläge bekam er früher reichlich von seinem Vater und es hatte ihn immer genervt.

»Einen schönen Abend noch Mr. Cunningham«, sagte er gedehnt. »Selbstverständlich melde ich mich morgen bei Ihnen«. Schnell legte er auf.

Er suchte nun seine Wanderkarten hervor. Früher war er oft im Sommer mit einem Freund in diesen Gebieten unterwegs gewesen. Mit Rucksack und Zelt hatten sie die Gegend erkundet, gingen zum Fischen und saßen nachts am Lagerfeuer.

Er begann zu lächeln, als er daran dachte, wie sie am Loch Ness tagelang mit Fernglas und Fotoapparat auf der Lauer lagen, um das sagenumwobene Seeungeheuer zu finden.

Die Stadt Stonehaven, in der Provinz Kincardineshire, war dann nach mehreren Wochen Fußmarsch, meistens ihre letzte Station, weil sie von dort aus mit der Bahn zurück nach Dunbar fahren konnten.

Er sah sich jetzt seine Wanderkarte genauer an und überlegte, wo Jack Mason sein könnte.

`Er soll beim Fischen sein´, grübelte er. Es gab jedoch viele Seen in den Highlands, aber Jack Mason war bereits ein älterer Herr, der sich bestimmt nicht in absolut unwegsames Gebiet begeben würde.

`Also`, dachte Scott. `Wo würde ich jetzt an seiner Stelle hinfahren`?

Schließlich legte er die Karte beiseite, da dies reine Spekulation war. Morgen musste er erst seine Frau befragen und dann sehen, in welche Richtung er aufgebrochen sein könnte.

Plötzlich klingelte das Telefon. Scott hob ab. »Ja«, sagte er mürrisch.

»Hallo Mr. Martin«, sagte eine aufgeregte Stimme. »Hier ist Piet Barnes. Mr. Cunningham hat mich soeben angerufen und darum gebeten, dass ich Sie morgen in die Highlands begleite, um Mr. Mason zu finden. Ich tue alles, Hauptsache es hilft Percy«.

Er machte eine kurze Pause. »Wo wollen wir uns treffen«? fragte er entschlossen.

»Ich hole Sie gegen neun zu Hause ab«, murmelte er. Noch immer war er nicht darüber begeistert, mit einem Begleiter, den er sich nicht selbst ausgesucht hatte, in die Highlands zu fahren.

»Haben Sie eine Ausrüstung für einen solchen Trip«? fragte er misstrauisch.

»Kein Problem, ich war früher manchmal mit Percy unterwegs und kenne dort auch einige Gegenden«.

»Dann bis morgen Mr. Barnes«, sagte Scott und legte auf. Jetzt dachte er nach. `Wenn er sich dort wirklich auskennt und einigermaßen Ausdauer hat, dann ist die Idee von Niklas vielleicht gar nicht so schlecht`. Aber das würde er bestimmt nicht zugeben.

Am nächsten Morgen kramte er seinen alten Rucksack aus dem Abstellraum und warf ein paar T-

Shirts und Wäsche hinein. Dann kramte er einen kleinen Bunsenbrenner, einen Topf und Besteck hervor. Zum Schluss holte er sein Fahrtenmesser aus dem Gefrierfach des Küchenschrankes.

Die Wanderkarten und den Fotoapparat verstaute er in den Seitentaschen und seine Pistole hatte er in die Klapptasche seiner Cargo-Hose geschoben.

In einem Schnellrestaurant kaufte er sich ein paar Sandwiches und Wasser und machte sich auf den Weg zum Haus von Jack Mason. `Hoffentlich kann sie mir ungefähr sagen, wo er ist, denn viel Zeit haben wir nicht`, dachte er wieder.

Als er dort ankam, stand sie gerade mit einem Einkaufskorb vor der Haustür und schloss ab.

»Guten Morgen Mrs. Mason«, sagte er höflich. Erschrocken drehte sie sich um. »Ja bitte«? fragte sie vorsichtig.

Er hielt ihr eine Visitenkarte hin. »Mein Chef Mr. Cunningham war gestern bei Ihnen und sagte, dass Ihr Mann in den Highlands zum Fischen gefahren ist«. Sie nickte wortlos.

»Wissen Sie«, plauderte er. »Ich bin ein großer Fan dieser Region und interessiere mich sehr dafür, wo man dort noch gute Fangplätze findet«.

»Ach so«, sagte sie erleichtert. »Ich dachte schon, dass sie mir noch einmal die gleichen Fragen stellen wollen, wie dieser Police-Officer, der gestern Abend hier war«.

Scott stutzte. »Die Polizei war bei Ihnen«? fragte er nun gespielt vorsichtig. »Oh, das tut mir leid. Vor allen Dingen, wenn das dann die Nachbarn mitbekommen«.

»Ja, es ist nicht gerade angenehm«, antwortete sie. »Unser ganzes Leben hatten wir damit noch nie etwas zu tun, aber auch diese Herrschaften müssen sich gedulden, bis Jack wieder heimkommt«.

»In welchem Gebiet war er denn bisher immer unterwegs«? fragte Scott lauernd.

Sie hob die Schultern. »Irgendwo am Loch Lomond, meine ich zumindest. Er ist ja mit dem Auto gefahren und besucht auf dem Rückweg seinen Bruder, der eine kleine Whisky-Brennerei in Cardross betreibt«.

Scott nickte. »Das ist eine sehr schöne Gegend Mrs. Mason«, antwortete er wissend. »Und Ihr Mann ist wirklich mit dem Auto dort«?

»Ja«, antwortete sie. »Und er hat seine ganze Angelausrüstung und ein Zelt dabei«.

»Was fährt Ihr Mann denn für einen Wagen«? fragte Scott mit unschuldiger Miene. »In dem Gelände hat man ohne Allrad doch Probleme«.

»Hören Sie bloß auf«, stöhnte sie. »Als ich mal mit ihm dort war, sind wir einen bewaldeten Hügel nach oben gefahren und wären fast steckengeblieben. Und das Auto hatten wir gerade neu in meiner Lieblingsfarbe lackieren lassen und lauter Kratzer drin«.

»Lassen Sie mich raten Mrs. Mason« antwortete Scott lächelnd. »Ihre Lieblingsfarbe ist bestimmt Rot«.

»Woher wissen Sie denn das«? fragte sie staunend.

»Ich bin eben ein Frauenkenner«, antwortete er verschmitzt. »Aber eine Frage hätte ich noch. Haben Sie das der Polizei auch erzählt«?

Sie schüttelte den Kopf. »Nein, das habe ich nicht. Jack verzeiht mir das nie, wenn ich jemandem sage, wo er ist, denn in den Highlands will er nicht gestört werden. Und Sie möchte ich bitten, dass unbedingt für sich zu behalten«.

Er nahm sie am Arm. »Ist doch Ehrensache Mrs. Mason«. Jetzt sah er auf die Armbanduhr. »Wie doch die Zeit vergeht. Einen schönen Tag und vielen Dank für das nette Gespräch«.

Schnell ging er zu seinem Auto und hielt an der nächsten Telefonzelle.

Als er Anne am Apparat hatte, sagte sie, dass Niklas Cunningham an diesem Morgen noch nicht im Büro war. »Dann richten Sie ihm bitte aus, dass ich jetzt losfahre«.

»Wohin denn«? fragte Anne erstaunt.
»Ach ja, das können Sie nicht wissen«, antwortete Scott schnell. »Wir sind auf der Suche nach dem Fahrdienstleiter unseres Mandanten. Er heißt Jack Mason und ist irgendwo in den Highlands unterwegs«.

Er atmete durch. »Sagen sie ihm bitte, dass wir am Loch Lomond sind. Wir werden erst einmal nach Balmaha fahren und am Westufer nach ihm Ausschau halten und wenn wir ihn dort nicht finden, mit der Fähre an die Ostseite des Sees übersetzen und weitersuchen. Und falls das alles nichts nützt, fahren wir nach Cardross, denn dort wohnt sein Bruder. Bis dann«.

Ohne ihre Antwort abzuwarten, hängte er den Hörer ein und stieg schnell wieder in sein Auto.

Er drehte den Zündschlüssel herum. »Also dann mal los«, sagte er lächelnd. »Auf in die Highlands«.

Als er bei Piet zu Hause ankam, stand der schon mit gepacktem Rucksack vor der Tür und wartete. »Guten Morgen Mr. Martin«, sagte er freundlich und warf seinen Rucksack auf den Rücksitz. Dann stieg er in den Wagen und Scott gab Gas.

**

Ethan lief am Morgen aufgeregt durch den Flur des Schultraktes. Er hatte das Putzpersonal angewiesen eine Sonderreinigung zu machen. Bald würden die Beamten kommen und bestimmt das ganze Haus auf den Kopf stellen.

Er hatte noch einmal die Ordner von Jacob Walter durchgesehen und konnte nur hoffen, dass man sein verwerfliches Treiben der letzten Jahre nicht mit den anderen Mitarbeiter in Verbindung bringen würde, die hier einen guten Job gemacht hatten.

Und genau das hatte er sich als Argument gegen eine Schließung des Hauses zurechtgelegt. Etwas anderes war ihm dazu auch nicht eingefallen.

Lotta hatte einen Imbiss, Tee und Kuchen vorbereitet und im Pausenraum aufgebaut.

Es herrschte eine gespenstische Ruhe, denn um diese Zeit waren die Jungen eigentlich auf dem Weg in die Klassenzimmer.

Jetzt sah er in der Eingangshalle auf die Uhr. Gleich musste Susan Mitchel kommen, um ihren Sohn für einen Tag abzuholen. Er musste ihr erklären, dass Dick erst nach einer Befragung gehen konnte, sofern man überhaupt etwas von ihm wissen wollte. Und dass würde sie hoffentlich verstehen.

Plötzlich stand sie, mit zwei Mädchen an der Hand, vor ihm. »Guten Morgen Mr. Gray«, sagte sie höflich. Dann sah sie auf die Mädchen. »Wir sind alle schon ganz aufgeregt. Ist Dick schon fertig«?

Ethan lächelte ihnen entgegen. »Guten Morgen zusammen, aber kommen Sie doch bitte mit«.

Er deutete mit der Hand zu seinem Büro. Als er wieder die Tür geschlossen hatte, sagte er: »Wir haben ein Problem Mrs. Mitchel«, begann er vorsichtig.

Sie sah ihn unruhig an. »Ist was mit Dick«?
Ethan winkte ab. »Mit Dick ist alles ok, aber heute kommen mehrere Beamte der Aufsichtsbehörde, die das Heim besichtigen und mit den Kindern sprechen wollen. Ich habe es leider erst gestern erfahren. Dick muss die nächsten zwei Stunden noch hierbleiben

und kann leider erst später mit Ihnen das Haus verlassen. Ich hoffe, Sie haben dafür Verständnis«.

Susan sah ihn enttäuscht an.

»Aber ich werde ihn jetzt holen«, sagte er schnell.

»Sie können ihn jetzt schon mal begrüßen. Und glauben Sie mir, Mitch, ähm Dick ist bestimmt genauso aufgeregt wie Sie«.

Er stand auf. »Ach, kommen Sie einfach mit, wir werden zu ihm gehen«.

Er ging voraus und blieb schließlich vor einer Tür stehen. »Warten Sie bitte, ich sehe mal nach, ob er noch drin ist«. Diese Minuten waren für Susan schier unerträglich, aber plötzlich bewegte sich die Klinke und Dick stand vor ihr und seinen Schwestern.

»Hallo Mum«, flüsterte er. Dann sah er seine Schwestern an. »Hallo Ellen, hallo Kelly«.

Susan nahm ihn zusammen mit den Mädchen in den Arm und hielt weinend ihre Kinder fest. »Ich verlasse Euch alle drei nie wieder«, schluchzte sie. »Das verspreche ich«.

Ethan schluckte, denn ihn nahm die Szene mit. »Sie können jetzt gern einen Moment in den Aufenthaltsraum gehen«, sagte er mitfühlend. »Und sobald es möglich ist, kann er natürlich auch außer Haus«.

Er sah ihnen nach, als sie den Flur entlang gingen und dachte: `Was hat sie denn bloß gemacht, dass man ihr die Kinder weggenommen hat`?

Schnell lief er jetzt zum Eingang, denn er hatte Stimmen gehört. Als er dort ankam, sah er Edwin

Jenkins mit den Mitarbeitern der Aufsichtsbehörde, die sich neugierig umsahen.

Aber auch mehrere uniformierte Polizisten waren dabei. Ethan ging langsam auf sie zu. »Guten Morgen«, sagte er höflich. »Ich hoffe, dass Sie heute trotz der Vorkommnisse einen guten Eindruck von uns bekommen werden«.

Ein Mann trat vor ihn hin und reichte ihm die Hand. »Mein Name ist Detektive-Chief-Inspector David Coffee. Ich leite die Untersuchungen«, sagte er freundlich. »Sind Sie Mr. Gray«? Ethan nickte.

»Mr. Jenkins hat uns darüber informiert, dass Sie bis zur Zeit die Leitung dieses Hauses innehaben«, sagte er weiter.

»Ich möchte Sie bitten, mit in mein Büro zu kommen«, antwortete Ethan. »Es gibt nämlich weitere wichtige Informationen, die ich Ihnen nicht vorenthalten kann«.

Er sah Edwin Jenkins an. »Auch Sie sollten dabei sein«.

David Coffee nahm ihn beiseite. »Bevor wir gehen, sollten die Kinder in Gruppen eingeteilt werden, denn Sie wissen ja, dass wir einige unangenehme Fragen haben. Einzelgespräche werden aber nur nach Bedarf geführt«.

Ethan atmete schwer. »Ja natürlich. Ich schlage vor, dass wir dies klassenweise machen. Danach können Sie selbst entscheiden, ob einige zusätzlich befragt werden müssen«.

»Das ist eine gute Idee«, sagte David Coffee und drehte sich zu den Lehrern um. »Bringen Sie bitte die Kinder in die Unterrichtsräume. Jeweils ein Mitarbeiter der Aufsichtsbehörde und ein Officer werden ihre Fragen stellen«.

»Im Aufenthaltsraum stehen im Übrigen Getränke und Snacks für alle bereit«, sagte Ethan.

Er lief nun voraus und David Coffee und Edwin Jenkins folgten ihm in das Büro.

Wortlos ging er zu dem Regal. Dann nahm er eine Akte und setzte sich an den Besprechungstisch.

»Lassen Sie uns keine Zeit verlieren«, sagte er bedrückt. »Denn das, was ich hier vorgefunden habe, wird Ihre Behörden sicher noch eine Weile beschäftigen«.

David Coffee und Edwin Jenkins sahen sich erstaunt an. Ethan schob ihnen den Ordner zu.

»Da bitte, lesen Sie. Ich sehe mal nach, wie es Ihren Mitarbeitern in den Klassenräumen geht und komme dann wieder«.

Er stand auf und verließ das Büro. Leise klinkte er eine Tür nach der anderen auf und warf einen Blick in die Räume. Überall waren betretene Gesichter zu sehen. Als er schließlich zurück ins Büro kam, standen mehrere Akten auf dem Tisch und die beiden sahen ihn mit ernster Miene an.

Edwin Jenkins begann vorwurfsvoll: »Warum haben Sie mich nicht darüber informiert, dass hier Gelder veruntreut worden sind«?

»Weil ich es erst gestern festgestellt habe«, zischte Ethan. »Und warum haben Sie Jacob Walter nicht hin und wieder auf die Finger gesehen«? fragte er, während er immer wütender wurde. »Und wieso konnte er hier jahrelang anscheinend nach Belieben schalten und walten«?

Edwin Jenkins lehnte sich unbehaglich zurück. »Nun ja«, antwortete er zögerlich. »Zu den Leitern dieser Häuser haben wir ein gewisses Vertrauen und verlassen uns in gewisser Weise auf ihre Loyalität.

Und der Aufsichtsbehörde ist ja bisher nie etwas Negatives zu Ohren gekommen. Hätten wir gewusst, dass ...«.

Ethan fiel ihm ins Wort. »Es reicht Mr. Jenkins und wagen Sie es ja nicht, Ihre Verantwortung auf uns hier abzuwälzen. Ihrer Behörde obliegt eine regelmäßige Kontrolle und dieser sind Sie nicht nachgekommen«.

Er stand auf und lief im Zimmer aufgeregt hin und her. »Wir Mitarbeiter haben versucht, es den Kindern einigermaßen erträglich zu machen und Jacob Walter keinen Grund zu geben, drakonische Strafen zu verhängen. Immer ist uns das natürlich nicht gelungen«.

Er sah nun von Edwin Jenkins zu David Coffee. »Und hätte Simon Baker bei Ihrem letzten Besuch während des Mittagessens nicht den Mut gehabt, seine geschickte Inszenierung auffliegen zu lassen, wären Sie wieder gegangen und alles beim Alten geblieben«.

»Ganz so ist es nicht Mr. Gray«, hakte nun David Coffee ein. »Denn aufmerksam geworden sind wir ja seit dem Unfall von Joshua Swift. Es hätte also sowieso Untersuchungen gegeben«.

Er stand nun auf und sah Ethan direkt in die Augen. »Von einigen Missständen haben doch auch Sie gewusst. Warum hat sich denn nie jemand beschwert? Vielleicht hätte man dem Treiben von Jacob Walter schon viel früher ein Ende setzen und so schlimmeres verhindern können«.

Nach einer kurzen Pause ergänzte er: »Und vielleicht würde dann auch Joshua Swift noch leben«.

Ethan lief rot an. »Nein«, sagte er. »Sie werden hier nicht uns allein die Verantwortung zuschanzen. Denn dann ist das Gespräch sofort beendet und ich sage ohne Rechtsanwalt gar nichts mehr«.

»Wie Sie meinen Mr. Gray«, sagte David Coffee ruhig. »Aber es ist nun mal eine Tatsache, dass offensichtliche Missstände, die Angestellte und Mitarbeitern feststellen, den Behörden zu melden sind«.

Ethan kniff die Lippen zusammen. »Dann sehen Sie sich doch die Akten genau an. Jacob Walter jeden einzelnen Mitarbeiter überwacht und unter Druck gesetzt. Er hat sogar Tagebuch über uns geführt«.

»Wir werden die Unterlagen mitnehmen«, antwortete David Coffee ruhig. »Und sehr sorgfältig ermitteln«. Jetzt wandte er sich an Edwin Jenkins.

»Warum haben Sie denn eigentlich die regulären Prüfungen, die wie Sie wissen, Vorschrift sind, nicht wenigstens stichprobenartig durchgeführt«?

Edwin räusperte sich. »Wir sind seit Jahren notorisch unterbesetzt und hatten genügend andere bewiesene Fälle, bei denen es zu handeln galt«, antwortete er. »Hier war einfach nichts bekannt, das uns gezwungen hätte, einzuschreiten«.

Er stand nun auch auf. »Im Grunde sind wir froh, wenn wir nichts Negatives hören«.

»Es kann doch aber nicht sein, dass Jacob Walter auch alleinige Kontovollmacht erhält und niemand prüft, was er mit all dem Geld macht«? sagte nun Ethan vorwurfsvoll.

Jetzt sah er wieder zu Edwin herüber, der sich inzwischen seine Krawatte gelockert hatte. »Und diese Tatsache geht allein auf die Kappe Ihrer Behörde. Soviel steht fest«.

»Gegenseitige Schuldzuweisungen werden uns nicht helfen«, sagte der Chief-Inspector und sah auf die Uhr. »Wir gehen jetzt zu meinen Kollegen und schauen, was die Jungen so alles erzählt haben. Und alle Akten werden aus diesem Büro mitgenommen«.

Als sie in allen Klassenzimmern waren und kurz mit seinen Kollegen gesprochen hatte, sah er Ethan versöhnlich an. »Wir haben sehr viel Gutes von Ihnen gehört und im Moment gehen wir davon aus, dass Jacob Walter ein Einzeltäter ist«.

An Edwin Jenkins gewandt, sagte er: »Von Ihnen erwarte ich bis morgen Nachmittag einen ausführlichen Bericht und die Beantwortung des Fragenkatalogs, den ich Ihnen gegeben habe«.

Er nickte Ethan zu. »Ich sehe jetzt keinen Grund, Ihr Heim sofort zu schließen, aber das habe ich natürlich nicht allein zu entscheiden. Sie hören bald wieder von uns«.

Ethan atmete auf. »Bitte entschuldigen Sie, dass ich vorhin so aufbrausend war, aber unsere Nerven liegen einfach blank«, murmelte er. »Es war nicht so gemeint«.

Er deutete nun zum Aufenthaltsraum, wo Lotta bereits gespannt wartete. »Darf ich Ihnen etwas anbieten? Einen Tee oder vielleicht einen Kaffee«?

Der Chief-Inspector lächelte. »Nein danke. Schließlich haben wir ja noch einige Hausaufgaben zu erledigen und diese Angelegenheit duldet keinen Aufschub«. Schnell verpackten seine Mitarbeiter alle beschlagnahmten Unterlagen in Kisten und verließen das Haus. Ethan sah ihnen erleichtert nach, hatte er doch vor einer Stunde noch befürchtet, dass jetzt alles vorbei war.

Lotta lief schnell zu ihm hin. »Und«? fragte sie aufgeregt. »Was ist denn nun«?

Ethan begann zu strahlen. »Es ist zwar noch nicht entschieden, aber vorerst können wir weitermachen«. Sie fiel ihm um den Hals. »Ethan, Du bist der Größte«.

Nach und nach kamen nun alle Schüler in den Aufenthaltsraum, denn mittlerweile hatte fast jeder mitbekommen, wie ernst die Lage war.

»Setzt Euch bitte«, sagte Ethan leise.

Die Jungen verteilten sich murmelnd an den Tischen und sahen ihn fragend an.

»Wie Ihr ja bereits erfahren habt, stehen schwere Anschuldigungen gegen Mr. Walter im Raum und ich hoffe, dass Ihr alle gegenüber den Behörden die Wahrheit gesagt habt, sofern Ihr gefragt wurdet. Es kann auch noch weitere Termine geben, die ich jetzt noch nicht kenne«.

Er sah sich um. »Nach meinem heutigen Gespräch mit dem Chief-Inspector können wir jedoch erst einmal aufatmen, denn eine Schließung des Hauses wird es vorerst nicht geben«.

Die Kinder begannen zu jubeln. Ethan hob die Hände. »Wartet bitte«, sagte er laut.
Die Jungen verstummten wieder. »Es ist noch nicht vorbei, aber Ihr könnt mit Eurem Verhalten und Rücksicht aufeinander dazu beitragen, dass unser Haus weiter geführt werden kann«.

Jetzt begann auch er zu lächeln. »Und jetzt gibt es erst einmal Mittagessen und heute Nachmittag haben alle frei«. Wieder begannen alle zu jubeln.

Lotta rief an der Ausgabe: »Und von mir gibt es für alle eine Extra-Portion Schokoladeneis«. Die Jungen rannten zu ihr an den Tresen.

Jemand zog Ethan vorsichtig am Ärmel. Er sah nach unten. Dick stand fragend vor ihm. »Darf ich jetzt mit meiner Mum in die Stadt gehen«?

Ethan hockte sich vor ihn hin und umarmte ihn. »Natürlich darfst Du gehen, aber um sieben musst

Du wieder da sein«. Dick nahm seinen kleinen Rucksack und rannte davon.

Zufrieden sah Ethan nun den Jungen zu, wie sie plaudernd an den Tischen saßen und sich Lottas Essen schmecken ließen. Er merkte, wie eine Last von ihm abfiel.

Er drehte sich um und lief schnell zum Eingang, wo Edwin Jenkins und seine Mitarbeiter auf ihn warteten. »Mr. Gray«, sagte dieser und streckte ihm die Hand entgegen. »Ich muss mich bei Ihnen entschuldigen«.

Ethan nahm sie. »Schon ok Mr. Jenkins, aber jetzt bitte ich Sie alles zu tun, was notwendig ist«.

Edwin nickte ihm noch einmal zu und verlies nun schnell das Waisenhaus. Schließlich hatte er noch einiges an Aufklärungsarbeit vor sich und wusste, dass viele unangenehme Fragen auf ihn zukamen.

Jetzt merkte auch Ethan, dass ihm der Magen knurrte. Er ging zu Lotta. »Hast Du für mich auch etwas zu essen«?

»Ja natürlich«, antwortete sie lachend und hielt ihm einen Teller Gemüsesuppe entgegen. »Dann brauche ich ja heute Abend nichts mehr kochen oder«? fragte sie verschmitzt.

Er beugte sich nach vorn. »Doch«, flüsterte er. »Ich kann es kaum erwarten«.

Er drehte sich schnell um, denn von der sich anbahnenden Liaison mit ihr sollte jetzt erst einmal niemand etwas wissen. Plötzlich stutzte er, denn Rudi saß allein an einem Tisch und stocherte lustlos in seiner Eisschale umher. Er ging zu ihm hin und setzte sich ihm gegenüber.

»Schmeckt es Dir etwa nicht«? fragte er. Rudi ging nicht darauf ein, sondern fragte: »Geht Dick von uns weg«? Ethan hob die Schultern. »Ich weiß es nicht, aber es könnte schon sein, dass er bald wieder bei seiner Familie ist«.

Rudi nickte traurig. »Es war das erste Mal, dass ich einen richtigen Freund gefunden hatte«.

Ethan beugte sich nach vorn und sagte: »Selbst wenn er geht, bleibt er doch Dein Freund«.

»Er wird bestimmt mit seiner Mum und seinen Schwestern nach Glasgow ziehen und dann vergisst er mich ganz schnell«.

Ethan sah ihn skeptisch an. »Woher willst Du denn das wissen«? Er aß jetzt seine Suppe und sagte nebenbei: »Außerdem könnt Ihr Euch schreiben und vielleicht besucht Dick Dich hier wieder. Rede doch einfach mit ihm«.

Rudi nickte zwar, aber man konnte ihm ansehen, dass ihn seine Worte nicht wirklich trösteten.

Plötzlich kam Simon an den Tisch. »Hey Browny, drüben läuft ein Cribbage-Spiel. Larry hat keine Lust und da wollte ich Dich fragen, ob Du aushelfen kannst«. Ethan lächelte: »Na lauf schon Rudi«.

Schnell stellte der seinen Teller auf die Ablage und ging mit Simon hinaus.

Ethan hatte kurz darauf alle Lehrer und Erzieher noch einmal in den Aufenthaltsraum gebeten und sich bedankt. Dann verließ auch er das Haus und machte sich auf den Weg in die Innenstadt.

Er wollte für Lotta ein kleines Geschenk kaufen und überlegte, was am Passendsten wäre. In einem Schmuckgeschäft fand er schließlich eine kleine zarte Silberkette, ließ sie als Geschenk verpacken und saß nun entspannt in einem Café.

Jetzt dachte er noch einmal über den Vormittag nach. Um ein Haar wäre das Heim heute vor dem Aus gestanden und die Kinder in die verschiedensten Gegenden des Landes verteilt worden.

Er hatte sich überlegt, Niklas Cunningham zu bemühen, falls er noch einmal von der Polizei mit derartigen Anschuldigungen wie heute konfrontiert würde. `Ich werde ihn anrufen und über den Sachstand informieren`, dachte er sich. `Es kann nicht schaden und vielleicht hat er noch einen Rat für mich`. Jetzt trank er seinen Kaffee aus, bezahlte und machte sich auf den Heimweg.

Dort angekommen nahm er die Visitenkarte der Kanzlei und wählte die Telefonnummer. Kurz darauf schilderte er Niklas, wie die Untersuchung abgelaufen war und wie es um die Zukunft des Waisenhauses und der Kinder stand.

Niklas hatte zugehört und sagte schließlich: »Ich werde mich noch heute mit diesem Chief-Inspector in Verbindung setzen und anzeigen, dass ich Sie bei weiteren Vernehmungen begleite. Aber eine Frage habe ich noch an Sie. Können Sie sich vorstellen, dass Jacob Walter einen Komplizen hatte? Ich halte es nach wie vor für unwahrscheinlich, dass er einen solchen Betrug allein durchführen konnte. Schließlich gibt es doch das `Vieraugenprinzip`. Und wenn doch, dann müssen diese Versäumnisse mit den zuständigen Behörden geklärt werden«.

»Das weiß ich auch nicht Mr. Cunningham«, antwortete Ethan. »Aber Jacob Walter traue ich persönlich, so gut wie alles zu«. Er räusperte sich:

»Was kostet es denn, wenn Sie uns vertreten«? fragte er vorsichtig. »Ist das nicht teuer«?

»Darüber machen Sie sich vorerst keine Sorgen Mr. Gray«, antwortete Niklas. »Denn wenn es um den Verbleib des Waisenhauses und damit der Kinder hier in Dunbar geht, werde ich auf mein Honorar verzichten«.

Ethan schluckte. »Danke Mr. Cunningham. Darüber wären meine Kollegen und ich sehr dankbar«. Sie legten wieder auf.

Am Abend stand er vor Lottas Wohnungstür. Gutgelaunt öffnete sie und bat ihn herein.

Sie hatte eine geschmackvoll eingerichtete Wohnung. Pastellfarbene Tapeten ließen die wenigen Landhausstil-Möbel hervorragend zur Geltung kommen und dazu passende Vorhänge rahmten die Holzsprossenfenster der kleinen gemütlichen Wohnung ein.

»Schön hast Du es hier«, sagte er sichtlich angetan. »Ein richtiges Nest zum Wohlfühlen«.

»Ja, das ist mir sehr wichtig nach den Mühen des Alltags«, sagte sie mit einem verschmitzten Lächeln.

»Ich habe ein kleines Geschenk für Dich«, flüsterte er und holte die Schmuckschachtel aus der Jackentasche. Lotta öffnete sie und begann zu strahlen. »Danke Ethan«.

Er nahm sie in den Arm und hielt sie fest. »Wollen wir etwas essen«? fragte sie leise.

»Ja gleich«, murmelte er und gab ihr einen Kuss. »Was gibt es denn«?

»Lachs in einem Spinatmantel und gegrillte Kartoffeln«.

»Hm, das wird bestimmt mein Lieblingsgericht«, antwortete er leise.

Während des Essens sah sie ihn skeptisch an. »Was hast Du denn«? fragte er. »Der Lachs ist wunderbar und dieser trockene Weißwein passt hervorragend dazu«.

Sie legte nachdenklich ihr Besteck zur Seite. »Der Vormittag war ein Alptraum für mich. Die Polizei im Haus und dann diese ewige Warterei, wie es nun weiter geht«.

Ethan stellte sein Glas an die Seite. »Ja, das ist nicht einfach, aber ich habe am Nachmittag noch Mr. Cunningham angerufen. Er ist Rechtsanwalt und will uns ohne Honorar vertreten, falls noch einmal eine Anhörung stattfindet«.

»Du hast einen Anwalt«? fragte Lotta erstaunt. »Woher kennst Du ihn denn«?

»Er vertritt den Lokführer, der angeblich diesen Bahnunfall verursacht hat, bei dem auch Joshua Swift gestorben ist«.

Er nahm sich jetzt wieder die Weinflasche und goss nach. »An dem Tag, als wir uns abends im `Rocks` getroffen hatten, kam sein Private-Detektive zu mir ins Büro und sagte, dass Sie im Zuge ihrer eigenen Ermittlungen festgestellt haben, dass bei uns im Haus etwas vorgeht«.

Er trank einen Schluck. »Und er bat mich später in die Kanzlei von Mr. Cunningham. Dort erzählten sie mir auch, dass Jacob Walter angeblich Geld von den Konten abräumt«.

Sie sah ihn vorwurfsvoll an. »Davon hast Du mir gar nichts gesagt«. Er lehnte sich nach vorn. »Erstens wollte ich sicher sein, dass es stimmt«, antwortete er beschwichtigend. »Und zweitens wollte ich Dich nicht noch mehr verunsichern«.

Lotta stand nun auf und stellte einen Aschenbecher auf den Tisch. Dann brannte sie sich eine Zigarette an.

»Ich wusste gar nicht, dass Du rauchst«, sagte er erstaunt.

»Tue ich eigentlich auch nicht«, antwortete sie scheinbar gleichgültig. »Nur manchmal, wenn ich ins Grübeln komme«.

»Und über was denkst Du gerade nach«? fragte er leise.

Lotta sog an der Zigarette und klopfte vorsichtig die Asche ab. »Ich hatte gestern zufällig ein etwas seltsames Gespräch mit dem kleinen Rudi. Du weißt schon, wen ich meine, oder«?

»Ja natürlich, aber was war denn daran seltsam«? fragte Ethan interessiert.

»Eigentlich war es nur eine kurze Plauderei, aber aus irgendeinem Grund habe ich ihm meine halbe Lebensgeschichte erzählt. Und dass ich einen Bruder habe, den ich aber noch nie gesehen habe und folglich auch nicht kenne«.

»Du hast einen Bruder und kennst ihn nicht«? fragte Ethan überrascht. »Warum denn nicht«?

»Ach das ist eine lange Geschichte«, seufzte Lotta. »Ich habe übrigens auch noch zwei Schwestern, aber die beiden leben in ihrer eigenen Welt, zu der ich bestimmt nicht gehöre. Sie lieben die High-Society und brüsten sich mit ihren Affären. Damit möchte ich nichts zu tun haben. Aber dieser kleine Junge hat mich dazu gebracht nachzudenken. Und jetzt habe ich beschlossen meinen Bruder zu suchen«.

Sie sah ihn ernst an. »Ich will ihn finden, verstehst Du«?

»Ja, warum nicht? Das kann doch nicht so schwer sein«, antwortete er. »Geh einfach mal ins Rathaus und frag nach. Vielleicht bekommst Du etwas über ihn heraus«.

Lotta lehnte sich zurück. »Meinst Du, die geben mir einfach so eine Auskunft«? fragte sie zweifelnd.

»Ich weiß es nicht, aber einen Versuch wäre es doch wert«, sagte er aufmunternd. »Und wenn Du willst, komme ich mit«.

Er stand nun auf, lief um den Tisch herum und nahm sie in den Arm. »Aber nur, wenn Du nicht mehr rauchst«.
Sie begann zu lächeln. »Versprochen«.

**

Scott Martin und Piet Barnes waren auf dem Weg in de Highlands.

Anfangs fuhren sie schweigend dahin, aber Scott beobachtete Piet immer wieder aus den Augenwinkeln. Der sah durch die verregnete Fensterscheibe und fragte plötzlich: »Vertrauen Sie mir eigentlich Mr. Martin«?

Scott schluckte. »Wissen Sie«, sagte er schließlich. »Ich bin es gewohnt, allein zu arbeiten und dass Sie jetzt mitfahren, hat Mr. Cunningham entschieden«.

»Das heißt, dass Sie mich eigentlich lieber loswerden wollen, oder«? fragte Piet sichtlich beleidigt.

Scott steckte sich einen Kaugummi in den Mund und sah ihn einen Moment von der Seite an.

»Warum denn gleich so aggressiv«? fragte er lächelnd. »Sie haben mir eine Frage gestellt und ich habe Sie ihnen wahrheitsgemäß beantwortet«.

Sie erreichten Edinburgh und als sie aus der Stadt herausfuhren, setzte Scott den Blinker und fuhr plötzlich in eine andere Richtung. »Fahren wir nicht über Glasgow«? fragte Piet erstaunt.

»Nein«, antwortete Scott kauend und gab Gas. »Wir fahren die Route über Stirling. Dort wohnt ein alter Freund von mir, den ich seit Jahren nicht mehr gesehen habe. Er heißt Bob und war viele Jahre Wildhüter im Gebiet der Grampien-Mountains. Und vielleicht kann er uns noch ein paar Tipps geben, wie wir Jack Mason am schnellsten finden«.

Während er weiter gerade aussah, fragte er: »Niklas sagte, dass Sie früher auch Touren durch die Highlands gemacht haben«?

Piet nickte. »Ja. Ich war einige Male mit Percy unterwegs, allerdings nicht in diesem Gebiet, sondern am Loch Tay. Nur das war nicht immer ganz einfach, weil die meisten Flächen um den See privat genutzt werden und es kaum einen Zugang zum Ufer gibt«.

Scott nickte. »Ja, das hat mir Bob auch mal erzählt und ich glaube deshalb auch nicht, dass Jack Mason dort sein könnte«.

Jetzt schaltete er das Radio an und gab weiter Gas, denn er wollte unbedingt in Stirling ankommen, bevor es dunkel wurde.

»Wo schlafen wir heute eigentlich«? wollte Piet wissen.

»Ich denke bei Bob«, antwortete Scott. »Morgen fahren wir sehr früh nach Balmaha und dann entscheiden wir, wo wir mit der Suche nach Jack Mason beginnen. Heute ergibt das keinen Sinn mehr, aber vielleicht finden wir ihn ja auch gleich und die ganze Aufregung war umsonst«.

»Warum gehen Sie denn nicht mit Ihrem Freund Bob ins Gelände und suchen Jack Mason«? fragte Piet. »Für Sie beide wäre es wahrscheinlich ein Kinderspiel«.

Scott wurde ernst. »Bob ist vor einigen Jahren in eine Falle getreten und hat dann sein linkes Bein verloren«. Piet sagte jetzt nichts mehr und sah weiter aus dem Fenster.

Schließlich erreichten sie Stirling und Scott lenkte den Wagen durch die Straßen, als ob er selbst immer hier gelebt hätte. An einer außerhalb liegender Farm hielt er und zog mit einem Ruck die Handbremse an.

`Das Haupthaus sieht heruntergekommen aus`, dachte Piet, als er ausstieg und sich umsah. `Und in dem dahinter liegenden alten Stall steht bestimmt auch kein Vieh`.

Doch dann hörte er Geräusche, die aus diesem verfallenen Gebäude kamen. `Das müssen Ziegen sein`, vermutete er.

Scott hatte inzwischen seinen Rucksack auf der Schulter und öffnete die wackelige Gartentür. Ein Border-Collie rannte plötzlich auf ihn zu und sprang freudig an ihm hoch.

»Hallo Jacki«, rief er und strubbelte den Hund, der winselnd um ihn herumlief. »Ja wo ist denn Dein Herrchen? sagte er immer wieder, während er den Hund weiter streichelte.

Piet erschrak, als er am Eingang einen verwildert aussehenden Mann entdeckte, der in einer Hand einen Krückstock hielt und mit der Anderen seine

Augen vor der Abendsonne schützte, während er ihnen entgegen sah.

»Hallo Bob«, rief Scott gutgelaunt und lief auf ihn zu, während der Hund noch immer bellend um ihn herum sprang.

Die beiden Männer umarmten sich und Scott klopfte ihm dabei kräftig auf die Schulter. Er schien sein Aussehen gewohnt zu sein, zumindest hatte Piet nicht den Eindruck, dass er darüber verwundert gewesen wäre.

Dann drehte sich Scott zu Piet um. »Na kommen Sie schon«, sagte er aufmunternd. »Bob wird Sie schon nicht beißen«.

Piet ärgerte sich jetzt über die Art und Weise, wie er ihn vor seinem Freund behandelte. Er versuchte aber, es sich nicht anmerken zu lassen, ging nun direkt auf Bob zu und streckte ihm seine Hand entgegen. »Ich bin Piet Barnes«, sagte er und schaute ihm direkt in die Augen.

Argwöhnisch sah Bob ihn nun unter seinen buschigen und bereits ergrauten Augenbrauen an.

»Hallo Piet«, antwortete er mit dunkler und sehr ruhiger Stimme. »Du bist hier herzlich willkommen«.

Piet sah ihn überrascht an, denn damit hatte er nicht gerechnet.

»Kommt doch rein Jungs«, sagte Bob, während er langsam zurück lief.

Das gesamte Haus schien aus nur einem Raum zu bestehen, einzig eine kleine hölzerne Wendeltreppe führte in den oberen Stock. In einem großen gemauerten Kamin prasselte ein Feuer und tauchte alles in ein heimeliges Licht.

An den Wänden hingen einige Tierfelle und mittendrin stand ein großer Tisch, um den gemütliche, scheinbar selbstgebaute Armlehnstühle standen.

Während sich Piet noch immer staunend umsah, sagte Scott grinsend: »Na? Das haben Sie nicht gedacht oder«?

»Ehrlich gesagt, nach dem Äußeren des Hauses war das nicht zu erwarten«, antwortete Piet und sah ihn gleichgültig an. So langsam ging ihm Scott richtig auf die Nerven.

Bob holte eine Flasche Schnaps aus dem Schrank, stellte Wassergläser auf den Tisch und fragte: »Sag mal Scott, seit wann kletterst Du mit jemandem durch das Hochland, mit dem Du per `Sie` bist? Oder betreust Du neuerdings Touristen«?

Scott wurde ernst und deutete mit dem Kopf auf Piet. »Er ist der Freund eines unserer Mandanten«.

Bob nickte nur und humpelte zu seinem Stuhl an der Stirnseite des Tisches. »Setzen wir uns«, sagte er freundlich.

Dann sah er Scott an. »Ihr seid also sozusagen dienstlich hier«, murmelte er. »Jetzt trinken wir erst einmal einen selbstgebrannten Whisky und dann erzählt Ihr mir, wohin Ihr eigentlich wollt«.

Mit einem lauten `plopp` entkorkte er die Schnapsflasche und schenkte ein. Er sah Piet an. »In meinem Haus gibt es nur ein `Du`«. Er hob das Glas und hielt es ihm entgegen. »Also, ich bin Bob«.

Der nickte lächelnd und stieß seines dagegen. »Und ich bin Piet«. Dann sah Bob wieder zu Scott.

»Und was ist mit Dir, trinkst Du nichts«?

Auch Scott hob nun sein Glas. »Ok Jungs, Cheers«.

Bob humpelte zu seinem Kamin und legte einen großen Buchenriegel hinein. Dann setzte er sich wieder. »Jetzt erzählt Ihr mir erst mal, worum es geht und dann essen wir etwas. Ihr habt übrigens Glück, denn ich habe einen großen Topf Roastbeef gemacht«.

Scott begann: »Ein Mandant von Mr. Cunningham sitzt in U-Haft, weil er an einem schweren Bahnunfall schuld sein soll, bei dem es zwei Tote gab«.

Er trank einen Schluck. »Und jetzt haben wir Zweifel an dem Gutachten der Bahngesellschaft und müssen schnellstens mit dem Fahrdienstleiter Jack Mason sprechen. Nur der ist plötzlich im Urlaub und anschließend pensioniert«.

Bob nickte. »Verstehe. Und mit Urlaub meinst Du, dass er jetzt irgendwo in den Highlands unterwegs ist«?

»Ja«, sagte Scott. »Wir müssen ihn finden, bitten mit zurückzukommen und offene Fragen zu beantworten, denn wenn das so weitergeht und wir keine Chance bekommen, die Anschuldigungen zu widerlegen, wird Percy Johnson in Kürze angeklagt und auch verurteilt«.

Bob sah erst Scott und dann Piet an. »Und Ihr seid wirklich sicher, dass er keine Schuld an dieser Tragödie hat«?

Piet nickte. »Ja. Percy ist mein Freund seit über dreißig Jahren und der Patenonkel meiner Kinder. Ich kenne ihn und bin davon überzeugt, dass er dazu stehen und auch die Konsequenzen tragen würde, wenn er diesen Unfall verbockt hätte«.

Scott sagte nun: »Da stinkt etwas ganz gewaltig, wir wissen nur noch nicht, was es genau ist«.

»Wisst Ihr denn ungefähr, wo er stecken könnte«? fragte Bob weiter.

»Er soll irgendwo am Loch Lomond bei Fischen sein«, antwortete Scott.

»Wie ist er denn hierhergekommen? Ist das bekannt«? fragte Bob grübelnd.

»Ich konnte seiner Frau entlocken, dass er mit einem roten Jeep unterwegs ist«, antwortete Scott. »Und er ist nicht mehr der Jüngste. Ich glaube nicht, dass er mit einer Angelausrüstung und einem Zelt weite Wege gehen kann«.

Er zündete sich eine Zigarillo an. »Ich bin deshalb der Meinung, erst einmal am Westufer nach ihm Ausschau zu halten und wenn wir ihn dort nicht finden, mit der Fähre an die Ostseite weiter zu suchen«.

Er lehnte sich nach vorn. »Könntest Du eventuell morgen nach Cardross fahren? Sein Bruder wohnt dort und soll eine kleine Schnaps-Brennerei besitzen. Jack wollte ihn besuchen«.

Bob nickte. »Mach ich und falls ich ihn finde, nehme ich ihn mit hierher. Aber wir müssen hin und wieder telefonieren. Morgen Nachmittag um vier geht Ihr in Arrochar zu Ron Smith. Er betreibt mitten in diesem kleinen Ort einen Lebensmittelladen und ist mein Freund. Man kann es nicht verfehlen. Bis dahin bin ich mit oder ohne Jack Mason zurück in meinem Haus«.

Jetzt sah er aus dem Fenster. »Ich weiß ja noch nicht, wie lange Ihr unterwegs sein werdet, aber ein Spaziergang wird das sicher nicht«, murmelte er besorgt. »Der Wetterbericht sagt, dass wir ab morgen eine Menge Regen und starken Wind bekommen«.

Bob sah jetzt zuerst Piet und dann Scott an. »Habt Ihr wetterfeste Kleidung und Handschuhe dabei«?

Scott schluckte. Noch bevor er antworten konnte, sagte Bob: »Ich hab`s mir doch gedacht. Du bist mal wieder mit zwei Unterhosen, einem T-Shirt und ein paar Sandwiches unterwegs. Eigentlich solltest Du es besser wissen«. Dann wandte er sich an Piet: »Bist Du genauso unterwegs«?

»Naja«, antwortete Piet. »Einen Windbreaker habe ich schon dabei«.

Bob lächelte müde und schüttelte den Kopf. Dann stand er auf und humpelte langsam die schmale Holztreppe nach oben.

Scott und Piet sahen sich einen Moment betreten an, da klatschte plötzlich neben ihnen etwas auf den

Boden. »Hier«, rief Bob von der Treppe aus. »Zwei wetterfeste Army-Mäntel und zwei Sturmhauben.

Hab sie noch aus meiner Zeit bei der Fremdenlegion und brauche sie nicht mehr«.

Als er wieder bei ihnen war, begann er zu husten und setzte sich prustend an den Tisch. Piet lächelte etwas unsicher und sagte: »Vielen Dank Bob«.

Der winkte ab. »Kein Problem und jetzt lasst uns etwas essen«. Dann sah er Scott an. »Los, häng das Rindfleisch über das Feuer, ich habe Hunger«.

Piet lächelte und musste jetzt an Danny und Edgar denken. Bob sah dies und fragte: »Warum lachst Du in Dich hinein«?

»Ich habe mir gerade meine Söhne vorgestellt«, antwortete er. »Hier würde es den beiden bestimmt gefallen«.

»Dann kommt doch nächstes Jahr in den Ferien vorbei. Ich habe genügend Platz und kann immer Hilfe gebrauchen«.

Piet nickte. »Danke für das Angebot. Wenn ich nach Hause komme, werde ich es meiner Frau vorschlagen. Die Jungs wären bestimmt jetzt schon auf meiner Seite«.

»Na dann kannst Du ja schon mal den Tisch decken«, sagte Bob augenzwinkernd. »Teller findest Du in der Küche im Wandschrank«.

Scott, der gerade grinsend an ihm vorbeiging, hängte den Gulaschkessel in den Kamin und sagte: »Du alter Despot«.

Als sie später am Tisch saßen, sah Piet staunend zu, wie Bob mit einem großen gezackten Fahrtenmesser knuspriges Brot aufschnitt.

Bob beobachtete ihn aus den Augenwinkeln: »Was ist denn Piet? Ich habe nur dieses eine Messer und benutze es beim Schlachten von Hasen und Schafen, oder eben zum Aufschneiden von Brot«.

Kurz darauf stellte Scott den duftenden Kessel mit dem Rindfleisch auf den Tisch.

Irgendwann sah Bob auf die große Standuhr. »Es wird Zeit zu schlafen. Ich wecke Euch morgen früh und dann könnt Ihr los. Wollen mal hoffen, dass Ihr den Mann schnell findet«.

Piet war noch lange wach. In einen warmen Schlafsack gerollt, lag er am Fenster und schaute in den sternenklaren Himmel.

Er dachte an Percy, der jetzt schon seit zwei Wochen in seiner Gefängniszelle saß und wahrscheinlich von Tag zu Tag mutloser wurde.

»Halt durch Junge«, flüsterte er. »Morgen finden wir Jack Mason und bringen ihn nach Dunbar zurück.

Dann muss er die Wahrheit sagen und alles wird gut«. Mit dieser Zuversicht schlief er ein.

**

Niklas Cunningham war am nächsten Morgen auf dem Weg zum Police-Service. Als er dort ankam und sein Auto auf dem Parkplatz abgestellt hatte, nahm er einen Pappbecher von der Ablage und trank hastig einen Schluck. Nur der Kaffee war inzwischen kalt geworden und schmeckte scheußlich.

Schnell griff er vom Rücksitz seine Unterlagen, stieg aus und warf die Wagentür zu.

Wie so oft war er spät dran. Er lief schnell zum Eingang, denn er kannte diesen Detektive Chief-Inspector Coffee noch nicht. Die Kommissare, mit denen er sonst gelegentlich zu tun hatte, mochten es überhaupt nicht, wenn er nicht pünktlich war. Nur Niklas war dafür bekannt, auf den letzten Drücker zu Terminen zu kommen.

Der diensthabende Constable Frank Anderson grüßte freundlich: »Hallo Mr. Cunningham. Haben Sie einen Termin bei Mr. Johnson«?

»Nein«, antwortete er. »Heute muss ich zu Chief-Inspector David Coffee«. Er stellte seine Ledertasche ab und stützte die Arme auf den Tresen.

»Mr. Anderson«, flüsterte er. »Sagen Sie mal, seit wann ist dieser Coffee denn hier auf der Wache«? Frank stand auf und ging zu ihm hin. »Seit letzter Woche«, antwortete er nun ebenso leise.

»Und? Kommen Sie mit ihm zurecht«? fragte Niklas. »Ich meine, ist er sehr streng«?

Frank hob die Schultern. »Hab noch nichts großartig mit ihm zu tun gehabt, aber er soll sehr korrekt sein«.

Niklas nickte. »Ok, dann melden Sie mich mal bei ihm an«. Kurz darauf war er auf dem Weg zu seinem Büro und klopfte an. »Herein«, rief jemand.

Niklas öffnete die Tür. »Hallo Chief-Inspector Coffee«, sagte er freundlich. »Ich bin Rechtsanwalt Cunningham«.

Der lehnte sich zurück und nickte. »Angenehm, bitte setzen Sie sich«. Niklas zog einen Stuhl vor.

»Was kann ich denn für Sie tun«? fragte der Kommissar.

»Ich vertrete Percy Johnson, der wie Sie sicher wissen, beschuldigt wird, diesen schrecklichen Bahnunfall verursacht zu haben«.

David Coffee nickte. »Ja natürlich ist mir das bekannt. Und wie kann ich Ihnen weiter helfen«?

Niklas holte einen Schnellhefter aus seiner Mappe. Ohne ihn anzusehen sagte er weiter: »Ich bin trotz vorliegendem Gutachten der Bahngesellschaft der festen Überzeugung, dass mein Mandant das Opfer einer Intrige, ja man kann schon sagen, einer Verschwörung ist«.

Der Chief-Inspector stützte erstaunt seine Arme auf den Schreibtisch. »So«? fragte er gedehnt. »Das Opfer einer Verschwörung? Wie kommen Sie denn darauf«? Er schüttelte jetzt ungläubig den Kopf.

»Ich kann ja verstehen, dass Sie alles tun, um den Hals von Mr. Johnson zu retten, aber das was Sie hier gerade behaupten, ist mit Verlaub gesagt, eine ungeheure Anschuldigung, die Sie schnellstens beweisen sollten«.

Niklas verzog keine Miene. »Das werde ich tun«, antwortete er regungslos.

David Coffee sah ihn prüfend an. `Irgend einen Joker hat er im Hemdsärmel`, dachte er `Sonst würde er mich nicht so ansehen`.

Er schwieg einen Moment, dann sagte er: »Na dann legen Sie doch mal Ihre Fakten auf den Tisch«.

»Sie werden verstehen, dass ich jede Möglichkeit nutze, um an Informationen, die der Verteidigung unseres Mandanten nützen, heranzukommen«, begann Niklas. »Und deshalb beschäftige ich einen Private-Detektive, der schon früher innerhalb der Kanzlei für meinen Vater tätig war«.

Er sah kurz den Chief-Inspector an, der gespannt zuhörte. »Im Zuge unserer eigenen Ermittlungen haben wir erfahren, dass der Fahrdienstleiter Jack Mason in diesem Gutachten der Firma `Rolfs & Reed` nicht namens erwähnt wurde und jetzt hat er ganz plötzlich Urlaub und ist anschließend pensioniert«.

»Das ist doch kein Beweis Mr. Cunningham«, warf David Coffee ein.

»Nein«, entgegnete dieser. »Aber seltsam ist es schon, dass Jack Mason von seinem Arbeitgeber verboten wird, etwas zu dem Fall auszusagen und nun ganz plötzlich verreist ist«.

»Worauf wollen Sie hinaus«? fragte der Chief-Inspector.

»Percy Johnson ist sich sicher, dass es weder ein rotes Signal auf der Strecke, noch eine akustische Durchsage gab, dass er den Zug anhalten muss, weil eine Schrankenanlage defekt ist«.

»Ich habe die Unterlagen auch auf dem Tisch gehabt, verehrter Mr. Cunningham«, sagte nun David Coffee mit einem seltsamen Ton in der Stimme. »Und danach hatte Ihr Mandant eine nicht ganz unerhebliche Menge Restalkohol im Blut«.

»Ich weiß, dass alle Beteiligten darauf herumreiten und ihm vor allen Dingen deshalb die alleinige Schuld für diesen grausamen Unfall in die Schuhe schieben wollen«.

Er holte jetzt einige Unterlagen hervor. »Ist Ihnen eigentlich bekannt, dass am vierundzwanzigsten Juli, also genau vor einem halben Jahr auf der gleichen Strecke schon einmal ein Totalausfall der Signalanlage stattgefunden hat«?

Er legte ihm die Protokolle auf den Tisch. »Und jetzt interessiert mich, warum verehrter Chief-Inspector, dass zum einen nirgends erwähnt wurde und zum anderen, was der Grund dafür war«.

David Coffee setzte sich seine Lesebrille auf und zog die Blätter zu sich herüber. Niklas konnte sehen, dass sich auf seiner Stirn ein paar kleine Sorgenfalten bildeten. »Vielleicht hat das eine mit dem anderen gar nichts zu tun«, murmelte er.

»Vielleicht nicht«, sagte Niklas. »Vielleicht aber doch«. Wieder sah er den Chief-Inspector reglos an.

»Wo wird eigentlich dokumentiert, dass die Signalanlagen regelmäßig und den Vorschriften entsprechend überprüft und gewartet wurden«?

Er machte eine kurze Pause. »Oder vielleicht hat der Fahrdienstleiter doch ein Signal falsch gesetzt und es gab die Durchsage an Mr. Johnson an diesem Tag gar nicht«?

Er lehnte sich scheinbar gelassen zurück. »Da kommt es möglicherweise jemandem gerade recht, dass der Lokführer Percy Johnson am Vorabend Alkohol getrunken hatte und so kann das eigene Versagen perfekt vertuscht werden. Die Akte wird geschlossen und alle sind zufrieden. Außer Percy Johnson«.

Wieder sah er David Coffee ernst an. »Ich werde deshalb alles tun, die Wahrheit herauszufinden und umgehend das vorliegende Gutachten anfechten, bevor Klage gegen meinen Mandanten erhoben wird«.

Er beugte sich nach vorn. »Was aus ihm nach einer Verurteilung wird, falls er wirklich unschuldig ist, möchte ich mir nicht ausmalen Mr. Coffee«.

Der Chief-Inspector grübelte. »Und Jack Mason, der Fahrdienstleiter ist jetzt zu Hause«?

»Nein«, antwortete Niklas. »Er ist in die Highlands gefahren, um zu angeln. Sozusagen von der Bildfläche verschwunden und vorerst nicht greifbar«.

»Wissen Sie denn, wann er wiederkommt«? fragte David Coffee sichtlich betreten.

»Seine Frau erzählte mir, dass er etwa eine Woche unterwegs sein wird«, antwortete Niklas.

»Genau konnte sie es nicht sagen. Aber mein Private-Detektive ist in das Gebiet am Loch Lomond gefahren, um ihn zurückzubringen. Für uns zählt jeder Tag«.

»Warum sind Sie erst jetzt hierhergekommen«? fragte David Coffee.

»Ohne meine heutigen Argumente hätte mich noch vor ein paar Tagen jeder Constable in die Wüste geschickt«, antwortete Niklas verächtlich.

»Abgesehen davon habe ich mir bei unserem ersten Haftprüfungstermin bereits eine Abfuhr von der Staatsanwaltschaft abgeholt. Ihr Vorgänger hat kein Wort dazu gesagt, sondern nur der Anklage mit seinem unentwegten Kopfnicken zugestimmt«.

»Na gut«, sagte David Coffee nachdenklich. »Ich werde die Ermittlungsakte gründlich lesen, aber Sie versprechen mir, dass Ihr Private-Detektive diesen Jack Mason sofort zum Verhör hierher bringt, falls er ihn findet«. Niklas nickte. »Ok, das machen wir«.

David Coffee hob den Finger. »Und keine Alleingänge mehr Herr Anwalt«.

»Versprochen Mr. Coffee«. Niklas war vorerst zufrieden. Er hatte es geschafft. Die Ermittlungsakte wurde jetzt nicht einfach geschlossen und in ein paar Tagen Anklage gegen Percy Johnson erhoben.

»War das alles Mr. Cunningham«? fragte der Chief-Inspector.

»Leider noch nicht ganz Mr. Coffee«, antwortete Niklas. »Ich habe da noch ein paar Informationen, die wir wegen unseres Falls nebenbei herausgefunden haben und die ich Ihnen natürlich nicht vorenthalten möchte«.

David Coffee sah ihn skeptisch an. »Was meinen Sie denn mit nebenbei«?

Niklas winkte ab. »Moment bitte. Ich überlege gerade, wo ich am besten anfangen soll.

Als das Gutachten der Bahngesellschaft noch nicht auf dem Tisch lag, habe ich mich mit den Opfern des Unfalls beschäftigt. Etwas anderes konnten wir ja in diesem Moment nicht tun.

Und wir ja alle wissen, hieß einer der beiden Richard Carlson. Er war sechzig Jahre alt und von Beruf Obsthändler. Soweit wir wissen, konnte er mit seinem Geschäft die Familie nur mehr schlecht als recht über Wasser halten. Als mein Private-Detektive Scott Martin erfuhr, dass er eine über zwanzig Jahre jüngere und ziemlich attraktive Frau hatte, kam er ins Grübeln und beobachtete sie. Eines Tages traf er sie schließlich mit einem älteren Herrn in einem Kaffee, von dem wir noch nicht wissen, wer er ist.

Scott sagte, dass die beiden mehr als vertraut miteinander umgingen. Da war Richard Carlson gerade vierundzwanzig Stunden tot. Abgesehen davon hat uns etwas irritiert, dass Melinda Carlson nun schon das zweite Mal verheiratet war und sie ist erst Mitte dreißig. Doch das mag nichts heißen.

Jedenfalls hat Scott die beiden fotografiert und nachdem er die Fotos entwickeln gelassen hatte, erkannte er auf einem der Bilder einen ehemaligen Arbeitskollegen, der ihm vor einigen Jahren ziemlich übel mitgespielt hat. Mein Vater, der die Kanzlei vor mir führte, hat ihn damals anwaltlich vertreten. Einzelheiten dazu erspare ich Ihnen im Moment.

Der Mann heißt Elliot Swan. Zuerst dachten wir, dass er für eine Versicherung tätig ist, aber das ist offensichtlich nicht der Fall. Wir wissen inzwischen, dass er der leibliche Vater der drei Kinder von Melinda Carlson ist und nicht ihr verstorbener Ehemann Richard. Nur bei dem damaligen Prozess hat er angegeben, keine Kinder zu haben«.

Er blätterte jetzt seine Notizen durch, die er sich vor dem Gespräch gemacht hatte. »Mein Private-Detektive hat übrigens noch etwas anderes Erstaunliches herausgefunden«.

Wieder sah er den Inspector an. »Naja, manchmal sind unsere Mittel nicht ganz legal und ich heiße das nicht immer gut, aber ...«.

»Nun sagen Sie schon«, murmelte David Coffee.

»Unsere zentralen Ermittlungen drehen sich ja nach wie vor um Percy Johnson. Dafür wollte nun Scott innerhalb der Bahngesellschaft Kontakte knüpfen und ihm fiel ein, dass die Frau seines Cousins, Mildred Jones in der Verwaltung am Hauptbahnhof arbeitet. Ob das etwas bringen würde, wusste er zu diesem Zeitpunkt aber noch nicht. Jedenfalls hat er vorgestern Abend dort auf sie gewartet und was glauben Sie, wer sie abgeholt hat? Elliot Swan«.

Der Chief-Inspector setzte sich staunend aufrecht hin. Niklas klappte seinen Schnellhefter zusammen.

»Wie Sie sehen Chief-Inspector, gibt es hier einige Ungereimtheiten«, sagte er ruhig. »Das können nicht alles Zufälle sein, nur zuordnen können wir es noch nicht«.

»Haben Sie zu dem anderen Opfer etwa auch Ermittlungen durchgeführt«? fragte David Coffee mürrisch. Er ärgerte sich darüber, dass der Police-Service anscheinend von all dem nichts wusste, was Niklas Cunningham und sein Private-Detektive herausgefunden hatten.

»Ja selbstverständlich«, antwortete Niklas und sah ihn durchdringend an. »Aber ich denke, dass Sie nach der Obduktion dieses bedauernswerten Jungen bereits die richtigen Schritte gegen die Verantwortlichen eingeleitet haben«.

David Coffee hatte sehr wohl verstanden und ihm war klar, dass dieser Anwalt bereits wusste, was er einen Tag vorher in diesem Waisenhaus festgestellt hatte. Er stand langsam auf.

»Vielen Dank für Ihren Besuch Mr. Cunningham«, sagte er und streckte ihm die Hand entgegen. »Und denken Sie daran, der Police-Service sind wir. Halten Sie uns auf dem Laufenden, wenn Sie etwas Neues herausfinden«.

Niklas lächelte. »Ja natürlich Chief-Inspector Coffee«.

Er ging zur Tür, da drehte er sich noch einmal um. »Ach, wenn ich schon mal hier bin, möchte ich kurz mit Percy Johnson sprechen. Das ist doch kein Problem, oder«?

David Coffee nickte. »Nein, ich melde Sie bei den Kollegen an«.

Niklas verließ das Büro und ging erleichtert den Flur entlang, denn für den kommenden Tag war der zweite Haftprüfungstermin geplant. `Jetzt stehen die Chancen für eine vorläufige Entlassung von Percy Johnson wesentlich besser`, dachte er zufrieden.

Der saß bereits im Besucherraum und sah Niklas fragend an, als er den Raum betrat.

»Wie sieht es aus Mr. Cunningham«? fragte er ungeduldig. »Können Sie endlich beweisen, dass ich unschuldig bin«?

Er stützte jetzt die Hände in sein Gesicht. »Ich habe doch nichts falsch gemacht«, rief er und begann zu schluchzen.

Niklas nahm ihn am Arm. »Percy, verlieren Sie bitte nicht die Nerven«, sagte er beschwichtigend.

Der sah ihn jetzt mit geröteten Augen an. »Was ist mit Jack Mason«? fragte er verzweifelt. »Konnten Sie ihn sprechen«?

Niklas schüttelte den Kopf. »Nein, noch nicht. Er ist irgendwo in den Highlands beim Angeln, aber Scott und Ihr Freund Piet sind gestern aufgebrochen, um ihn zurückzubringen«.

»Jack macht Urlaub, während ich hier in diesem Loch schmore«? fragte er fassungslos.

»Ja, leider«, antwortete Niklas. »Aber vielleicht kommen sie bald mit ihm zurück und wir können einige wichtige Fragen klären«.

Percy atmete schwer. »Von der Bahngesellschaft habe ich überhaupt noch nichts gehört, außer dass sie mir ihren Gutachter auf den Hals gehetzt haben«.

Er sah ihn an. »Die lassen mich hier verrecken«.
Niklas schluckte. »Morgen ist eine zweite Haftprüfung anberaumt und ich habe gerade mit Chief-Inspector Coffee gesprochen«, sagte er hastig.

»Percy ich glaube, dass wir jetzt sehr gute Chancen haben, dass Sie zumindest bis zum Prozessbeginn hier rauskommen«.

»Und Piet ist wirklich auch mitgefahren«? fragte er noch immer darüber erstaunt.

»Ja«, antwortete Niklas. »Und Eins möchte ich Ihnen dazu sagen. Nicht jeder hat so einen verlässlichen Freund wie Sie. In dieser Hinsicht sind Sie wirklich zu beneiden«.

Er stand auf. »Nach dem Gerichtstermin morgen Nachmittag komme ich wieder zu Ihnen«.

Im Vorbeigehen klopfte er ihm auf die Schulter. »Wir lassen Sie nicht im Stich, bis dann«.

Schnell verließ er die Police-Station.

∗∗

Dick saß zusammen mit Rudi im Vorraum, denn heute waren sie wieder mal an der Reihe die Schuhe zu putzen.

Während Dick eilig das Lederfett in Simons Stiefel rieb, sagte er: »Rudi, es war so toll. Mum hat gesagt, dass ich auch bald wieder bei ihr sein kann. Im Moment hat sie zwar nur eine ziemlich kleine Wohnung, aber das macht nichts. Sie hat gesagt, dass wir bald in eine Größere umziehen werden, denn sie hat jetzt einen festen Job und trinkt nicht mehr«.

Geschickt bürstete er jetzt die Stiefel blank. »Ellen und Kelly teilen sich erst einmal ein Zimmer«, sagte er stolz. »Aber ich bekomme dann ein Eigenes«.

Er stellte die Stiefel an die Seite und erschrak, als er sah, dass Rudi die Tränen in den Augen hatte.

»Hey, was hast Du denn«? fragte er besorgt. »Hat Dir jemand was getan? Ich sage es sofort Simon und der Kerl hat nichts zu lachen. Das verspreche ich Dir«.

Rudi reagierte nicht, sondern nahm sich einen anderen Schuh und bürstete darauf rum.

»So wird das aber nichts«, rief Dick. »Du musst erst die Sohlen abklopfen und...«.

Rudi unterbrach ihn. »Du hast es gut Mitch, hast eine Mum und zwei Schwestern. Eine richtige Familie«. Dick schluckte. `Stimmt`, dachte er betrübt. `Rudi hat überhaupt niemanden und muss wahrscheinlich noch lange hier bleiben`.

Ihm fiel etwas ein. »Weißt Du was? Ich rede mit Mum und dann kannst Du uns jedes Jahr in den Ferien besuchen«.

Rudi warf den Schuh in die Ecke. »Das sagst Du jetzt einfach so, aber wenn Du erst einmal hier weg bist ...«.

»Wieso glaubst Du das«? fragte Dick bestürzt. »Du bist mein bester Freund und ich werde noch sehr oft an Euch alle und vor allen Dingen an Dich denken«.

Rudi sah ihn misstrauisch an. »Meinst Du das wirklich ernst«?

Dick stutzte. »Klar Mann«, sagte er und begann zu grinsen. »Wie könnte ich Dich und Deine zweihundert Sommersprossen vergessen«?

Jetzt musste auch Rudi schmunzeln.
Dick beugte sich nach vorn. »Übrigens hat Mum gesagt, dass ich spätestens in den Weihnachtsferien zu ihr darf. Ich frage sie einfach, ob Du mitkommen kannst«.

Rudi sah ihn ernst an. »Mitch, das geht doch nicht und ich komme schon klar. Außerdem bin ich ja hier auch nicht allein«.

Dick sagte nichts mehr und wollte jetzt auch kein schlechtes Gewissen haben, nur weil er in dieser Hinsicht anscheinend etwas mehr Glück hatte als sein Freund.

Am nächsten Morgen zogen sie sich ihre Jogginganzüge an und waren auf dem Weg in die Sporthalle, denn draußen war es empfindlich kalt geworden und es regnete in Strömen. Nach einigen Aufwärmübungen ging Ethan an das Reck.

»So Jungs«, rief er. »Heute möchte ich sehen, wer von Euch die meisten Klimmzüge schafft«.

Dann sprang er auf einen Hocker und hängte sich an den Holm. »Und damit Ihr seht, dass ich von Euch nichts verlange, was ich selber nicht kann, lege ich eine bestimmte Anzahl vor«.

Als er sich zehnmal nach oben gezogen hatte, sprang er ab, aber ein paar kleine Schweißperlen hatten sich doch auf seiner Stirn gebildet. Dann sah er sich um und sein Blick blieb an Rudi hängen.

»Na wie sieht`s aus? Traust Du Dich als Erster«? Rudi schluckte und ging langsam nach vorn. Ethan packte ihn an den Hüften und hob ihn hoch. »Na los Rudi, zieh«, rief er.

Rudi krampfte sich am Holz fest und bekam feuchte Hände. Sein Gesicht wurde puterrot, er rutschte ab und plumpste nach unten. Die anderen Jungen begannen schallend zu lachen.

»Ruhe bitte«, sagte Ethan scharf. Schlagartig waren alle still. »Es wird hier niemand ausgelacht, nur weil er etwas nicht kann. So etwas gehört sich nicht«. Schon winkte er den nächsten nach vorn.

Rudi trottete wieder zu den anderen und setzte sich neben Mitch auf den Boden. »Ich kann das auch nicht«, flüsterte der ihm zu.

`Ich bin ein Versager`, dachte er, als er sah, wie Jonny aus dem Nachbarzimmer scheinbar spielend einen Klimmzug nach dem anderen machte.

Als er nach dem Unterricht im Aufenthaltsraum saß, stand Ethan plötzlich neben ihm. »Ist hier noch frei«? fragte er lächelnd. Rudi nickte. Ethan stellte seinen Teller ab und setzte sich ihm gegenüber.

»Sag mal Rudi«, begann er. »Ich habe von Lotta erfahren, dass sie Dir so einiges aus ihrer Vergangenheit erzählt hat«.

»Hätte Sie das nicht dürfen«? fragte Rudi.
Ethan legte sein Besteck weg. »Jetzt pass mal auf Rudi«, sagte er ruhig. »Ich weiß, dass sich viele von

Euch vor Jacob Walter gefürchtet haben und auch deshalb ihr Selbstbewusstsein gleich Null ist. Doch das ist jetzt vorbei. Jacob Walter ist nicht mehr da und deshalb solltest Du Dir solche Fragen abgewöhnen«. Jetzt begann er zu lächeln.

»Natürlich durfte sie Dir das erzählen und ich finde es ganz erstaunlich, wie Du Lotta zum Nachdenken gebracht hast. Sie sucht jetzt ihren Bruder«. Ethan nahm sich jetzt wieder Messer und Gabel, schnitt sein Steak auseinander und begann zu essen. »Hm«, sagte er. »Schmeckt gut was«?

Rudi nickte. »Ja. Meine Mum konnte auch gut kochen«.

Ethan sah ihn wieder an und sagte stattdessen: »Ich habe mir etwas überlegt. Ich werde eine Kraftsportgruppe gründen und wollte Dich fragen, ob Du mitmachst. Na was meinst Du«?

Rudi schob seinen Teller an die Seite. »Ich glaube nicht, dass das was für mich ist. Sie haben es ja selbst gesehen«.

»Hey«, antwortete Ethan. »Es ist doch noch kein Meister vom Himmel gefallen und mit ein bisschen Ausdauer und Kondition steckst Du Deine Freunde bald in die Tasche«.

Jetzt kam Lotta an den Tisch. »Hallo Ethan«, rief sie gutgelaunt. »Ich mache jetzt gleich Feierabend, weil ich noch zum Rathaus gehen will. Hast Du vielleicht Zeit mitzukommen«?

Er schüttelte den Kopf. »Das geht leider nicht. Ich habe im Büro noch einiges zu erledigen«.

Lotta setzte sich jetzt neben Rudi. »Na da hast Du mir ja was eingepflanzt«, sagte sie mit einem verschmitzten Lächeln. »Überall, wo ich gehe und stehe, sehe ich meinen jüngeren Bruder vor mir und frage mich, wer er ist und wo er wohnt«.

»Siehst Du«, sagte Ethan aufmunternd. »Jetzt hörst Du es selbst. Lotta wandelt auf den Spuren ihres Familien-Stammbaums«.

»Ja und jetzt will ich es wissen und keine Zeit mehr verlieren«, antwortete sie selbstbewusst und stand auf. »Also bis später«.

Sie blieb noch einmal stehen. »Und Ethan? Ich bin heute Abend beim Darts im `Rocks` zu finden«.

Sie winkte ihnen zu und ging hinter den Tresen. Dort ließ sie an der Ausgabe den Rollladen herunter und löschte das Licht.

»Also Rudi, überlege es Dir bitte, ob Du nicht vielleicht doch bei der Sportgruppe mitmachen willst«, sagte Ethan und stand wieder auf. »Morgen hänge ich am Eingang eine Liste aus, wo Ihr Euch einschreiben könnt«. Rudi sah ihm nach. `Ich werde mal Mitch fragen, ob er auch mitgeht`.

Als er zurück in den Schlafsaal kam und sich umziehen wollte, saß Ethan auf Simons Bett und redete mit ihm und einigen seiner Freunde.

»Browny«, rief Simon. »Komm mal her«. Als er neben ihm stand, sagte er: »Mr. Gray hat eine coole Idee. Der Arrestraum soll zum Kraftsportraum umgebaut werden«.

»Ich werde Farbe für die Wände besorgen«, hakte Ethan ein. »Und nächste Woche besuchen wir gemeinsam ein Fitness-Studio, was einem Freund von mir gehört. Vielleicht hat er auch das eine oder andere Sportgerät übrig. Bis alles fertig ist, trainieren wir eben in der Sporthalle«.

»Machst Du auch mit Browny«? fragte Simon. »Hab von Jimmy gehört, dass Du ein paar Defizite hast. Und wenn ich in einem Jahr nicht mehr hier bin, musst Du schließlich fit sein«. Er begann zu grinsen. »Na irgendjemand muss mich ja hier beerben, oder«?

Ethan hob theatralisch den Finger. »Simon, das habe ich gerade nicht gehört«. Alle lachten.

Ethan verbrachte den Nachmittag im Büro. Er hatte nicht geahnt, wieviel Zeit er mit Post und Fragebögen verbringen musste und jetzt prüfte er täglich sehr genau alle Konten. Der Schreibtisch ähnelte schon seit Tagen nicht mehr seinem Vorgänger.

Viele Akten lagen kreuz und quer herum und die Ablage quoll mittlerweile auch über. Irgendwann warf er den Kugelschreiber in die Ecke, schaltete seinen Taschenrechner aus, warf die Bürotür hinter sich zu und machte sich auf den Heimweg.

In seinem Appartement angekommen, ging er an seinen Kleiderschrank und holte sich ein Hemd heraus. Er duschte ausgiebig und machte sich gutgelaunt auf den Weg ins `Rocks`.

Schon am Eingang hörte er das Gejohle der Darts-Spieler. Nur Lotta war anscheinend noch nicht da.

Er setzte sich an den Tresen, bestellte sich ein Bier und schaute belustigt dem Treiben zu. Von hier aus hatte er die Tür im Blick.

Er trank gerade einen Schluck, da kam sie herein und schaute sich suchend um. Er hob die Hand und schon lief sie eilig auf ihn zu. »Ethan«, begann sie aufgeregt. »Ich habe ihn gefunden«.

»Wen gefunden«? fragte er sichtlich erstaunt. »Etwa Deinen Bruder«?

»Ja«, rief sie und fiel ihm um den Hals.

»Das freut mich für Dich«, murmelte er. »Aber jetzt setz Dich zu mir und erzähl mir davon«.

Lotta zog sich aufgeregt einen Barhocker heran. »Also«, begann sie. »Der Sachbearbeiter im Rathaus war sehr nett und natürlich habe ich auch mein Bestes gegeben«.

»Wie meinst Du denn das«? fragte Ethan.
Sie begann zu lächeln. »Ich habe ein bisschen auf die Tränendrüse gedrückt und dann hat er mal in das Register geschaut. Natürlich nicht, ohne mir zu sagen, dass es eigentlich keine Meldepflicht gibt«.

Jetzt setzte sie sich gerade hin. »Und er hat ihn tatsächlich gefunden«. Lotta strahlte. »Mein Bruder lebt hier in Dunbar«, sagte sie stolz.

Ethan trank einen Schluck. »Und weißt Du auch wo er wohnt«?

»Nein, noch nicht«, antwortete sie. »Aber morgen bekomme ich seine Adresse. Übrigens ist er Lokführer bei der hiesigen Bahngesellschaft«.

Ethan erstarrte. »Sag das noch mal«.
Lotta sah ihn entgeistert an. »Percy ist Lokführer«.

Ethan stellte sein Glas ab. »Reden wir hier von Percy Johnson«? fragte er verdattert.

»Ja«, antwortete sie überrascht. »Woher kennst Du seinen Nachnamen? Percy stammte aus erster Ehe und mein Vater hatte, warum auch immer, bei seiner zweiten Heirat den Namen meiner Mutter angenommen. Ich habe ihn Dir nie genannt«.

Ethan sah sie kopfschüttelnd an. »Hast Du in den letzten Tagen weder Fernsehen geschaut oder eine Zeitung gelesen«?

Sie sah ihn jetzt genervt an. »Nun sag schon, woher Du seinen Namen kennst«.

»Percy Johnson ist der Lokführer, der vor kurzem den schweren Bahnunfall verursacht haben soll, bei dem auch Joshua Swift gestorben ist. Und seitdem sitzt er in Untersuchungshaft«.

Lotta bekam große Augen. »Was«? fragte sie ungläubig. »Und warum wusste das dieser Typ im Rathaus nicht«?

Ethan hob die Schultern. »Keine Ahnung«, antwortete er. »Aber eigentlich gibt es hier in der Gegend fast niemanden mehr, der seinen Namen nicht kennt«.

Lotta sah geistesabwesend zu den Darts-Spielern herüber, die anscheinend gerade ein Finale austrugen. Und normalerweise hätte sie mit gefiebert und einen von beiden auch angefeuert.

Heute war ihr das egal, denn in ihrem Kopf schwirrten die Gedanken nur so hin und her.

»Was mache ich denn jetzt«? fragte sie ratlos. Ethan nahm sie in den Arm. »Er ist Dein Bruder Lotta und abgesehen davon weiß ich auch, wer ihn anwaltlich vertritt«. Jetzt begann er zu lächeln. »Es ist Niklas Cunningham«.

»Ist das der Anwalt, von dem wir gestern Abend gesprochen haben«? fragte sie gespannt.

Ethan nickte. »Ja, genau der«.
Er lehnte sich nach vorn. »Weißt Du was? Ich rufe ihn gleich morgen früh an und vereinbare einen Termin in seiner Kanzlei. Dann gehen wir hin und Du kannst ihn alles fragen, was Dir unter den Nägeln brennt«.

Lotta starrte in ihr Glas. »Mein Bruder hat diesen verheerenden Unfall verursacht«, sagte sie resigniert.

»Moment«, warf Ethan ein. »Mr. Cunningham ist da ganz anderer Meinung und mache ja nicht den Fehler, ihn zu verurteilen, bevor Du Gewissheit hast«.
Lotta sah ihn fragend an. »Wieso? Ist denn seine Schuld noch nicht bewiesen«?

»Nicht, dass ich wüsste«, antwortete er. »Warten wir es ab«.

**

Am nächsten Morgen saßen Scott und Piet in Bobs Haus vor dem Kamin und tranken Tee. Draußen war es noch dunkel und ein kalter Wind peitschte den Regen an die Fensterscheiben.

Der Hund rekelte sich bei der wohligen Wärme und blinzelte verschlafen in das prasselnde Feuer.

»Ich kann mir überhaupt nicht vorstellen, dass Jack Mason bei diesem Wetter im Zelt sitzt und darauf wartet, dass er seine Angeln auswerfen kann«, sagte Scott nachdenklich.

Bob räusperte sich. »Hm, die echten Fans scheuen kein Wetter, aber ob jetzt ein Fisch beißt, ist durchaus sehr fraglich«.

»Vielleicht ist Mr. Mason längst bei seinem Bruder in Cardross«, warf Piet ein. »Und wir suchen ihn bei diesem Wetter draußen am See«.

Scott hob die Schultern. »Wir können aber hier nicht herumsitzen und darauf warten, dass er sagt: `Hallo da bin ich, wer hat eine Frage an mich`«?

Er trank seinen Tee aus und stand auf. »Komm Piet, wir müssen jetzt los, je eher, desto besser«.
Bob humpelte auf ihn zu. »Hier Scott«. Er hielt ihm jetzt einen in ein Tuch eingewickelten Gegenstand hin und öffnete ihn.

Piet erstarrte. »Ist das eine echte Waffe? Wozu brauchen wir denn so etwas«?

»Ist nur eine Leuchtfeuerpistole, falls irgendetwas passiert«, sagte Bob und ließ sich in seinen Ohrensessel am Kamin fallen. Er kraulte Jacki die Ohren und sagte weiter: »Ich hab sie aber schon ewig nicht mehr benutzt und weiß nicht, ob die Munition überhaupt noch funktioniert«.

Scott nickte und steckte das Knäuel in seinen Rucksack. »Bob, danke für alles und heute Nachmittag sind wir dann wie besprochen bei Ron Smith im Laden und rufen Dich hier an«.

Bob nickte wortlos.

»Was machen wir denn, wenn wir Jack Mason heute nicht finden und er auch nicht bei seinem Bruder in Cardross ist«? fragte Piet.

»Weiter suchen wie geplant«, sagte Scott, ohne ihn anzusehen. Er hatte im Moment das Gefühl, dass Piet am liebsten hier geblieben wäre oder plötzlich ein Anruf käme `Alles ok, Jack Mason ist da, Ihr braucht gar nicht loszugehen`. Doch dieses Wunder geschah nicht.

Scott nahm seinen Rucksack und öffnete die Haustür. Der Wind heulte und schob einen kräftigen Schwall kalte Luft in den Raum. Jacki begann zu winseln und verkroch sich in der hintersten Ecke.

»Was bist Du denn für ein Hund«? fragte Bob lachend. Piet drehte sich noch einmal zu ihm um. »Danke für Deine Gastfreundschaft«.

Schnell warf er die Haustür zu und rannte mit dem Rucksack auf der Schulter Scott hinterher, der bereits das Auto gestartet hatte.

Die Scheibenwischer quietschten auf der Frontscheibe, während sie wortlos in Richtung Balmaha fuhren.

Langsam wurde es hell. Piet lehnte sich etwas entspannter zurück, als er nun endlich die Umgebung betrachten konnte. Aber Scott fuhr trotz des schlechten Wetters für sein Empfinden zu schnell.

Immer wieder kam er auf der schmalen Schotterstraße gefährlich nah an einen vorbeifließenden Bach heran, der jetzt reichlich Wasser führte und zu einem reißenden Fluss zu werden drohte.

Schließlich erreichten sie Balmaha und von weitem sahen sie jetzt den Loch Lomond, der trotz der tief hängenden Wolken imposant vor ihnen lag.

Sie hielten auf einem großen Parkplatz und stiegen aus. Eine Menge Autos waren abgestellt, aber niemand war zu sehen.

»Zuerst gehen wir hier einmal herum«, sagte Scott, während er sich den Rucksack auf den Rücken warf und die Autotür geschlossen hatte. »Vielleicht finden wir seinen roten Wagen«. Sie gingen getrennt voneinander außen herum.

»Hier ist er nicht«, rief Piet und lief zu Scott herüber.

»Gibt es hier noch andere Möglichkeiten, sein Auto abzustellen«?

Scott nickte. »Ja, natürlich. Und das wir jetzt hier sein Auto nicht finden heißt gar nichts und wäre auch zu schön gewesen«.

Mit einem geschickten Griff holte er seine Wanderkarte aus der Seitentasche und betrachtete die Routen. »Wir klappern jetzt einen Weg nach dem anderen ab. Eine andere Möglichkeit haben wir nicht«. Er faltete die Karte wieder zusammen.

»Als Erstes nehmen wir den Weg zum Conic-Hill. Dort gibt es ein Hochplateau, das wir auch bei diesem Wetter bereits nach einer guten halben Stunde erreichen können. Vielleicht sehen wir etwas. Los komm«.

Wieder hatte starker Regen eingesetzt und die beiden waren jetzt heilfroh, dass Bob ihnen die Regenmäntel mitgegeben hatte.

Piet war von Scotts Plan nicht überzeugt, denn durch die Nässe hingen dicke Nebelschwaden über dem See. »Was willst Du denn von dort aus erkennen«? fragte er zweifelnd.

»Hast Du vielleicht eine bessere Idee«? zischte Scott. »Aber Du kannst auch gerne zum Parkplatz zurückgehen und dort warten«. Ohne seine Antwort abzuwarten, drehte er sich um und lief los.

Langsam stiegen sie auf einer mäßigen Steigung nach oben und als sie den Wald erreichten, sagte Scott etwas außer Atem: »Siehst Du, das ist die Hochebene. Machen wir eine kurze Pause und schauen uns um«.

Er stellte seinen Rucksack ab und holte sein Fernglas heraus. »In dem Uferbereich, den ich jetzt beobachten kann, ist niemand. Lass uns auf den Gipfel steigen, denn dort haben wir einen Rundumblick«.

Sie setzten ihre Rucksäcke wieder auf und wanderten nun vorbei an Bachläufen, Schafherden und saftig grünen Wiesen. Piet schnaufte inzwischen und musste zusehen, dass er mit Scotts weit ausholenden Schritten mithalten konnte.

Als sie oben ankamen, staunte er über den grandiosen Blick über dem Loch Lomond, seine Inseln und die angrenzenden Berge.

Scott studierte inzwischen wieder mit seinem Fernglas die Uferzonen. Plötzlich rief er aufgeregt: »Da unten ist ein Angler. Das könnte er sein«.

Er gab Piet das Fernglas. Der sah nun ebenfalls angestrengt hindurch. »Du könntest recht haben, aber ob er Jack Mason ist? Wir wissen ja nicht einmal, wie er aussieht«, murmelte er.

Jetzt setzte er das Fernglas wieder ab. »Wie kommen wir denn dahin«? fragte er. »Es gibt hier keinen direkten Abstieg zu diesem Uferbereich«.

»Ich schätze, dass er unten in Arrochar ist, wo wir sowieso gegen vier Uhr sein müssen, um mit Bob zu telefonieren. Wir steigen also wieder ab, fahren mit dem Auto in das Dorf und wenn wir Glück haben, sitzt Jack Mason am Nachmittag auf der Rückbank unseres Wagens«.

Piet holte seinen Fotoapparat hervor. »Ich mache schnell noch ein paar Fotos«, sagte er hastig.

Scott verdrehte die Augen. »Du bist hier weder auf einer Kaffeefahrt, noch auf einem Sightseeing-Trip. Los beeil` Dich, wir dürfen ihn nicht verpassen«.

So schnell sie konnten, liefen sie nun zurück. Der Regen ließ immer noch nicht nach und der Weg wurde gefährlich rutschig. Piet hatte sich die Kapuze tief ins Gesicht gezogen, denn der anhaltende Wind machte ihm schwer zu schaffen.

Kurz vor dem Hochplateau kam er plötzlich an einem Stein ins Stolpern und stürzte mit dem Gesicht nach vorn auf das umherliegende Geröll.

Scott, der direkt hinter ihm lief, blieb entsetzt stehen, denn er bewegte sich nicht mehr. »Piet, was ist denn«? rief er. Schnell kniete er sich neben ihn und drehte ihn vorsichtig um.

Mit Schrecken sah er, dass er eine Platzwunde an der Schläfe hatte, aus der Blut sickerte. Hastig band er sich sein Halstuch ab und wickelte es vorsichtig um seinen Kopf. »Piet«, rief er wieder und schüttelte ihn sanft. »Mach die Augen auf und bleib bitte wach«.

Plötzlich flackerten seine Augenlider. »Meinst Du, dass ich Lust habe, hier zu schlafen«? flüsterte der.

Scott atmete auf. »Wie geht es Dir Kumpel«? fragte er besorgt. Dann sah er sich um und entdeckte ganz in der Nähe eine Kiefer mit ausladenden Ästen. »Ich ziehe Dich jetzt erst einmal unter einen Baum, denn Du musst aus diesem Regen heraus«.

Entschlossen packte er ihn unter den Armen, zog ihn langsam dorthin und legte ihn vorsichtig ins Gras.

Dann holte er seinen Rucksack und bettete seinen Kopf darauf. »Na Du machst ja Sachen«, sagte er prustend. »Hälst mich ganz schön auf Trab«.

»Mein Kopf«, stöhnte Piet. Scott hob vorsichtig das Tuch an und betrachtete die Wunde. »Du musst zu einem Arzt«, sagte er ruhig. »Meinst Du, dass Du es bis nach unten schaffst«?

»Das muss ich ja wohl und lass Dir ja nicht einfallen Bobs Pistole zu benutzen und ein Leuchtfeuer zu veranstalten«.

Scott grinste. »Bist ja doch härter im Nehmen, als ich dachte. Wir ruhen uns jetzt eine Weile aus und dann sehen wir zu, dass wir hier wieder wegkommen«.

Schnell holte er aus seinem Rucksack ein kleines Notfallset heraus, das er immer bei sich trug, wenn er in den Highlands unterwegs war.

»Ich habe das Zeug noch nie gebraucht«, sagte er, während er die Verpackung mit den Zähnen aufriss und einen Verbandsmull entnahm.

»Naja«, sagte Piet müde lächelnd. »Dann musst Du es jetzt wenigstens nicht mehr weiter mit Dir herumschleppen«.

Wortlos legte ihm Scott nun den Verband an und stopfte das Ende unter den Rand. »Wird es so gehen«? fragte er mitfühlend.

Piet stöhnte: »Oh Gott, brummt mein Schädel«,

Scott sah auf die Uhr. »Es ist jetzt gleich halb zwei. Meinst Du, wir können weiter? Außerdem möchte ich nicht, dass Du auf dem nassen Boden auskühlst«.

»Dann hilf mir beim Aufstehen«, antwortete er und stützte sich nach oben.

Scott hing sich beide Rucksäcke über und nahm Piet am Arm. »Wir werden jetzt zwar langsam, aber stetig nach unten gehen«, sagte er eindringlich. »Halt Dich an mir fest, dann kann nichts passieren«.

Sie setzten sich in Bewegung, während starke Windböen und der nicht nachlassende Regen um sie herum ihr Unwesen trieb.

Endlich erreichten sie den Parkplatz. Scott lehnte ihn gegen sein Auto und öffnete die Heckklappe. Piet kletterte langsam hinein und ließ sich völlig entkräftet auf die inzwischen umgelegten Rücksitze fallen. Mit Schrecken sah Scott, dass der Verband jetzt völlig durchgeblutet war. Schnell warf er die Rucksäcke hinein, setzte sich hinter das Lenkrad und startete den Wagen.

In Balmaha angekommen sah er plötzlich ein Haus, an dem ein Apothekenschild befestigt war.

Er fuhr an die Seite und bremste so vorsichtig wie möglich. »Entschuldigen Sie bitte, aber wir haben im Moment geschlossen«, rief eine Frau mit einer etwas rostigen Stimme Scott entgegen, als er den kleinen Verkaufsraum betrat.

»Rufen Sie sofort einen Arzt an, ich habe einen Verletzten, im Auto«. Er drehte sich wieder um, rannte zurück und öffnete die Heckklappe, um nach Piet zu sehen.

Die Frau eilte ihm nach. »Um Gottes willen«, rief sie. »Was ist denn mit ihm«?

Scott kletterte ins Auto und schob Piet langsam nach draußen. »Er ist ausgerutscht und hat eine Wunde am Kopf«.

»Bringen Sie ihn rein«, antwortete sie. »Ich rufe sofort den Notarzt an«. Als Piet schließlich auf der

Couch im Wohnzimmer der Apothekerin lag, nahm sie den Telefonhörer und wählte hastig den Notruf.

Dann legte sie auf. »Der diensthabende Arzt ist in Arrochar bei einem Einsatz, aber er kommt so bald wie möglich«.

Vorsichtig nahm sie nun den Verband ab, säuberte die Wunde und legte eine sterile Kompresse auf. »So«, sagte sie. »Mehr können wir im Moment nicht tun«.

Sie sah ihn an. »Kann ich Ihnen etwas anbieten? Vielleicht einen Tee oder etwas Stärkeres«?

Scott nickte. »Ja, ich könnte jetzt einen Whiskey vertragen«, sagte er leise. Während sie eine Flasche aus dem Wandschrank holte und einschenkte, fragte sie weiter: »Woher kommen Sie eigentlich und was machen Sie bei diesem Wetter hier«?

»Ich bin Private-Detektive«, antwortete Scott. Dann nahm er mit seinen klammen Händen das geschwungene Glas in die Hand und kippte mit einem Ruck den Schnaps herunter.

»Wir sind aus Dunbar und machen keine Sightseeing-Tour. Wir suchen einen Mann«. Unruhig sah er auf die Uhr. »Sagen Sie mal, wäre es möglich, dass Sie hier für meinen Freund auf den Arzt warten, während ich weiter fahre«?

Er stand auf und hielt ihr eine Visitenkarte hin. »In zwei Stunden bin ich spätestens zurück«.

»Warum können Sie nicht bleiben«? fragte sie misstrauisch.

»Weil ich eine wichtige Verabredung in Arrochar habe«, antwortete er kurz angebunden. Übrigens der Verletzte heiß Piet Barnes«.

Er legte jetzt die Visitenkarte auf den Tisch. »Tut mir sehr leid«, murmelte er. »Ich habe im Moment keine Zeit für weitere Erklärungen«. Schnell lief er aus dem Haus.

»Warten Sie doch«, rief sie ihm nach. »Sie können doch jetzt nicht einfach gehen«.

Scott öffnete die Fahrertür, startete den Wagen und fuhr los. Er wusste, dass ihr das Ganze bestimmt seltsam vorkam, aber das war ihm jetzt egal.

Piet war zwar verletzt, aber nicht in Lebensgefahr und inzwischen bestmöglich versorgt. Er hatte schließlich einen Auftrag zu erledigen und bestimmt würde er auch rechtzeitig wieder zurück sein.

Als er am Ortsschild Arrochar ankam, sah er im Rückspiegel zwei Polizeiwagen mit Blaulicht, die zügig auf ihn zukamen.

Er bremste, lenkte sein Auto an den Randstreifen und ließ sie überholen. »Kein Wunder bei dem Wetter, da passiert schnell ein Unfall«, murmelte er vor sich hin.

Langsam fuhr er weiter und sah, dass die Polizisten in eine Seitenstraße fuhren, die zum See führte. Er bog nun ebenfalls ab und erkannte den Laden von Ron Smith, dem Lebensmittelhändler.

»Bingo«, sagte er und bremste, dann sah er auf die Uhr auf dem Armaturenbrett. »Und ich bin überpünktlich«.

Seltsamerweise standen einige Leute vor dem Geschäft und redeten aufgeregt durcheinander.

Scott stieg aus. »Was ist denn passiert«? fragte er einen der Passanten.

»Vor einer halben Stunde ist da vorn ein toter Mann gefunden worden«, antwortete er und zeigte mit dem Finger in Richtung See.

»Eine Spaziergängerin hat ihn entdeckt, nachdem ihr Hund nicht aufgehört hat zu bellen«.

Scott stutzte: »Wissen Sie, ob er hier aus der Gegend ist«?

Der Mann sah mitfühlend zum Seeufer hinunter. »Nein. Ron, der Ladenbesitzer kannte ihn seit vielen Jahren und hat gesagt, dass er aus Dunbar kam«.

Er schüttelte mit dem Kopf. »So etwas hier in unserer Gegend. Wenn sich das rumspricht, macht doch hier niemand mehr Urlaub«.

»Aus Dunbar«? fragte Scott entsetzt. »Wieso«? fragte der. »Sind Sie etwa auch von dort«? Scott sah ihn ernst an. »Kann ich Mr. Smith kurz sprechen«? Der Mann hob die Schultern. »Ja bestimmt, gehen Sie nur rein«.

Ron saß hinter seinem kleinen Tresen und tupfte sich gerade ein paar Schweißperlen von der Glatze, als Scott den Laden betrat. »Guten Tag Mr. Smith, mein Name ist Scott Martin«, sagte er freundlich. »Ich bin Privat-Detektive aus Dunbar«.

Er holte schnell eine Visitenkarte aus der Brustasche seiner Jacke und legte sie vor ihn hin.

»Gerade sagte mir jemand, dass unten am Ufer ein Mann aus Dunbar gefunden wurde. Kennen Sie seinen Namen«?

Er nickte. »Ja«, krächzte er. »Ein Officer sagte, dass es sich anhand des bei ihm gefundenen Führerscheins unzweifelhaft um Jack Mason handelt«. Er schüttelte den Kopf. »Ich kann es nicht fassen, denn heute Morgen war er noch bei mir im Laden. Er hat Köder gekauft und ich habe ihn noch gefragt, was er bei dem schlechten Wetter am Ufer will. Da beißt doch nichts«.

Er sah ihn verzweifelt an. »Er war aber nicht davon abzubringen, weil er bald wieder zurück nach Hause müsse«.

»Wissen Sie auch, was ihm passiert ist«? fragte Scott vorsichtig. »Ist Jack Mason vielleicht gestürzt, oder hatte er Herzprobleme«?

»Der Officer, der hier war, hat mir anfangs so seltsame Fragen gestellt und ich habe erst gar nicht gewusst, worauf er hinaus will«, raunte er. »Und dann hat er angedeutet, dass er wahrscheinlich umgebracht wurde«. Scott sah ihn sprachlos an. »Und kein Zweifel besteht«? fragte er schließlich.

Ron hob fragend die Schultern. »Anscheinend nicht, aber da müssten Sie die Leute vom Police-Service fragen«. Scott sah ihn grübelnd an. »War noch jemand bei Mr. Mason oder haben Sie gesehen, mit wem er gesprochen hat«?

»Jack war immer allein hier, weil seine Frau daran kein Interesse hatte«. Jetzt holte Ron ein Taschentuch hervor und schnäuzte kräftig hinein.

»Aber wo und wann er mit wem sprach, weiß ich natürlich nicht«, sagte er weiter. »Hier im Laden haben wir morgens immer nur einen kurzen Small-Talk abgehalten«.

Scott nahm ihn am Arm. »Ich bin genauso bestürzt wie Sie Mr. Smith. Wäre es möglich, dass ich von hier aus meinen Freund Bob Rice anrufen«?

Ron sah ihn an. »Bob Rice? Wie geht es ihm«? fragte er erstaunt. »Ich habe ihn bestimmt ein halbes Jahr nicht mehr gesehen«.

»Oh, Bob geht es gut«, antwortete Scott. »Ich habe gestern bei ihm übernachtet und bin heute hierhergekommen«.

Ron deutete jetzt auf einen Vorhang hinter dem Tresen. »Da steht das Telefon«.

Scott lief hin, holte einen kleinen Zettel aus der Hosentasche, wo er sich schnell am Morgen noch die Nummer notiert hatte und drehte hastig die Wählscheibe.

Kurz darauf erzählte Scott ihm schnell, was alles passiert war. Zum Schluss sagte er: »Jetzt fahre ich zurück nach Balmaha, hole Piet ab und muss direkt zurück nach Dunbar. Gerne hätte ich noch einen Tag bei Dir verbracht, aber die Angelegenheit ist dringend. Mr. Cunningham muss darüber informiert werden«.

»Dann ruf ihn an«, antwortete Bob. »Der Weg ist weit und heute kannst Du sowieso nichts mehr ausrichten«.

Scott nickte, denn das Angebot war einfach zu verlockend. Zu gerne war er bei seinem Freund im Haus. »Also gut«, sagte er. »Wir kommen wieder zu Dir und fahren erst morgen früh zurück«. Er legte auf und verabschiedete sich von Ron Smith. Dann machte er sich schnell wieder auf den Weg zu Piet.

Als er dort ankam, atmete er auf. Er saß zwar mit einem dicken Verband am Kopf auf der Couch, trank aber genüsslich Tee und plauderte mit der Apothekerin. »Jack Mason ist tot, wahrscheinlich ermordet«.

»Was«? fragte Piet entsetzt. »Jack Mason ist ermordet worden«?

»Es sieht ganz danach aus«, antwortete er. »Und deshalb fahren wir jetzt sofort zurück zu Bob, denn ich muss unbedingt noch Niklas Cunningham telefonisch informieren«.

Scott bedankte sich noch einmal bei der Apothekerin und half Piet zurück zu seinem Wagen. Während der Autofahrt fragte Scott: »Und wie geht es Dir jetzt«?

»Der Arzt kam zwar erst nach einer Stunde«, seufzte Piet. »Aber dann ist die Wunde gleich genäht worden und die Apothekerin hat mir ein paar Aspirine gegen die Kopfschmerzen gegeben«.

»Wenigstens bist Du wieder in Ordnung«, sagte Scott versöhnlich und schob sich einen Kaugummi in den Mund. »Hätte auch blöd ausgehen können«.

Piet sah ihn von der Seite an. »Danke Scott«.

**

Lotta stand am nächsten Morgen in der Küche und sah grübelnd aus dem Fenster. Die ganze Nacht hatte sie sich im Bett schlaflos hin und her gewälzt und war nicht zur Ruhe gekommen.

Mit einer Tasse Kaffee saß sie kurz darauf im Aufenthaltsraum und stellte eine Liste der Einkäufe für die kommende Woche zusammen.

Die Kinder hatten sich wieder einmal Fish und Chips gewünscht und das wollte sie natürlich auch gerne für sie kochen.

Doch sie legte Wert auf eine ausgewogene Ernährung und deshalb schrieb sie noch zwei Kisten Feldsalat, Tomaten und frische Gurken auf den Zettel.

Als sie damit fertig war, legte sie ihren Stift beiseite. `Was Percy wohl in der Haft zu essen bekommt? dachte sie betrübt.

Schnell schob sie jetzt ihren Stuhl zurück und band sich eine Schürze um. Sie wollte erst einmal nicht mehr daran denken und sie war sich sicher, dass ihr das am besten gelingen würde, wenn sie sich in der Küche bewegte. Und sie musste sich beeilen, denn die Kinder kamen immer pünktlich zu ihr und waren es gewohnt, dass der Rollladen an der Ausgabe rechtzeitig geöffnet wurde.

Dann lief sie ins Kühlhaus, holte sich einen Wagen und legte mehrere Beutel Gemüse darauf, dass die Kinder selbst im Schulgarten angebaut hatten.

Plötzlich stand Ethan vor ihr. »Guten Morgen Lotta«, flüsterte er. »Hast Du gut geschlafen«?

Sie drehte sich zu ihm um. »Kein Auge habe ich zugetan«, sagte sie erschöpft. »Und dabei hat der Arbeitstag gerade erst begonnen«.

Sie wollte jetzt an ihm vorbei, aber er hielt sie geschickt fest. »Warte«, sagte er leise und nahm sie schnell in den Arm.

»Ethan, das geht doch hier nicht«, sagte sie unbehaglich. Er ließ sie sofort wieder los und lächelte. »Ok. Sehen wir uns heute Abend«?

Sie nickte. »Ja gerne, aber jetzt muss ich mich wirklich beeilen, in zwei Stunden ist Mittagspause«.

»Komm ich helfe Dir«. Während er den Wagen zum Eingang der Küche schob, sagte er:

»Heute Nachmittag um drei kommt der Anwalt Niklas Cunningham zu uns ins Haus. Er hat mich vorhin angerufen, weil er noch Fragen wegen Joshua Swift hat. Und wenn Du möchtest, kannst Du natürlich mit ihm über Percy sprechen«.

Lotta schluckte. »So schnell? Ich weiß gar nicht, was ich zu ihm sagen soll, denn im Grunde bin ich mir noch nicht darüber bewusst, dass ich ihn wirklich gefunden habe«.

»Du musst nicht Lotta, sondern Du kannst«, antwortete er beruhigend. »Niemand zwingt Dich zu irgendetwas. Aber ich bin sicher, dass Du zu Mr. Cunningham sehr schnell Vertrauen haben wirst«.

Lotta wiegte den Kopf. »Naja, wenn Du meinst. Ich kann es mir ja beim Kochen überlegen«.

Ethan nickte. »Gute Idee«.
Er sah auf seine Armbanduhr. »Oh ich muss mich jetzt auch beeilen, denn gleich kommt eine Firma, die uns Farbe für den Arrestraum bringt. Ich will ihn mit den Jungs umgestalten«. Er zwinkerte ihr zu und ging davon. Lotta sah ihm nach. `Warum habe ich mich eigentlich so lange gegen ihn gewehrt`? fragte sie sich selbst. ` Lächelnd ging sie wieder in der Küche.

Kurz darauf hatte Ethan mit dem Hausmeister mehrere Eimer Farbe in das hauseigene Lager geschleppt und saß nun vor einem ganzen Berg Post im Büro. Er blätterte die Briefe durch und überflog dabei die Absender.

Plötzlich stutzte er und sah sich einen genauer an. Er war mit schnörkeliger Handschrift geschrieben und an Rudi Brown gerichtet.
Er stand auf und sah auf den Stundenplan. Rudi hatte jetzt noch Geschichte und dann eine Stunde Geografie. Er legte den Brief an die Seite. `Ich werde im den Brief nach dem Mittagessen geben`.

Nun saß er wieder vor seinen üblichen Aufgaben, die die Leitung des Heimes zwangsläufig mit sich brachten. Das Telefon schreckte ihn hoch und er warf verärgert seinen Bleistift an die Seite.

»Mist«, murmelte er. »Jetzt muss ich alles noch einmal zusammen rechnen«.

»Gray«, rief er mürrisch und begann nebenbei, noch einmal die Zahlen in den Taschenrechner zu tippen.

Der Leiter der Aufsichtsbehörde, Edwin Jenkins meldete sich. Ethan merkte an seinem Tonfall sofort, dass etwas nicht in Ordnung war.

»Was gibt es denn«? fragte er misstrauisch.
»Heute Morgen hat mich Chief-Inspector David Coffee angerufen«, sagte er schließlich. »Alle Konten des Waisenhauses sind geschlossen worden«.

Ethan sprang auf. »Wie bitte«? rief er wütend. »Dann sind wir doch handlungsunfähig«.

»Ja leider«, antwortete Jenkins. »Das sind wir«.
»Und was gedenken Sie dagegen zu tun«? fragte Ethan aufgeregt. »Sagen Sie ja nicht, dass Sie nichts tun werden«.

»In der Tat sind uns derzeit die Hände gebunden«, antwortete Edwin Jenkins zögernd.

»Und wie soll es dann hier weiter gehen«? fragte Ethan aufgebracht. »Wir können ja so nicht einmal die laufenden Stromrechnungen und unser Telefon bezahlen. Ist Ihnen das eigentlich klar«?

»Mr. Coffee hat mir aber versprochen, dass er sich beeilen wird, nur eine erneute Freigabe liegt nicht allein in seiner Macht, sondern vor allem bei der Staatsanwaltschaft. Abgesehen davon habe ich gestern meinen Rücktritt erklärt und werde vorzeitig in den Ruhestand gehen«.

»Das haben Sie ja toll gemacht, Mr. Jenkins«, zische Ethan erbost. »Erst lassen Sie Jacob Walter nach Belieben gewähren, jetzt stehlen Sie sich aus der Verantwortung und zur Belohnung werden Sie auch noch pensioniert«.

»So etwas muss ich mir von Ihnen bestimmt nicht anhören Mr. Gray«, antwortete der beleidigt. »Das Gespräch ist hiermit beendet«.

Er warf den Hörer auf und ließ Ethan ratlos zurück. Er atmete erst einmal tief durch. Dann schüttelte er den Kopf. »Nein«, sagte er laut. »Ich werde die Schließung nicht zulassen und gebe das Haus und die Kinder nicht einfach auf«.

Sein Blick fiel wieder auf den Brief. `Ich sehe mir jetzt noch mal unseren zukünftigen Kraftraum an und dann bringe ich Rudi die Post. Und nachher kommt ja Niklas Cunningham. Ich werde ihn bitten uns zu unterstützen`.

Bei diesen Gedanken war er gleich ein bisschen zuversichtlicher, als er nun mit schnellen Schritten in den Keller lief. Ein verächtliches Lächeln durchzog sein Gesicht, als er wiedervor der von Jacob Walter inszenierten Einrichtung stand.

Wütend nahm er die vertrockneten Blumen vom Tisch und warf sie in einen Eimer. Dann schob er den Tisch an die Seite und stellte die Stühle darauf.

»So«, sagte er zu sich selbst. »Jetzt ist mir gleich ein bisschen wohler«. Er warf die Tür wieder zu und ging nach oben.

Gerade läutete die Pausenklingel. Ethan ging zum Aufenthaltsraum, wo Lotta gerade begonnen hatte, das Essen auszuteilen.

Als er Rudi sah, der am Ende der Schlange stand, ging er zu ihm hin und sagte: »Komm mal mit, ich habe etwas für Dich«.

»Für mich«? fragte er ungläubig.

Ethan nickte. »Ja für Dich«. Dann zog er den Brief aus der Jackentasche und legte ihn vor ihm auf einen Tisch. »Von wem ist er denn«? fragte Rudi erstaunt.

Ethan hob die Schultern. »Keine Ahnung. Kam heute Morgen mit der Post bei uns an, aber es ist kein Absender drauf. Du wirst ihn öffnen müssen«.

Rudi nahm den Umschlag und drehte ihn hin und her. Dann betrachtete er die aufgeklebte Briefmarke und den Stempel. »Der Brief kommt aus Darnley Mr. Gray und die Schrift kenne ich genau«.

Rudi sah ihn ängstlich an. »Er ist von Tante Hedi und Onkel Lukas«, flüsterte er.

Ethan nahm ihn am Arm. »Öffne ihn und dann weißt Du, was sie von Dir wollen«.
Langsam riss Rudi den Umschlag auf, faltete das Schreiben vorsichtig auseinander und begann zu lesen. Ethan sah ihm gespannt zu und erschrak, als sich seine Augen mit Tränen füllten.

»Sie wollen, dass ich zu ihnen zurück komme«, sagte Rudi schließlich. »Aber ich will das nicht«.

»Warum nicht«? fragte er überrascht. »Sie sind doch Deine Familie«.

Rudi schüttelte den Kopf. »Wenn ich dorthin zurück muss, bin ich verloren«, sagte er verzweifelt.

»Na wenn Du absolut nicht willst, dann bleibst Du eben bei uns«, antwortete Ethan lächelnd.

Rudi senkte den Kopf. »Tante Hedi hat aber geschrieben, dass Onkel Lukas immer noch mein Vormund ist. Sie wollen schon bald kommen. Hier«. Er schob ihm den Brief herüber.

Ethan nahm ihn und begann nun selbst zu lesen. Schließlich fragte er: »Das Schreiben ist doch nett. Warum willst Du eigentlich nicht mehr dorthin? Andere Kinder wären bestimmt froh, wenn sie eine solche Nachricht erhalten würden«.

»Oft musste ich schwere Kohleeimer schleppen und hatte jeden Tag Hunger«, flüsterte Rudi. »Da gab es nicht so gutes Essen wie hier bei Lotta«.

Resigniert lehnte er sich zurück. »Bitte Mr. Gray. Lassen Sie mich nicht weg«.

Ethan hörte den flehenden Ton in seiner Stimme. Er stand auf und lächelte ihm aufmunternd zu. »Ich verspreche Dir, dass nichts gegen Deinen Willen geschehen wird, ok«?

Er sah ihn an. »Aber ich werde Deinen Onkel anrufen und wenn es ihm wirklich ernst ist, wird er mit Deiner Tante hierher kommen. Ich möchte mir selbst ein Bild von Deiner Familie machen. Und dann sehen wir weiter«.

Schnell ging er jetzt hinaus, wusste er doch, dass im Moment die gesamte Zukunft des Heimes auf der Kippe stand und er möglicherweise falsche Versprechungen machte.

`Es ist wie verhext`, dachte er zähneknirschend. `Alles kommt auf einmal`.

Er saß gerade wieder hinter seinem Schreibtisch, um seine Listen erneut durchzusehen, da klopfte es an der Tür. »Herein«, rief er und sah erschrocken zur Tür. »Oh Mr. Cunningham«, sagte er und schob hastig das Papier zusammen. »Entschuldigen Sie bitte das Durcheinander«.

Schnell stand er auf und nahm ihm den Mantel ab. Dann deutete er auf einen Stuhl.

»Wäre es möglich, dass Sie mit mir einen kleinen Rundgang durch das Haus machen, bevor wir reden«? fragte Niklas.

»Ja, warum nicht«? antwortete Ethan. »Hier gibt es nichts zu verheimlichen«.

Langsam gingen sie durch den Flur in den Schultrakt. Während sie sich die Klassenzimmer ansahen, sagte Niklas: »Ich war auch einige Jahre in einem Internat. Und vieles, was ich hier gerade gesehen habe, erinnert mich daran«.

»Was denn zum Beispiel«? fragte Ethan.
»Die großen Landkarten«, antwortete Niklas lächelnd. »Was saß ich als Kind davor und habe davon geträumt, mit meinem Dad und meiner Mum um die Welt zu reisen«.

Während er weiter ging, sagte er: »Aber dafür hatte er nie Zeit. Meistens war seine Kanzlei wichtiger, doch ich hatte ein schönes Zuhause und es fehlte mir im Grunde an nichts«.

»Und heute«? fragte Ethan. Niklas sah ihn an. »Heute habe ich selbst diese Kanzlei, nehme mir kaum Zeit für private Dinge und besuche hin und wieder meine Eltern in Cork«.

Sie kamen im Aufenthaltsraum an, wo Lotta gerade damit beschäftigt war, die Stühle hochzustellen. »Warte einen Moment«, rief Ethan und lief auf sie zu. »Ich möchte Dir Mr. Cunningham vorstellen«.

Lotta wischte sich die Hände an ihrer Schürze ab. »Freut mich Sie kennenzulernen«, sagte sie verlegen.

Niklas lächelte. »Sie haben hier wahrscheinlich den wichtigsten Job«. Er sah sich um und betrachtete die nass glänzenden Tische. »Aber wie ich sehe, haben Sie das gut im Griff«.

»Setzen wir uns doch«, sagte Ethan. Dann wandte er sich an Lotta. »Vielleicht könntest Du einen Kaffee machen«? fragte er vorsichtig.

»Natürlich«, antwortete sie erleichtert und war froh, dass sie erst einmal in die Küche gehen konnte.

Während sie Kaffeebohnen in die Mühle schaufelte und das Mahlwerk drehte, überlegte sie fieberhaft, was sie den Anwalt über ihren Bruder fragen sollte.

Die beiden Männer saßen indes an einem Tisch und sprachen über Joshua Swift. Niklas wollte wissen, wie es überhaupt dazu kommen konnte, dass er scheinbar hörig, den Anweisungen von Jacob Walter folgte, obwohl er allen Grund dazu gehabt hätte, ihn zu hassen.

»Ich habe mir seinen Lebenslauf und den Bericht von Edwin Jenkins angesehen«, antwortete Ethan.

»Joshuas Mutter starb bei seiner Geburt und sein Vater kurz darauf bei einem Unfall in einem Steinbruch«.

»Hätte er nicht gute Chancen gehabt in eine Pflegefamilie zu kommen«? fragte Niklas erstaunt.

»Gerade so kleine Kinder sind doch bei Adoptiveltern eigentlich sehr begehrt«.

»Ja schon«, antwortete Ethan. »Nur in diesem Bericht stand auch, dass Josh von Geburt an `Bluter` war und als das bekannt wurde, sprangen wohl die Bewerber wieder ab«.

»Wann haben Sie eigentlich mitbekommen, dass er, na sagen wir mal, einen mehrtägigen Trip außerhalb des Waisenhauses macht«? fragte Niklas leise.

Ethan stutzte. »Worauf wollen Sie denn mit dieser Frage hinaus«? Niklas sah ihn ernst an. »Naja, es wird mit Sicherheit irgendjemand wegen der Verletzung der Aufsichtspflicht zur Rechenschaft gezogen werden«.

»Ich hatte vier Tage frei und als ich wiederkam und merkte, dass er nicht im Unterricht ist, habe ich Mr. Walter im Lehrerzimmer selbstverständlich gefragt, wo Joshua steckt«.

»Und? Was hat er geantwortet«? fragte Niklas gespannt.

»Nichts Konkretes«, murmelte Ethan. »Zumal es nicht das erste Mal war, dass er mehrere Tage nicht im Heim war. Und dann tauchte er jedes Mal ganz plötzlich wieder auf«.

Niklas konnte sehen, dass sich Ethan bei diesem Gespräch sehr unwohl fühlte.

»Sie haben den Jungen nicht gemocht, weil er der Maulwurf von Jacob Walter war, oder«? fragte er mit klarer Stimme. »Und jetzt fühlen Sie sich schuldig, dass Sie diesen Missstand im Grunde die ganze Zeit über nie wirklich hinterfragt haben. Stimmt`s«?

Ethan räusperte sich. »Ja und das habe ich schon tausend Mal bereut«.

»Ich kann Sie nicht davor bewahren, dass der Police-Service Ihnen und Ihren Kollegen diesbezüglich noch einige unangenehme Fragen stellen wird«, sagte Niklas betreten.

Er machte eine kurze Pause. »Wie geht es Ihnen jetzt hier ohne Jacob Walter«? fragte er weiter.

Ethans Gesichtszüge verhärteten sich. »Alle Konten wurden eingefroren«.

»Woher wissen Sie das«? fragte Niklas schnell. »Haben Sie das schriftlich bekommen«?
»Edwin Jenkins, der Leiter der Aufsichtsbehörde hat vorhin angerufen«, murmelte er resigniert. »Und deshalb wissen wir nicht, wie es überhaupt weitergehen soll«.

Niklas nahm ihn am Arm. »Soll ich mich darum kümmern«? fragte er schnell. »Wie gesagt, mein Angebot, dass ich dies ohne Honorar mache, steht nach wie vor«.

»Was wollen Sie denn dagegen tun«? fragte Ethan resigniert.

»Zuerst müssen wir der Staatsanwaltschaft klarmachen, dass Jacob Walter hier im Grunde ein Alleinherrscher war und keine Kritik geduldet wurde«, antwortete Niklas. »Welche Rolle dabei die übergeordneten Behörden und auch Edwin Jenkins spielte, muss natürlich geklärt werden. Aber es wird Ihre Aufgabe sein, ein nachhaltiges und glaubhaftes Konzept für die Zukunft zu liefern. Wenn Ihnen das gelingt, haben wir noch eine Chance«.

»Na gut«, sagte Ethan ernst. »Versuchen wir es«. Jetzt kam Lotta mit einem Tablett an den Tisch und stellte eine Kaffeekanne, Tee, sowie Milch und Zucker hin. »Hier bitte«, sagte sie freundlich.

Ethan nickte. »Setz Dich doch zu uns«.
Dann sah er Niklas an. »Mr. Cunningham, wir haben da noch eine andere interessante Neuigkeit für Sie«.

Dabei lächelte er Lotta aufmunternd zu. »Sag ihm nur, was Du herausgefunden hast«.

»Naja«, begann sie. »Ich habe vor ein paar Tagen hier im Haus mit einem Jungen gesprochen und ihm ein bisschen von meinem Leben erzählt, dass nicht immer ganz einfach war. Und dass ich einen Bruder habe, den ich nicht kenne«.

Kurz sah sie zu Niklas Cunningham. »Ich habe es Ethan erzählt und er hat mir dazu geraten, ins Rathaus zu gehen und einfach nachzufragen«.

Sie räusperte sich einen Moment und sagte nun mit heiserer Stimme: »Es ist Percy Johnson«.

Fassungslos sah Niklas erst Lotta und dann Ethan an. Er konnte nicht glauben, was er da gerade gehört hatte. Schließlich sagte er: »Percy hat mir vor kurzem erzählt, dass er drei Schwestern hat, die aber angeblich alle in London leben«.

Lotta nickte. »Ja. Meine Zwillingsschwestern haben von Mum eine Menge Geld geerbt und leben dort in ihrer eigenen Welt. Ich habe damit aber nichts am Hut und deshalb auch keinen Kontakt zu den beiden«.

Niklas schüttelte den Kopf. »Das gibt es doch gar nicht und bedeutet, dass Percy nichts davon weiß, dass hier in Dunbar eine seiner Schwestern lebt. Er ahnt es ja nicht einmal«.

Lotta lächelte. »Ja, das ist wohl so, aber ich möchte nicht, dass es dabei bleibt«.

»Sie wollen Ihren Bruder sehen«? fragte Niklas gespannt.

»Ja«, antwortete sie selbstbewusst. »Und es ist mir egal, was passiert ist. Ich werde ihm ab sofort beistehen«. Sie stockte. »Natürlich nur, wenn er das auch möchte«. Niklas lehnte sich lächelnd zurück. »Vielleicht bekommen Sie bald Gelegenheit dazu, denn heute fand ein zweiter Haftprüfungstermin statt. Percy wird morgen vorerst entlassen«.

**

Chief-Inspector David Coffee saß in seinem Büro und hatte wütend den Telefonhörer auf seinen Apparat gelegt. »Schon wieder sind mir dieser Anwalt und sein Detektive zuvor gekommen«, zischte er leise vor sich hin.

Gerade hatte er von den Kollegen in Glasgow erfahren, dass Jack Mason tot aufgefunden worden war und anscheinend hatte es niemand nötig gehabt, ihm dies umgehend mitzuteilen. Schnell nahm er seine Jacke vom Stuhl und verließ sein Büro.

Als er zum Eingang kam, saß Constable Frank Anderson mit einer Tageszeitung am Tresen.

»Sofort mitkommen«, fuhr er ihn an und ging weiter.

»Aber Sir, ich kann doch hier nicht einfach weg«, rief dieser verdattert.

David drehte sich abrupt zu ihm um. »Jetzt ist Schluss mit dem Kuschelkurs«, rief er. »Sie stellen einen Kollegen auf Ihren Platz ab und sitzen in einer Minute neben mir im Auto, verstanden«?

»Ja Sir«, antwortete Frank und nahm den Telefonhörer in die Hand. Kurz darauf fuhren sie durch die nasskalte Stadt. »Wohin fahren wir eigentlich Sir«? fragte er vorsichtig.

Während der Chief-Inspector angestrengt durch die Frontscheibe sah, sagte er: »Zum Hauptbahnhof«. Schon setzte er den Blinker und bog in den Mitarbeiter-Parkplatz ein. Mit einem Ruck zog er die Handbremse an und fragte: »Wussten Sie, dass Jack Mason in den Highlands unterwegs war«?

Frank nickte betreten. »Ja, seine Frau hat es uns gesagt. Sie wollte uns aber Bescheid geben, sobald er wieder zurück ist. Aber warum fragen Sie mich das«?

Wütend stieg David Coffee aus. »Weil er tot ist, ermordet«. Krachend warf er die Wagentür zu.

»Und scheinbar wussten alle davon, nur wir nicht. Und jetzt los. In zwei Stunden müssen wir zurück auf der Wache sein, denn wie Sie ja wissen wird Percy Johnson heute entlassen. Verlieren wir wenigstens jetzt keine Zeit«.

Er betrat das Verwaltungsgebäude und hielt dem Portier seinen Dienstausweis entgegen. »Mein Name ist Chief-Inspector Coffee. Wo finden wir Miss Mildred Jones«? fragte er forsch.

»Sie sitzt im zweiten Stock«, antwortete der überrascht. »Sie können den Aufzug nehmen«.

Er zeigte mit dem Finger in den Gang. »Da hinten am Endes des Flures«.

David nickte. »Danke für die Auskunft«. Frank Anderson folgte ihm wortlos und als sie nach oben fuhren, fragte er: »Wer ist diese Dame«?

»Das werden Sie gleich sehen«, antwortete er und betrat den Flur. Dann blieb er an einer Tür stehen und klopfte an. »Herein«, rief eine Frauenstimme.

»Sind Sie Mildred Jones«? fragte der Chief-Inspector und holte seine Dienstmarke aus der Jackentasche.

»Ja, Sie wünschen«? fragte sie überrascht.

»Ich bin Chief-Inspector David Coffee. Wir haben ein paar Fragen an Sie und nehmen Sie sofort auf die Police-Station mit«.

»Ich«? fragte sie perplex. »Was habe ich denn gemacht«?

»Das werden wir klären Mrs. Jones«, antwortete David ungeduldig. »Kommen Sie bitte«. Schon hielt er ihr die Tür auf. Mildred schluckte und sah zu ihrer Kollegin herüber, die mit offenem Mund dasaß und keinen Ton herausbrachte.

»Judy«, rief sie ihr zu. »Ruf bitte meinen Anwalt Dr. Price an und sag ihm, dass er sofort zur Police-Station kommen soll«.

»Ach«, sagte David Coffee zynisch. »Sie brauchen jetzt schon einen Anwalt? Das finde ich ja sehr interessant«.

»Na entschuldigen Sie mal«, entgegnete Mildred. »Sie platzen hier ohne Ankündigung herein und nehmen mich ohne Begründung einfach mit. Was glauben Sie denn, wer Sie sind«?

»Wer ich bin, das weiß ich«, antwortete David ungerührt. »Aber wer Sie wirklich sind und ob Sie irgendetwas mit dem Bahnunfall zu tun haben, werden wir klären. Also bitte«.

Mildred lief schlagartig rot an und ging nun vor den Polizisten den Flur entlang.

»Wir nehmen nicht den Aufzug«, sagte David und öffnete die Tür zum Fluchttreppenhaus.

Unten angekommen warf er dem Constable den Autoschlüssel zu. »Sie fahren und ich setze mich hinten zu Miss Jones«.

Als sie auf der Police-Station ankamen und zum Eingang liefen, hörten Sie laute Stimmen.

»Hallo Dr. Price«, rief Mildred erleichtert, als sie ihn dort mit einem Police-Officer stehen sah. Er drehte sich um und sah den Chief-Inspector mit finsterer Miene an. »Was werfen Sie meiner Mandantin vor«? fragte er sofort.

»Noch werfen wir ihr gar nichts vor, sondern haben einige Fragen an sie«. Schnell ging er voraus. »Kommen Sie bitte mit«.

Schließlich setzten sie sich in den Verhörraum und David begann: »Also gut Miss Jones«.

Der Anwalt begann zu lächeln. »Meine Mandantin möchte mit Misses Jones angesprochen werden«.

»Auch gut«, antwortete David und sah sie direkt an. »Mrs. Jones, kennen Sie Jack Mason und wenn ja, in welchem Verhältnis stehen Sie zu ihm«?

»Natürlich kenne ich Jack«, antwortete sie sofort. »Aber was meinen Sie denn mit Verhältnis? Er ist ein Arbeitskollege, sonst nichts«. David lehnte sich zurück. »Ist oder war ein Kollege«?

Mildred stutzte. »Ach ja, soweit ich weiß, steht er kurz vor seiner Pensionierung, aber was soll denn diese Frage«?

David beobachtete ihre Reaktion genau und schien den Eindruck zu haben, dass sie noch nicht wusste, was ihm passiert war.

»Wo waren Sie vorgestern in der Zeit zwischen acht und zehn Uhr am Morgen«? fragte er weiter.

»Sie meinen am letzten Samstag«? David nickte. »Da lag ich in meinem Bett Chief-Inspector. Fragen Sie doch meinen Mann«.

David lehnte sich nach vorn. »Meinen Sie Ihren Ehemann oder möglicherweise Elliot Swan«?

Mildred schluckte und sah erst den Chief-Inspector und dann ihren Anwalt an. »Was soll denn das? Und wer ist überhaupt Elliot Swan«? fragte der schnell.

»Ich habe ein Verhältnis mit ihm«, antwortete sie kleinlaut. »Aber ich bitte Sie dies diskret zu behandeln«.

Dr. Price fragte weiter: »Chief-Inspector Coffee, jetzt reden Sie bitte Klartext. Worum geht es hier wirklich«?

»Jack Mason ist tot«, sagte der jetzt. »Er wurde am Samstagmorgen in Arrochar aufgefunden«.

»In Arrochar«? fragte Dr. Price. »Das ist ein Ort in den Highlands oder«? David Coffee nickte.

»Und was hat meine Mandantin damit zu tun«? wollte der Anwalt nun wissen. David Coffee wandte sich wieder an Mildred. »Seit wann kennen Sie Elliot Swan und haben eine Affäre mit ihm«?

Mildred räusperte sich. »Ich habe ihn vor etwa acht Monaten in einer Bar kennengelernt. Elliot war sehr charmant, hat mir Komplimente gemacht und kurz darauf sind wir eben im Bett gelandet. Seitdem treffen wir uns regelmäßig, wenn mein Ex-Mann Jasper auf Dienstreise ist«.

»Hat Elliot Swan Sie irgendwann gebeten, Dienstpläne oder andere Unterlagen der Bahngesellschaft zu beschaffen«? fragte David vorsichtig.

Mildred überlegte. »Wenn Sie mich so fragen, dann muss ich das mit ja beantworten«, sagte sie zögernd. »Aber ich schwöre, dass ich mir nichts dabei gedacht habe«.

»Und welche? Nun sagen Sie schon«, fragte David ungeduldig und sah dabei auf die Uhr. Jetzt hatte er noch eine dreiviertel Stunde Zeit, bis Niklas Cunningham kam, um Percy Johnson abzuholen.

»Elliot erzählte mir, dass er zu Hause eine große Modelleisenbahn mit Güterwaggon`s besitzt und wollte dafür authentische Fahrpläne mit den dazugehörigen Signalanlagen haben. Und auch wann und wo diese geschalten werden. Er sagte, dass ihm das die Montage wesentlich erleichtern würde und er dadurch beim Aufbau viel Zeit sparen könnte«.

»Und diese Unterlagen haben Sie ihm für die Strecke `Glasgow-Dunbar und Zurück` beschafft«? Mildred schluckte. »Ja, aber woher wissen Sie, dass es für diese Strecke war«? fragte sie erstaunt.

»Dazu kommen wir später«, antwortete David. Er wandte sich an Dr. Price. »Wie das arbeitsrechtlich ist, wenn Mitarbeiter interne Informationen weitergeben, steht natürlich auf einem anderen Blatt Papier. Aber wahrscheinlich decken wir hier gerade einen Skandal auf, doch wenn Ihre Mandantin kooperiert und auch aussagt, werden wir dies bei der Staatsanwaltschaft positiv darstellen«.

Mildred sah ihn erschrocken an. »Wollen Sie etwa andeuten, dass Elliot etwas mit dem tödlichen Unfall an der Bahnschranke vor zwei Wochen zu tun hat und ich ihm dafür das notwendige Wissen beschafft habe«?

David nickte. »Wenn sich unser Verdacht erhärtet, haben Sie ihm das Know-how geliefert, zumindest jedoch dazu beigetragen«.

»Aber es ist doch überhaupt nicht möglich, dass ein Außenstehender eine ganze Zugstrecke manipulieren und so einen verheerenden Unfall herbeiführen kann. Das wäre ja ungeheuerlich und dazu bräuchte er doch Helfer«? fragte Dr. Price entsetzt.

»Und damit sind wir bei dem Fahrdienstleiter Jack Mason«, antwortete der Chief-Inspector. »Er hätte die Möglichkeit in den laufenden Zugverkehr massiv einzugreifen, nur was hätte der denn für ein Motiv«?

»Sagen Sie es uns«, antwortete Dr. Price.
David Coffee stand auf und lief im Zimmer auf und ab. Dann blieb er stehen und sah ihn an. »Wir wissen es noch nicht und können ihn leider auch nicht mehr danach fragen«.

Er setzte sich wieder. »Alles das, was wir jetzt und hier gerade besprochen haben, muss in diesem Raum bleiben, sonst ist die gesamte Ermittlung und deren Aufklärung gefährdet«.

Der Anwalt sah Mildred an. »Mrs. Jones, in Ihrem eigenen Interesse beschwöre ich Sie, niemanden ein Wort darüber zu sagen. Am besten, Sie nehmen erst einmal ein paar Tage Urlaub, dann kommen Sie gar nicht in Versuchung«.

David Coffee ergänzte: »Und wenn sich Elliot Swan bei Ihnen meldet, dann informieren Sie uns umgehend«.

Mildred nickte. »Ja Mr. Coffee«. Sie sah beschämt auf den Boden. »Ich könnte mich für meine eigene Dummheit selber ohrfeigen«, flüsterte sie.

David sah jetzt auf die Uhr und stand auf. »Ich habe gleich einen wichtigen Termin«, sagte er. »Und muss dieses Gespräch erst einmal beenden«.

Dann sah er Mildred Jones an. »Gehen Sie erst einmal nach Hause, aber machen Sie sich bitte nicht verrückt«, sagte er versöhnlich. »Und wie ich sehe, haben Sie ja einen hervorragenden Rechtsbeistand«.

Dr. Price lächelte. »Danke für das Kompliment Mr. Coffee. So etwas bekommt man nicht alle Tage vom Police-Service zu hören«.

»Eine Frage hätte ich aber noch Mrs. Jones«, sagte David nun. »Sie hießen verheiratet Martin, sind jetzt geschieden und verheimlichen anscheinend noch immer Ihre Affären vor Ihrem Ex-Mann. Warum«?

Mildred sah ihn unbehaglich an. »Ich wohne noch in seinem Haus und wir haben ein Abkommen, dass ich keine anderen Männer dahin bringe«.

David hob gleichgültig die Schultern. »In dieser Hinsicht kann ich Ihren Ex-Mann verstehen«. Sie verließen den Verhörraum.

David sah Frank Anderson an. »Na was sagen Sie nun? Jetzt haben wir endlich einen richtigen Ermittlungsansatz und außerdem sind wir einem Skandal auf der Spur«.

»Wie haben Sie eigentlich diese Mildred Jones gefunden? Ich hätte wahrscheinlich zuerst bei dem Gutachter der Bahngesellschaft ermittelt«.

David lächelte. »Genau das ist der Punkt. Es wäre einfach nur dumm gewesen, jetzt dort aufzuschlagen, denn ich habe den Eindruck, dass da gemauschelt wurde und jetzt womöglich Beweise vertuscht oder sogar unterschlagen worden wären«.

Er sah ihn ernst an. »Zu verdanken habe ich allerdings diese Vorgangsweise den Ermittlungen des Rechtsanwaltes Niklas Cunningham. Er und sein Private-Detektive Scott Martin haben mich auf dieses Konglomerat aus Verstrickungen gestoßen«.

Frank stutzte. »Scott Martin? Ist die Namensgleichheit mit Mildred ein Zufall«?

»Nein«, antwortete David lächelnd. »Ihr Ehemann ist sein Cousin. Er wollte eigentlich mit ihr reden, um etwas herauszufinden und hat sie zufällig mit Elliot Swan gesehen«. Schnell zog er sich sein Sakko über.

»Und jetzt kommen Sie mit«.

Sie liefen nun zum Eingang, wo Niklas Cunningham bereits ungeduldig auf ihn wartete.

David Coffee streckte ihm die Hand entgegen. »Guten Morgen Herr Anwalt. Heute ist ein guter Tag für Sie oder«? fragte er freundlich.

»Ja natürlich«, antwortete Niklas. »Sind die Entlassungspapiere für Percy Johnson ausgestellt«?

»Es liegt alles bereit«, antwortete Frank Anderson schnell. »Sie und Ihr Mandant müssen nur noch gegenzeichnen«.

»Dann lassen Sie uns keine Zeit verlieren und zu Mr. Johnson gehen«, sagte Niklas zufrieden.

Als sie in den Aufenthaltsraum kamen, saß Percy zitternd am Tisch. Er hatte es fast nicht glauben können, als er am Vortag erfuhr, dass er tatsächlich aus der Untersuchungshaft entlassen und heimgehen konnte. Und jetzt war es soweit.

Der Chief-Inspector ließ ihn im Beisein seines Anwaltes unterschreiben. Natürlich durfte er im Moment Dunbar nicht verlassen und hatte die Auflage sich bis zu einem noch immer möglichen Prozessbeginn einmal pro Woche auf der Police-Station zu melden. Wortlos hatte er zugehört, dann sah er Niklas Cunningham dankbar an.

Der nahm ihn am Arm und sagte: »Kommen Sie mit. Ich bringe Sie nach Hause«.

Er verabschiedete sich von David Coffee und ging langsam mit seinem Mandanten hinaus.

Draußen vor der Tür blieb Percy stehen, atmete tief die kalte frische Luft ein und sah sich um.

»Ich habe nicht mehr daran geglaubt«, sagte er leise. »Ich dachte, dass ich von der U-Haft und nach dem Prozess bis zum Ende meiner Tage in den Knast einfahre und nie mehr rauskomme«.

Niklas klopfte ihm auf die Schulter. »Haben Sie Hunger«? fragte er. »Wir könnten zusammen etwas essen gehen«.

Um Percy `s Augen bildeten sich plötzlich kleine Lachfältchen. »Also wenn Sie mich so fragen, würde ich für mein Leben gern ein Bier trinken«.

Niklas nickte. »Na gut Percy«, sagte er zufrieden. »Wir trinken zusammen ein Bier«.

**

Scott hatte am Abend Piet nach Hause gebracht und war sofort zu seinem Appartement gefahren. Er musste sich dringend ausschlafen, denn die Ereignisse und Anstrengungen der letzten Tage hatten ihm zugesetzt.

Schnell hatte er noch mit Niklas Cunningham telefoniert und erfahren, dass Percy nun doch, zumindest vorerst, entlassen würde. Aber der Mord an Jack Mason beschäftigte ihn und er fragte sich immer wieder, wer ein Interesse daran haben konnte, das er sterben musste.

Am nächsten Morgen wurde er nur mit Mühe wach, obwohl sein Radiowecker nun schon über eine Stunde laut vor sich hin dudelte. Irgendwann stand er doch auf und sah aus dem Fenster.

Passanten eilten in dicke Jacken gehüllt hin und her und der anhaltende Regen ließ die Straßen nass glänzen. Der trostlose Anblick ließ ihn frieren.

`Auch das noch`, dachte er und trottete ins Bad. Während er unter Dusche stand, fiel ihm wieder ein, dass Percy heute entlassen wurde. Jetzt beeilte er sich und hatte kurz darauf den Telefonhörer in der Hand.

Enttäuscht legte er wieder auf, als er von Anne hörte, dass Niklas längst unterwegs war, um ihn persönlich abzuholen.

Grübelnd trank er jetzt Kaffee. Jetzt erinnerte er sich, dass die Nachbarin von Melinda Carlton, Leslie Stone ihm bei seinem letzten Besuch erzählt hatte, dass ein älterer Herr von der Bahngesellschaft bei ihr war.

Er schreckte auf. »Ein älterer Herr«, sagte er laut. »Und Leslie hat mir ja bestätigt, dass das der Mann war, den ich zusammen mit Melinda Carlson fotografiert habe«, murmelte er. »Nur wer ist er eigentlich«?

Schnell holte er die Bilder aus einer Schublade und schnitt ein Foto so zu, dass nur der Mann allein darauf zu sehen war. Hastig zog er sich seine Turnschuhe an, nahm seinen Parker und verließ mit der Fotomappe sein Appartement.

Als er im Auto saß und die Zündung einschaltete, stellte er fest, dass wieder einmal die Batterie den Geist aufgegeben hatte.

»Mist«, rief er wütend und stieg wieder aus.

Schnell winkte er einem vorbeifahrenden Taxifahrer und ließ sich in die kleine Reihenhaussiedlung bringen, wo Jack Mason über vierzig Jahre gewohnt hatte.

»Bitte warten Sie hier auf mich«, sagte er und legte einen Geldschein auf die Ablage. Der Taxifahrer nickte. »Ok Sir, das reicht etwa für eine Viertelstunde«.

Langsam ging Scott zur Haustür und sah, dass alle Jalousien heruntergelassen waren. Er atmete noch einmal tief durch, denn jetzt war ihm nicht wohl zumute. Dann drückte er doch zögernd auf den Klingelknopf. Er erwartete jetzt nicht wirklich, dass Jack Masons Frau die Tür öffnete, aber plötzlich hörte er leise Schritte und spürte, dass jemand durch den Spion sah.

»Hallo Mrs. Mason«, sagte er leise. »Ich bin es, Scott Martin«. Niemand antwortete.

Er trat ein paar Schritte zurück, sah nach oben und konnte gerade noch erkennen, dass die Lamellen nach unten gedrückt worden waren. `Eben war sie doch noch an der Tür`, dachte er misstrauisch. `Wie ist sie denn so schnell in den ersten Stock gelaufen`?

Er wurde beobachtet, soviel war klar.

»Hier stimmt doch etwas nicht«, murmelte er und lief zum Taxifahrer. Der kurbelte seine Scheibe nach unten und fragte: »Soll ich noch warten«?

Scott lehnte sich nach innen. »Mein Name ist Scott Martin, ich bin Private-Detektive. Fahren Sie bitte sofort zur nächsten Telefonzelle und rufen Sie den Police-Service an«, flüsterte er. »Und dann verlangen Sie Chief-Inspector Coffee. Sagen Sie ihm, dass ich bei Mrs. Mason am Haus stehe und da drin etwas Seltsames vorgeht. Bitte beeilen Sie sich, ich werde hier warten«.

Der Taxifahrer schluckte. »Na gut«. Scott nahm ihn am Arm. »Warten Sie. Ich steige jetzt langsam ein und Sie halten an der nächsten Ecke. Dann laufe ich wieder zurück und Sie fahren weiter«.

Langsam ging er um das Auto herum und setzte sich auf den Beifahrersitz. Als das Taxi wieder hielt, sah er den Fahrer an. »Ich verlasse mich auf Sie«.

Schon öffnete er die Tür und warf sie hastig wieder zu. Das Taxi fuhr mit quietschenden Reifen davon.

Scott sah sich um. Er durfte auf keinen Fall den gleichen Weg zurückgehen. Von weitem erkannte er plötzlich hinter einer hohen Ligusterhecke die Dächer der Reihenhäuser.

`Vielleicht erreiche ich die Terrasse durch den Garten`, überlegte er, während er durch eine kleine Seitenstraße schlich.

Vor einer mit dichtem Efeu überwucherten Natursteinmauer blieb er stehen. Niemand war zu sehen, als er kurzerhand darüber sprang und über den kurzgeschnittenen Rasen rannte.

Eine schmale Außentreppe, die anscheinend in den Keller führte, kam ihm jetzt gerade recht. Vorsichtig drehte er an dem rostigen Knauf der verwitterten Holztür, die knarrend nachgab.

Erschrocken hielt er den Atem an und lauschte, ob das jemand gehört haben könnte. Mit einer kleinen Taschenlampe, die er als Schlüsselanhänger immer bei sich trug, leuchtete er kurz in den vollgestellten dunklen Raum hinein.

Zwischen Korbstühlen, Gartenwerkzeugen und Eimern sah er hinter einer offenen Tür eine Treppe, die offensichtlich nach oben in den Wohnbereich führte.

Auf Zehenspitzen schlich er vorsichtig hindurch, immer darauf achtend, dass er nirgends anstieß. Dann sah er nach oben zur Garderobe, doch noch immer konnte er niemanden entdecken.

Plötzlich hörte er, wie eine männliche Stimme sagte: »Wie Sie nun selbst sehen, ist das Taxi wieder weg gefahren Mrs. Mason. Wir sind also ganz allein und es wird Ihnen jetzt auch niemand helfen. Also, ich frage Sie nun zum allerletzten Mal. Wo hat Ihr Mann die Unterlagen versteckt«?

»Wir haben einen Wand-Safe im ersten Stock im Schlafzimmer«, antwortete sie ängstlich.

»Gibt es dafür einen Schlüssel oder einen Code«? hörte Scott ihn ungeduldig fragen.

»Einen Schlüssel«, antwortete sie mit weinerlicher Stimme. »Er hängt im Kleiderschrank am vierten Bügel von rechts«.

Mit hastigen Schritten eilte der Mann nun die Treppe nach oben und schien sich um die Frau nicht mehr zu kümmern.

Scott wartete, bis er hören konnte, dass die Tür geschlossen war. Jetzt musste er schnell nach oben. So leise wie möglich nahm er zwei Stufen auf einmal und stand schließlich vor der Witwe Ruth Mason.

Die saß in der Küche auf einem Stuhl und war daran an Händen und Füßen mit Klebeband fixiert.

Scott legte den Zeigefinger auf seine Lippen. »Pst, sagen Sie jetzt bloß nichts«, flüsterte er und holte ein kleines Taschenmesser aus seiner Hosentasche.

»Wer ist der Mann«? fragte er eilig, während er vorsichtig das Klebeband durchtrennte.

»Ich weiß es nicht«, flüsterte sie. »Ich habe ihn heute zum ersten Mal gesehen, als er plötzlich vor meiner Haustür stand«.

Jetzt hörten sie, wie er die Schlafzimmertür aufriss und polternd nach unten kam. Scott sah sich erschrocken um und warf sich hinter den Küchentresen. Ruth versteckte schnell ihre Arme hinter dem Rücken.

»So Mrs. Mason«, sagte er grinsend. »Ich habe gefunden, was ich gesucht habe und werde jetzt gehen. Und wagen Sie es nicht die Polizei zu rufen, denn das werden Sie bereuen«.

Scott fuhr ein eisiger Schreck durch die Glieder, denn in diesem Moment hatte er unverkennbar die Stimme erkannt. Das konnte nur Elliot Swan sein.

Angestrengt dachte er nach: `Was hat er hier für Unterlagen gesucht`?

Das energische Klingeln an der Haustür ließ ihn erstarren. »Wer kann das sein«? zischte Elliot erschrocken. »Erwarten Sie jemanden«?

Ruth schüttelte heftig den Kopf. »Nein, nicht das ich wüsste«.

Elliot hinkte ins Wohnzimmer und schielte vorsichtig durch die Lamellen an der Terrassentür.

»Hier ist die Polizei«, hörte er jetzt einen Mann rufen. »Machen Sie sofort auf«.

Hektisch eilte er zurück zu ihr und flüsterte drohend: »Sie werden an die Haustür gehen und sagen, dass alles in Ordnung ist«.

Erst jetzt bemerkte er, dass ihre Fesseln an den Händen und Füßen durchgeschnitten waren.

»Wie haben Sie das gemacht«? flüsterte er wütend.

Mit einem Satz sprang Scott aus seinem Versteck, stürzte sich auf ihn und verpasste ihm einem gezielten Faustschlag ans Kinn. Reglos blieb er liegen.

»Öffnen Sie schnell die Tür«, rief Scott keuchend Ruth zu, die noch immer zitternd auf ihrem Stuhl saß.

»Machen Sie schnell, bevor er wieder zu sich kommt«. Sie lief durch den Flur und sah durch die getönte Scheibe die Silhouetten der Polizisten. »Moment bitte«. Dann schob sie langsam die Sicherheitskette weg und entriegelte das Schloss.

»Gehen Sie nach draußen«, rief David Coffee ihr zu und stürmte mit zwei Beamten, die gezogene Pistolen in der Hand hielten, herein.

Als er Scott sah, der über Elliot kniete, atmete er auf. »Sind Sie Mr. Martin«? fragte er nun sichtlich erleichtert. »Ein Taxifahrer hatte uns informiert«.

Scott stand auf und nickte. »Ja, der bin ich«. »Gut gemacht«, sagte David. Dann sah er seine Mitarbeiter an und deutete auf Elliot Swan, der gerade wieder die Augen geöffnet hatte. »Schaffen Sie diesen Typen hier raus«.

Dann drehte er sich zu Ruth um, die starr geradeaus blickte. »Brauchen Sie vielleicht einen Arzt«? fragte er mitfühlend.

Scott nahm ihn beiseite. »Sie hat bestimmt einen Schock«, flüsterte er. »Hat ja auch eine Menge mitgemacht. Erst der Tod ihres Mannes und jetzt das«.

David nickte. »Kommen Sie Mrs. Mason«, sagte er leise und ging mit ihr zu Constable Anderson, der sie nun aus dem Haus führte und ihr auf die Rückbank seines Dienstwagens half.

Scott suchte inzwischen nach dem Umschlag, den Elliot Swan aus Jack Masons Wandtresor geholt hatte und fand ihn schließlich auf dem Küchentisch.

»Hier«, sagte er. »Deswegen war er da, aber ich habe keine Ahnung, was drin ist«.

Der Chief-Inspector nahm misstrauisch die Unterlagen und zog sie mit einem Ruck heraus. »Was kann das sein«? fragte er. Schnell blätterte er darin und sah Scott entsetzt an.

»Wenn wirklich stimmt, was hier drin steht«, flüsterte er.

Er sprach nicht mehr weiter und verließ eilig das Wohnhaus.

**

Rudi saß nach dem Mittagessen mit Ethan im Aufenthaltsraum. Lotta hatte Tee und Kuchen bereitgestellt, was sie immer tat, wenn Angehörige der Kinder ins Waisenhaus kamen.

Ethan hatte alle Unterlagen bereitgelegt und sah nun zu Rudi herüber, der mit gesenktem Kopf auf seine Tasse starrte.

»Jetzt warte doch erst einmal das Gespräch ab«, flüsterte Ethan und winkte Lotta herbei.

Sie kam an den Tisch und nahm Rudi in den Arm. »Kopf hoch«, sagte sie aufmunternd und sah auf die Uhr. Luke und Hedi Brown mussten jeden Moment kommen. »Übrigens habe ich tolle Neuigkeiten«, sagte sie lächelnd weiter.

Rudi hob den Kopf und sah in ihr freundliches Gesicht. »Ich habe meinen Bruder tatsächlich gefunden und das habe ich Dir zu verdanken«.

Rudi schluckte. »Wirklich«? fragte er staunend. »Und wie ist er«? Lotta wiegte den Kopf. »Naja, ich habe ihn noch nicht getroffen, aber ich weiß, dass er hier in Dunbar lebt und arbeitet«.

Ethan gab ihr jetzt ein Zeichen, als er sah, dass Luke Brown den Raum betreten hatte und sich neugierig umsah.

Rudi hatte am Abend lange Mitch und Simon sein Leid geklagt, doch die wussten auch nicht so recht, was sie ihm raten sollten, zumal ihr eigener Aufenthalt im Waisenhaus inzwischen absehbar war.

Mitch würde bald zurück zu seiner Mutter ziehen dürfen und Simon hatte eine Lehrstelle in einer Schiffstischlerei in Aberdeen mit angeschlossenem Wohnheim bekommen.

»Mach Dich nicht verrückt Browny«, hatte er zum Schluss gesagt. »Und wenn Du nicht da bleiben willst, mach ihnen doch das Leben zur Hölle, dann bringen sie Dich freiwillig wieder hier her«.

Nur ein solcher Plan war für Rudi überhaupt keine Option, zumal er wusste, wie aufbrausend sein Onkel sein konnte. Er und Tante Hedi würden ihn bestimmt mit zusätzlichen Arbeiten und Essensentzug bestrafen.

Ethan stand jetzt auf und ging langsam um den Tisch herum. Erst streckte er Hedi Brown, dann auch ihrem Mann freundlich die Hand entgegen und bat sie Platz zu nehmen.

Die beiden setzten sich Rudi direkt gegenüber und lächelten ihn überfreundlich an. Er hatte den Eindruck, dass sie noch dicker geworden waren, seit er sie das letzte Mal gesehen hatte. Schließlich begann Luke: »Nun Mr. Gray, Sie wissen ja, warum wir hier sind. Wir möchten unseren Neffen wieder nach Hause holen«.

Ethan lehnte sich zurück und sah die beiden direkt an. »Wie kommt es denn zu diesem Sinneswandel«?

fragte er forsch. »Rudi ist gerade einmal ein halbes Jahr hier und hat sich inzwischen gut eingelebt. Er hat hier Freunde gefunden und deshalb fände ich es persönlich nicht richtig, wenn er jetzt plötzlich wieder aus seinem Umfeld herausgerissen würde«.

»Naja«, antwortete Luke etwas verunsichert und tupfte sich dabei mit einem karierten Tuch die Schweißperlen von der Stirn.

»Meine Frau und ich haben uns das noch einmal überlegt und denken, dass wir es meinem verstorbenen Bruder schuldig sind, ihn großzuziehen. Außerdem haben wir ja noch unser Geschäft und können Hilfe gebrauchen«.

Jetzt sprang Rudi auf. »Ach deshalb wollt Ihr mich wieder zurückholen, oder«? rief er wütend. »Ich soll wieder die schweren Kohleeimer über den Hof schleppen«.

»Wie redest Du denn mit uns«? fragte nun Tante Hedi. »Wir meinen es doch nur gut mit Dir«.

Jetzt sah sie Ethan an und verschränkte beleidigt ihre dicken Arme vor sich. »Die Kinder heutzutage haben einfach keinen Anstand und scheinen nicht zu wissen, was sich gehört«.

Ethan lehnte sich zu ihr nach vorn. »Dieser Meinung bin ich ganz und gar nicht Mrs. Brown. Ich habe Rudi zwar als schüchternen, aber sehr freundlichen und höflichen Jungen kennengelernt. Dass er keinen Anstand hätte, davon kann überhaupt keine Rede sein«.

Er schwieg jetzt einen Moment. »Ich werde dem Leiter der Aufsichtsbehörde Edwin Jenkins eine Mitteilung über unser heutiges Gespräch schicken und eine Rückführung des Jungen zu Ihnen nicht empfehlen. Außerdem würde ich Ihnen raten, für Ihr Geschäft jemanden einzustellen und nicht Ihren Neffen schwere Eimer schleppen zu lassen«.

Luke lief rot an. »Was bilden Sie sich eigentlich ein«? fauchte er. »Außerdem hat Arbeit noch niemandem geschadet, vor allem nicht diesem frechen und vorlauten Lümmel«.

»Jetzt ist es genug Mr. Brown«, antwortete Ethan ruhig und stand auf. »Ich betrachte hiermit das Gespräch als beendet«.

»Wollen Sie uns etwa hinauswerfen«? keifte plötzlich Hedi. »Das werden wir uns nicht bieten lassen«.

Ethan nahm seine Unterlagen an sich, sah sie dabei kühl an und dachte: `Niemals überlasse ich Rudi einfach so diesem Ehepaar`.

Laut sagte er: »Ich werfe Sie keineswegs hinaus Mrs. Brown. Ich habe Ihnen nur unmissverständlich meinen Standpunkt dargelegt und bitte Sie jetzt höflichst zu gehen«.

»Das wird ein Nachspiel für Sie haben Mr. Gray«, zischte ihm Luke entgegen und stützte sich mit seinen Fäusten wütend auf die Tischplatte.

»Wollen Sie mir etwa drohen Mr. Brown«? fragte Ethan leise und stand nun dicht vor ihm.

Luke zuckte erschrocken zurück. »Komm Hedi, lass uns gehen, bevor noch ein Unglück passiert«.

Schnell zog er seine Jacke über und schaukelte prustend zum Ausgang. Er achtete jetzt nicht mehr auf seine Frau, die langsam hinter ihm herlief.

Rudi sah Ethan erschrocken an. »Was passiert denn jetzt mit mir«? fragte er ängstlich, als sie wieder allein waren.

Ethan klopfte ihm auf die Schulter. »Erst einmal gar nichts«, antwortete er beschwichtigend. »Ich rufe nachher gleich Mr. Jenkins an und schildere ihm den Sachverhalt. Und ich werde alles tun, damit Du nicht zu diesen Leuten musst. Das verspreche ich Dir«.

Rudi nickte und sah auf die Schoko-Muffins, die unberührt auf dem Tisch standen.

»Darf ich den Kuchen essen«? fragte er jetzt »Natürlich«, antwortete Ethan lächelnd und gab ihm den Teller. »Nimm ihn mit, dann haben Deine Freunde auch noch etwas davon«.

Als er den Raum verließ, sah ihm Ethan ernst nach. `Wer weiß, was er bei diesem fürchterlichen Ehepaar alles aushalten musste. Da ist er hier bestimmt besser aufgehoben`.

Jetzt kam Lotta zu ihm und fragte: »Na, wie ist es denn gelaufen«?

Ethan schüttelte den Kopf. »Furchtbar. Ich hoffe nicht, dass Rudi zurück zu diesen Leuten muss«.
Sie sah ihn an. »Und was willst Du dagegen tun«?

Er hob die Schultern. »Alles was in meiner Macht steht, werde ich versuchen, nur leider ist Edwin Jenkins im Moment auch nicht gut auf mich zu sprechen«.

Er wollte gerade gehen, da hielt sie ihn am Ärmel fest. »Heute Nachmittag versuche ich meinen Bruder zu treffen, denn ich halte diese Ungewissheit nicht mehr aus. Du kannst mir also die Daumen halten«.

Ethan sah sie staunend an. »Was, heute schon«? fragte er sichtlich überrascht. »Hast Du ihn etwa angerufen«?

Lotta schüttelte den Kopf. »Ich habe jetzt seine Adresse und werde einfach hingehen. Was soll mir schon passieren? Mehr wie mich nicht hereinlassen kann er ja nicht«.

Ethan lächelte. »Wird schon gut gehen«. Jetzt nahm er sie in den Arm. »Sehen wir uns heute Abend noch«? fragte er leise. »Ich würde gerne bei Dir vorbeikommen«.

Sie nickte. »Ja natürlich und dann kann ich Dir gleich alles erzählen«. Schnell verschwand sie in der Küche.

Ethan ging zurück ins Büro, denn er musste jetzt mit Edwin Jenkins telefonieren, damit Luke und Hedi Brown ihm nicht etwa zuvorkamen.

Lange ließ er das Telefon klingeln, als plötzlich seine Sekretärin abhob. Ethan grüßte freundlich und schilderte ihr sein Anliegen.

»Mr. Jenkins hat einen Termin `Außer Haus` und ist erst morgen früh wieder hier«, sagte sie. »Tut mir leid«.

»Dann geben Sie mir bitte einen Termin«, antwortete Ethan. »Ich komme dann zu Ihnen«.

Als er wieder aufgelegt hatte, sah er aus dem Fenster. Es gab nichts, was er im Moment für Rudi tun konnte.

Lotta hatte am Nachmittag das Waisenhaus verlassen und war jetzt auf dem Weg zu Percy. Als sie schließlich vor dem Mehrfamilienhaus stand und am Klingeltableau seinen Namen las, klopfte ihr das Herz bis zum Hals.

Zögernd drückte sie auf den Knopf und wartete. Es rührte sich nichts und sie wollte gerade wieder gehen, als plötzlich doch an der Sprechanlage eine heisere Stimme fragte: »Ja hallo«?

Sie räusperte sich. »Mein Name ist Lotta. Darf ich zu Dir rauf kommen und kurz mit Dir reden«? Sie schluckte und lauschte angestrengt, was er darauf sagen würde. Sie bekam keine Antwort, nur der Summer ertönte.

Langsam stieg sie die Stufen in den dritten Stock hinauf. Vor ihr stand ein hagerer und auch etwas ergrauter Mann, der sie scheinbar teilnahmslos ansah. »Was wollen Sie denn von mir«? fragte er.

Lotta begann zu lächeln, als sie zwei kleine Grübchen an seinen Wangen entdeckte, die sie nie vergessen hatte. »Hallo Percy«, flüsterte sie. »Ich bin es. Lotta, Deine Schwester«.

Percy erstarrte. »Lotta? Wie hast Du mich gefunden«? fragte er ungläubig.

»Darf ich kurz hereinkommen«? antwortete sie noch immer lächelnd. »Dann erkläre ich Dir alles«.

Er sah sich etwas unsicher um. »Naja von mir aus komm rein. Aber ich warne Dich, denn ich war eine Weile nicht hier und kann Dir leider auch nichts anbieten«.

»Das ist mir völlig egal«, antwortete sie selig und betrat den Flur. Dann zog sie ihren nassen Mantel aus und hängte ihn an eine kleine Garderobe.

Percy lief noch immer ungläubig über ihren Besuch vor ihr her und zeigte im Wohnzimmer auf einen Ohrensessel.

»Setz Dich doch bitte«, sagte er steif und zog schnell noch ein paar alte Shirts von der Lehne.

Lotta hielt es nicht mehr und fiel ihm schluchzend um den Hals. »Percy, ich mache mir solche Vorwürfe, dass ich nicht schon eher nach Dir gesucht habe«, flüsterte sie und sah ihn mit traurigen Augen an.

»Das ist aber auch meine Schuld«, entgegnete er und nahm ihr Gesicht in seine Hände. »Ich hätte auch nach Dir suchen können und habe es nie getan. Ich dachte allerdings, dass Du mit Fiona und Barbara nach London gegangen bist. Nicht im Traum wäre ich darauf gekommen, dass Du hier in Dunbar wohnst«.

Lotta nickte. »Genauso ging es mir bei Dir und ich dachte bis vor kurzem, dass ich niemanden hätte«. Sie setzten sich gegenüber. »Was machst Du so«?

fragte Percy neugierig. »Bist Du vielleicht verheiratet und hast Du Kinder«?

Lotta schüttelte langsam den Kopf. »Nein, weder noch«, antwortete sie. »Ich lebe allein, aber seit ein paar Wochen gibt es jemanden, der mir inzwischen sehr nahe steht«.

Sie sah ihn ernst an. »Percy ich weiß, was Dir passiert ist«, sagte sie nun zögernd. »Aber das spielt für mich keine Rolle und ich werde ganz bestimmt immer zu Dir halten, egal wie es weiter geht«.

Er lehnte sich resigniert zurück. »Ach so hast Du mich gefunden«, antwortete er leise. »Du hast es also in der Zeitung gelesen«.

Sie schüttelte den Kopf. »Nein«, sagte sie lächelnd. »Das war ganz anders«. Sie holte einen Moment Luft. »Sag mal, hast Du wenigstens ein Glas Wasser für mich? Mein Hals ist schon ganz trocken«.

Er stand auf und ging in die Küche. »Aber nur Leitungswasser«, rief er ihr zu.

»Kein Problem«, antwortete sie.
Als er ihr wieder bei ihr war, gab er ihr das Glas, aus dem sie hastig mehrere Schlucke trank und jetzt zu erzählen begann: »Weißt Du, ich arbeite nun schon seit über zehn Jahren hier in Dunbar als Köchin in einem Waisenhaus«.

Percy unterbrach sie: »Moment bitte. Du arbeitest hier in einem Waisenhaus«? fragte er sichtlich erstaunt.

»Ja, das tue ich. Und ich muss sagen, dass mir mein Job gefällt. Aber wieso fragst Du so seltsam«?

»Ach nichts weiter«, antwortete er schnell. »Erzähl nur ruhig weiter«.

Lotta begann: »Na gut. Jedenfalls habe ich dort mehr oder weniger zufällig einem kleinen Jungen erzählt, dass ich einen Bruder habe, den ich allerdings nicht kenne. Er konnte das nicht verstehen und sagte, dass er seinen Bruder suchen würde, wenn er einen hätte«.

Sie lächelte entschuldigend. »Ein Kind musste mich erst dazu bringen, dass ich wirklich losziehe«.

Percy lehnte sich zurück. »Naja, diese Kinder wären wahrscheinlich froh, wenn sie überhaupt jemanden hätten und würden wahrscheinlich fast alles dafür tun«.

Lotta schürzte die Lippen. »Dieser Junge hat leider nicht so viel Glück. Heute waren Verwandte von ihm da, die ihn zurückholen wollten. Aber zu denen, glaube ich, möchte niemand freiwillig ziehen«.

Sie lächelte wieder. »Lass uns jetzt besser von etwas anderem reden«, sagte sie ablenkend. »Und Du bist eigentlich Lokführer oder«?

Percy sah auf den Boden. »Ja, eigentlich schon. Nur ob ich je wieder einen Güterzug fahren darf, steht im Moment in den Sternen«.

»Dein Anwalt hat aber gesagt, dass er von Deiner Unschuld überzeugt ist«, sagte Lotta.

»Woher kennst Du denn Mr. Cunningham«? fragte Percy jetzt erstaunt. »Und wieso hat er ausgerechnet mit Dir über mich gesprochen«?

Sie lächelte. »Auch das war ein Zufall, aber das ist eine lange Geschichte«.

Plötzlich läutete es an der Tür. Percy erschrak. »Wer kommt denn jetzt«? fragte er und lief schnell zum Fenster. »Ich kann niemanden sehen«.

Rasch ging er zur Tür und schaute durch den Spion. »Ach Du meine Güte«, sagte er und öffnete.

Piet und Zou standen lachend vor ihm und hatten Getränke und Essen dabei. »Hallo Boyo«, rief Piet und umarmte ihn. »Schön, dass Du wieder da bist«.

Auch Zou begrüßte ihn herzlich. »Wir sind sehr froh Dich zu sehen«.

»Woher wisst Ihr denn, dass ich wieder zu Hause bin«? fragte er verdattert. »Lass uns rein, dann erzählen wir es Dir«, antwortete Piet.

Schon lief er an ihm vorbei und stutzte, als er Lotta im Wohnzimmer sitzen sah. Er drehte sich zu ihm um. »Oh entschuldige bitte Percy«, sagte er. »Wir konnten ja nicht wissen, dass Du Besuch hast«.

»Das ist meine Schwester Lotta«, sagte Percy lächelnd. Dann deutete er auf Piet. »Und das ist mein bester Freund und seine Frau Zou«.

Lotta stand auf und gab ihnen die Hand. »Na gut«, antwortete sie etwas verlegen. »Ich muss dann sowieso erst einmal wieder gehen und Ihr habt Euch bestimmt auch eine Menge zu erzählen«.

Percy sah sie an. »Bleib doch bitte«.
Lotta schüttelte den Kopf. »Nein, wir können uns gerne morgen wieder sehen«.

Schnell kramte sie einen Kugelschreiber aus der Handtasche und schrieb ihre Telefonnummer auf den Rand einer alten Zeitschrift, die vor ihr auf dem Couchtisch lag.

»Du kannst mich immer abends unter dieser Nummer erreichen und wo ich arbeite, weißt Du ja jetzt auch«. Dann verabschiedete sie sich von Piet und Zou, gab Percy einen Kuss auf die Wange und verließ die Wohnung.

Die drei sahen ihr nach. »Deine Schwester lebt hier«? fragte Piet überrascht. »Ich dachte, die sind alle in London«.

»Ja, aber das ist mir auch neu«, antwortete Percy. »Und ich kann es selbst noch gar nicht fassen«.

Piet setzte sich neben ihn. »Als wir heute erfahren haben, dass Du endlich herausgekommen bist, sind Zou und ich sofort los«, sagte er aufgeregt. »Wie geht es Dir denn jetzt überhaupt«?

Percy hob die Schultern. »Ich kann es selbst immer noch nicht glauben, dass ich jetzt und hier auf meiner Couch sitze, mit Euch rede und heute in meinem eigenen Bett schlafen werde«.

Er stand auf und ging zu einem Wandschrank. »Mal sehen, ob da noch etwas von dem Scotch steht, den ich am Abend vor meinem Unfall getrunken hatte«, murmelte er. »Müsste noch was drin sein«.

Jetzt kam Zou zu ihm. »Ich schlage vor, dass wir erst einmal etwas essen. Ich habe Fish und Chips mitgebracht«.

Percy sah sie lächelnd an und stellte die Flasche zurück. »Eigentlich hast Du Recht«, sagte er.

Sie gingen in die kleine Küche, deckten den Tisch und saßen kurz darauf gemütlich zusammen.

»Ich war mit Scott Martin in den Highlands, um Deinen Fahrdienstleiter zu finden«, sagte Piet plötzlich ernst.

»Ja, das hat mir der Anwalt erzählt«, antwortete Percy kauend. »Habt Ihr ihn eigentlich gefunden? Mr. Cunningham hat mir heute nichts Konkretes dazu gesagt. Er meinte, ich soll mich heute erst einmal ausruhen und an nichts denken. Morgen habe ich einen Termin bei ihm«.

Piet stocherte jetzt unbehaglich auf seinem Teller herum. Ihm war klar, dass Niklas Cunningham seinen Mandanten noch schonen wollte und ausgerechnet jetzt hatte er diesen wunden Punkt angesprochen.

Er war sich sicher, dass Percy jetzt bestimmt nicht locker lassen würde, bis er erfuhr, was passiert war.

»Also, was ist nun mit Jack Mason«? fragte der neugierig. »Oder habt Ihr ihn etwa schlafend im Zelt, statt beim Angeln gefunden«? fragte er lächelnd.

Piet sah erst Zou und dann wieder zu Percy herüber, der sich gerade eine weitere Portion Chips auf den Teller schaufelte.

»Er ist tot«, sagte er leise und legte sein Besteck an die Seite.

Percy hielt inne und sah ihn entgeistert an. »Wie tot«? fragte er ungläubig.

»Jack Mason wurde ermordet«, flüsterte Piet. »Er ist am Ufer des Loch Lomond von einem Spaziergänger erdrosselt gefunden worden«.

Percy schüttelte den Kopf. »Wer könnte denn einen Grund gehabt haben, Jack so etwas anzutun«? murmelte er entsetzt.

»Darauf hatte Scott auch keine Antwort«, sagte Piet resigniert. »Ich war ihm dort sowieso mehr eine Last, als eine Hilfe, denn ich bin in den Bergen gestürzt und hatte mich leider verletzt«.

Er zeigte ihm jetzt seine Stirn, an der noch immer ein breites Pflaster aufgeklebt war.

Zou lächelte. »Was glaubst Du, wie ich erschrocken bin, als er wieder nach Hause kam. Und nächstes Jahr hat er den Jungs versprochen, in den Highlands bei diesem Bob im Haus die Ferien zu verbringen«.

»Wer ist Bob«? fragte Percy. Piet lehnte sich nach vorn. »Er ist ein Freund von Scott Martin und die beiden kennen sich schon ewig. Wir haben dort übernachtet. Bob lebt allein in Stirling in einem Holzhaus. Am Anfang war er zwar etwas mürrisch, aber ich gebe zu, dass er wirklich in Ordnung ist«.

»Und wie geht's Danny und Edgar«? fragte Percy. »Wissen die beiden, wo ich die letzte Zeit war«?

Zou sah ihn an. »Naja, erst wollten wir es vor ihnen geheim halten und nichts sagen, aber dann stand einiges über den Unfall in der Zeitung«. Sie stand jetzt auf und räumte das Geschirr in das

Spülbecken. »Wir haben es ihnen schließlich erzählt, bevor sie es von jemand anderem erfahren hätten«.

Dann drehte sie sich zu ihm um. »Sie wissen, dass wir heute bei Dir sind und sollen Dich ganz herzlich grüßen. Und Du sollst bald mal wieder bei uns zu Hause vorbeikommen«.

Percy nickte dankbar. »Ich bin so froh, dass ich Euch alle habe«.

**

Niklas Cunningham stand am Fenster seines Büros und sah ungeduldig auf die Straße. Er wartete auf Scott, nachdem der ihn angerufen und von dem Polizeieinsatz am Haus von Jack Mason erzählt hatte.

Jetzt ging er zurück an seinen Schreibtisch und überflog noch einmal seine Notizen. Er hatte sich ein Schema aufgezeichnet, um die Zusammenhänge der Verdächtigen besser verstehen zu können.

Der Bahnunfall, den sein Mandant Percy Johnson verursacht haben sollte, war anscheinend nur die Spitze des Eisberges auf seiner Pyramide. Darunter standen die Namen der Todesopfer.

Zum einen Robert Carlson. `Dieser arme bedauernswerte Mensch`, dachte Niklas. `Heiratet eine junge Frau, adoptiert ihre Kinder und sorgt für sie, wie für seinen eigenen`.

`Und Joshua Swift. Ein Junge aus einem Waisenhaus, der um die Gunst eines unredlichen

Heimleiters buhlt, nur um dort ein einigermaßen erträgliches Leben führen zu können`.

Bei diesen Gedanken wurde ihm schlecht.

`Aber da sind ja auch noch Melinda Carlson und Mildred Jones, die mit diesem Elliot Swan zu tun hatten oder noch haben`. Niklas zog mit seinem Kugelschreiber einen Pfeil zu ihm hin.

Während er vor sich hin grübelte, klopfte es an der Tür und Anne schaute herein.

»Sir«? fragte sie höflich. »Scott Martin ist da und möchte dringend mit Ihnen sprechen. Waren Sie mit ihm verabredet«?

Niklas sah sie erstaunt an. Erst jetzt fiel ihm ein, dass er ihr nichts davon gesagt hatte, dass er ihn erwartete. »Sorry Anne. Schicken Sie ihn rein«.

Sie drehte sich um und nickte Scott freundlich zu, der eilig auf ihn zu lief. Aufgeregt steckte er sich einen Kaugummi in den Mund.

»Hallo Mr. Cunningham«, rief er. »Jetzt nimmt die Sache richtig Fahrt auf«.

Niklas nahm ihn am Arm. »Ganz ruhig und der Reihe nach«, sagte er. »Setzen Sie sich hin und erzählen mir, was bei Jack Mason im Haus los war«.

Scott atmete tief durch und legte nun seine Fotomappe auf den Tisch. »Mir fiel heute Morgen unter der Dusche ein, das die Nachbarin Leslie Stone mir erzählt hatte, dass ein älterer Mann bei Melinda Carlson im Haus war«, sagte er hastig. »Und ich vermutete, dass das Jack Mason gewesen sein muss.

Also fuhr ich zu seinem Haus und wollte seiner Frau Ruth die Fotos zeigen«.

Er lehnte sich erschöpft zurück. »Was sich dann da drin abgespielt hat, hatte ich Ihnen am Telefon schon erzählt«.

Niklas nickte ungeduldig. »Ja das weiß ich bereits, nur was stand in den Unterlagen, die Elliot Swan unbedingt haben wollte«?

Scott sah ihn ernst an. »Jack Mason ist der leibliche Vater von Elliot Swan«.

Niklas Gesicht wurde starr. »Wie bitte? Und es gibt keinen Zweifel«?

Scott schüttelte den Kopf. »Ich bin alles mit Chief-Inspector Coffee noch einmal durchgegangen. Und jetzt passt auch alles zusammen«.

Scott stand auf und lief im Büro auf und ab, während er dem Anwalt den Zusammenhang schilderte.

»Jack Mason wurde als junger Mann Vater eines Jungen, nur er wusste lange nichts davon. Doch Elliot suchte und fand ihn, als er schon erwachsen war.

Jacks Frau Ruth, die sehr viel Vermögen mit in die Ehe gebracht hatte, sollte dies jedoch nie erfahren, weil er ihr immer erzählt hatte, dass er keine Kinder zeugen konnte. In Wirklichkeit hatte er aber kein Interesse an ihr, sondern nur an ihrem Geld. Und was macht Elliot Swan? Er erpresst seinen Vater und verlangt Geld für sein Stillschweigen.

Dann lernt Elliot Melinda kennen und bekommt drei Kinder mit ihr. Aber irgendwann möchte sie, dass er sie heiratet. Doch Elliot macht sich aus dem Staub und zahlt weder Unterhalt für sie noch für die Kinder. Sie sucht Trost bei dem Obsthändler Robert Carlson und endlich heiratet sie auch.

Die Ehe geht natürlich nicht lange gut und sie beginnt fremdzugehen«.

Er blieb jetzt stehen und sah Niklas an. »Was glauben Sie mit wem«?

Niklas hob die Schultern, doch plötzlich wurde er aschfahl. »Sagen Sie bitte nicht, dass es Jack Mason, der Großvater der Kinder war«.

Scott nickte. »Doch. Aber fairerweise muss man dazu sagen, dass weder sie und auch Jack Mason das zu diesem Zeitpunkt nicht wissen konnten«.

Er setzte sich Niklas wieder gegenüber. »Jack Mason hatte bald geplant sich von seiner Frau zu trennen und Melinda Carlson wiederum wollte ihren Mann Robert loswerden«.

Niklas hob die Hände. »Warten Sie einen Moment Scott. Bevor Sie weiterreden brauche ich erst ein Drink«. Schnell ging er zum Schrank, holte die Scotch-Flasche, zwei Gläser und ein paar Eiswürfel. Dann trank er einen Schluck. »So«, sagte er. »Jetzt erzählen Sie bitte weiter«.

Scott lehnte sich zurück. »Melinda Carlson hatte die Idee zu dem Mord an ihrem Mann Robert. Er sollte sterben, denn sie brauchte Geld. Und so kam sie auf die Idee mit dem Unfall an einem Bahnübergang. Zu dieser Zeit hatte sie sich schon einige Male mit Elliot getroffen, allerdings wusste der nicht, dass sein eigener Vater bereits mit ihr eine Affäre hatte. Und Jack Mason hatte ja nach wie vor keine Ahnung, dass er der Großvater ihrer Kinder ist. Unglaublich, oder«?

Scott atmete durch. »In dem Schreiben dass Jack hinterlassen hat steht, dass er sich anfangs geweigert hatte, diesen wahnsinnigen Plan in die Tat umzusetzen. Deshalb baute sie auf Elliot, der sich daraufhin an die Frau meines Cousins Mildred heranmachte und sie dazu überredete, ihr die internen Unterlagen der Züge an besagter Schranke zu beschaffen«.

Niklas schüttelte den Kopf. »Und wer hat jetzt dafür gesorgt, dass diese Kollision wirklich passiert ist? Elliot Swan, oder Jack Mason«?

»Im Grunde beide«, antwortete Scott, »Aber das wussten sie zu diesem Zeitpunkt nicht. Erst Chief-Inspector Coffee hat Elliot bei seinem Verhör gesagt, dass auch sein Vater daran beteiligt war. Und Jack Mason schloss dies aus dem Gutachten, dass er natürlich zu lesen bekam«.

Scott lehnte sich zurück. »Elliot hat den Wärter auf dem Stellwerk überrumpelt. Dann hat er ihm irgendwelche Tropfen verabreicht, sodass der sich später an nichts erinnern konnte und selbst genügend Zeit hatte, die Schrankenanlage außer Betrieb zu setzen«.

Niklas unterbrach ihn. »Der Mann mit dem Base-Cup, von dem uns Percy erzählte, oder«?

Scott nickte. »Ja, genau der. Und Jack Mason hat im richtigen Moment von der Leitstelle aus die Signalanlage auf grün durchgeschaltet. Und ein Unschuldiger wäre jetzt wahrscheinlich auf dem besten Wege, lebenslang ins Gefängnis zu wandern«.

Niklas nickte. »Percy Johnson«.

Scott trank nun auch einen Schluck Scotch und stellte sein Glas wieder ab. »Ja. Er war gewissermaßen zum falschen Zeitpunkt am falschen Ort. Es hätte jeden Lokführer treffen können, der an diesem Tag auf dieser Strecke seinen Dienst getan hat. Nur das Percy Johnson an diesem Morgen eine gehörige Menge Restalkohol im Blut hatte, wurde ihm bei den Ermittlungen der Bahngesellschaft zusätzlich zum Verhängnis. Man hatte schnell einen Schuldigen gefunden und brauchte nicht in irgendwelchen Personalien und Dienstplänen der Mitarbeiter herumschnüffeln. Sozusagen abgehakt«.

Niklas stand auf und sah Scott ungläubig an. »Wie konnte es aber sein, dass beide Täter zur gleichen Zeit wie verabredet agieren«?

»Ganz einfach«, antwortete Scott lächelnd. »Melinda Carlson kannte die LKW-Touren ihres Mannes genau und hat den Zeitplan des Unfalls unabhängig voneinander beiden vorgegeben. Und deshalb dachten beide noch bis vor kurzem, sie hätten jeweils die Tat allein verübt«.

Niklas schüttelte wieder den Kopf: »Auf so was muss man erst mal kommen«.

»Aber warum musste Jack Mason sterben«? fragte er weiter.

»Jack Mason wollte sich in den Highlands selbst umbringen, nachdem er erfahren hatte, dass er zusammen mit seinem eigenen Sohn Melinda Carlsons Mordkomplott aufgesessen war.

Außerdem hatte sie ihn nach der Tat abserviert und ihm wohl auch gesagt, dass sie sich nun für Elliot entschieden hätte. Damit war sein Traum von einem gemeinsamen Leben mit ihr wie eine Seifenblase zerplatzt. In seiner Verzweiflung äußerte er wohl, dass er bei der Polizei ein Geständnis ablegen werde und das war letztendlich auch sein Todesurteil.

Nur ihn verließ wohl der Mut und so ihm kam die Idee mit dem Brief, den er in seinen Safe gelegt hatte. Aber das wussten Melinda und auch Elliot zu diesem Zeitpunkt noch nicht. Sie dachten, dass alle Beweise beseitigt wären, wenn Jack tot ist und so fuhr er ihm nach und hat ihn in Arrochar aufgespürt.

Erst dort muss Jack ihm von diesem schriftlichen Geständnis erzählt haben und dann hat er seinen eigenen Vater umgebracht. Anschließend ist er zu Jacks Frau gefahren, um das Geständnis zu finden«.

Niklas schüttelte den Kopf. »Wahnsinn«, sagte er nach einer Weile. »Melinda Carlson hat es die ganze Zeit verstanden im Hintergrund zu bleiben und ihre Fäden zu ziehen. Im Grunde ist sie doch nie wirklich in Erscheinung getreten. Überlegen Sie doch mal. Wir hatten während der gesamten Dauer unserer

Ermittlungen keinen direkten Kontakt zu ihr und wahrscheinlich auch nicht der Police-Service«.

»Das stimmt«, antwortete Scott nachdenklich. »Sie hat beide Männer und noch dazu Vater und Sohn geschickt wie Marionetten herumtanzen lassen und für ihre üblen Pläne benutzt. Aber Chief-Inspector Coffee wird jetzt sicher beweisen können, dass letztendlich sie es war, die dieses ganze Drama angezettelt hat«.

Niklas goss sich noch einen Schnaps in sein Glas. »Wissen Sie, was das Traurigste an der Sache ist Scott«? fragte er leise.

Der sah ihn erstaunt an. »Nein, was denn«?
Niklas atmete schwer. »Jetzt gibt es noch drei weitere Kinder, die aus ihrem Umfeld herausgerissen werden, denn Elliot Swan und Melinda Carlson werden bestimmt sehr lange keine Gelegenheit mehr haben, ihre Kinder außerhalb eines Gefängnisses zu sehen«.

Wieder sah er Scott an. »Ich werde so bald wie möglich eine eigene Stiftung für dieses Kinderheim einrichten, denn diese Schicksale sind unerträglich«.

Zufrieden mit der Aufklärung nickte er ihm zu. »Eins muss ich Ihnen wirklich lassen. Sie haben hervorragende Arbeit geleistet Scott. Gut gemacht«.

**

Am nächsten Morgen saß Ethan lächelnd in seinem Büro. Er war am Abend noch zu Lotta gefahren. Bei einem Glas Weißwein hatte sie ihm von ihrem Treffen mit Percy erzählt und war ihm glücklich um den Hals gefallen.

Es dauerte nicht lange und dann lagen sie gemeinsam im Bett. Lotta war eine sehr einfühlsame Frau und er genoss ihre zärtlichen Berührungen.

Irgendwann waren sie eingeschlafen und wurden am Morgen etwas unsanft durch den rasselnden Wecker wieder wach.

Draußen war es noch dunkel, als sie kurz darauf in ihrer kleinen gemütlichen Küche saßen und schnell einen Kaffee tranken.

»Ich bin nicht länger bereit ein Geheimnis daraus zu machen«, hatte er ihr noch gesagt und Lotta hatte wortlos gelächelt.

Später hatte er sie am Seiteneingang des Waisenhauses abgesetzt, von wo aus sie direkt in ihre Küche gehen konnte und nicht wie sonst den Umweg über den Haupteingang nehmen musste.

Jetzt sah er auf die Uhr, denn in einer Stunde hatte er bei Edwin Jenkins einen Termin, um Rudi vor der Rückkehr zu seinen Verwandten zu bewahren.

Ein bisschen sorgte er sich, denn aufgrund seines letzten Telefonats mit ihm war er sich nicht sicher, wie der reagieren würde.

`Eigentlich sollte die beste Lösung für Rudi im Vordergrund stehen und nicht seine persönlichen Befindlichkeiten`, dachte er entschlossen und nahm seine Jacke und die Akte vom Tisch.

Als er dort ankam, sah er vor dem Eingang mehrere Dienstwagen des Police-Service stehen. `Nanu`, dachte er. `Was ist denn hier los`?

Während er durch das Foyer lief, eilten Polizisten hin und her und dann sah er Chief-Inspector Coffee vor einer Tür stehen, die in das Sekretariat von Edwin Jenkins führte.

»Guten Morgen Mr. Gray«, sagte er ernst. »Was machen Sie hier? Haben Sie einen Termin«?

Ethan nickte und sah auf seine Armbanduhr. »Ja bei Mr. Jenkins und wenn ich mich nicht beeile, komme ich auch noch zu spät«.

David Coffee nahm ihn am Arm und zog ihn auf die Seite. »Mr. Jenkins musste heute alle Termine absagen«, flüsterte er.

»Wieso denn das«? fragte Ethan erstaunt. »Ich habe erst gestern mit ihm telefoniert und außerdem ist die Angelegenheit dringend«.

»Ich kann Ihnen noch nichts Genaues sagen, denn er muss noch verhört werden. Nur da es auch mit Ihrem Waisenhaus zu tun hat, werde ich Sie persönlich informieren, sobald die Ermittlungen abgeschlossen sind«.

Ethan schluckte. »Etwa wegen Joshua«? fragte er leise. David Coffee nickte. »Ja auch, aber jetzt gehen Sie bitte«. Er drehte sich um und betrat das Büro.

Ethan blieb ratlos stehen und dachte: `Wenn Jenkins vorläufig aus dem Verkehr gezogen wird, dann kann er zumindest nicht dafür sorgen, dass

Rudi zurück zu seinen Verwandten muss. Ich fahre gleich zurück und rufe Niklas Cunningham an`.

Mit schnellen Schritten lief er zurück zu seinem Auto. Er öffnete gerade seine Wagentür, als Edwin Jenkins in Begleitung von David Coffee und zwei Beamten das Gebäude verließ.

Als Ethan jedoch sah, dass er Handschellen an den Gelenken hatte, stutzte er: `Er muss ja etwas Schreckliches getan haben`.

Als er am Waisenhaus ankam und durch das Foyer lief, sah er die Mutter von Dick Mitchel, die einen Brief in der Hand hielt und scheinbar auf ihn wartete.

»Hallo Mr. Gray«, sagte sie sichtlich aufgeregt. »Ich habe letzte Woche den Bescheid erhalten, dass mein Sohn zu mir zurückziehen kann«.

»So«? fragte er. »Ich habe nichts dergleichen hier. Aber egal«, sagte er beschwichtigend. »Kommen Sie mit in mein Büro und zeigen mir die Unterlagen. Ich weiß ja, dass sich Dick riesig darüber gefreut hat, Sie und seine Schwestern wiederzusehen«.

Dort angekommen, bot er ihr einen Stuhl an und faltete den Brief auseinander.

»Gut Mrs. Mitchel«, sagte er schließlich. »Wir werden die notwendigen Entlassungspapiere für Dick vorbereiten und dann können Sie ihn in drei Tagen abholen«.

»Warum erst in drei Tagen«? fragte sie erstaunt. „Nach diesem Schreiben könnte ich ihn doch eigentlich sofort mitnehmen, oder«?

Ethan lehnte sich zurück. »Ja das könnten Sie«, antwortete er. »Dick war hier allgemein sehr beliebt. Ich halte es deshalb für richtig, dass er sich in Ruhe von seinen Freunden verabschieden kann. Und vielleicht machen wir eine kleine Abschiedsfeier, zu der Sie selbstverständlich mit Ihren Mädchen kommen können«.

Jetzt begann er zu lächeln und fragte: »Na was halten Sie davon«?

Sie sah ihn etwas unsicher an. »Meinen Sie wirklich«?

Ethan nickte. »Ja das meine ich wirklich. Und am Freitag kann er dann zu Ihnen nach Hause«.

Sie stand auf. »Ich bin einverstanden. Ich rufe Sie dann morgen noch einmal an«. Sie gab ihm die Hand und verließ das Büro.

Ethan ließ sich auf seinen Stuhl fallen und grübelte einen Moment. `So, Dick wird also gehen. Ich werde mit Simon und Rudi reden und eine kleine Party planen. Bestimmt hilft uns Lotta, einen Snack vorzubereiten, aber jetzt rufe ich erst einmal Niklas Cunningham an. Vielleicht hat er auch neue Informationen über Jacob Walter und Edwin Jenkins für mich`. Er nahm den Telefonhörer und wählte die Nummer der Kanzlei.

»Da haben Sie Glück Mr. Gray«, antwortete Anne. »Er ist gerade gekommen, muss aber gleich wieder weg«. Sie stellte das Gespräch durch.

»Hallo Mr. Gray«, sagte Niklas gut gelaunt. »Was gibt es Neues«?

»Hallo Mr. Cunningham«, antwortete Ethan. »Mal abgesehen davon, dass ich heute zufällig bei der Verhaftung von Edwin Jenkins dabei war, wollte ich Ihnen gerade die gleiche Frage stellen«.

»Edwin Jenkins wurde verhaftet«? fragte Niklas erstaunt.

»Ja in der Tat«, sagte Ethan. »Ich hatte heute Morgen einen Termin, um mit ihm über die Rückführung von Rudi Brown zu seinem Onkel zu verhandeln und sah ihn in Handschellen. Chief-Inspector Coffee hat ihn persönlich abgeführt«.

Er räusperte sich. »Davon weiß ich ehrlich gesagt noch nichts«, sagte er überrascht. »Und bei Ihrem Termin ging es um den kleinen Jungen, den Percy Johnson auch kennt«?

»Ja«, antwortete Ethan. »Grundsätzlich sind wir über jedes Kind froh, dass zurück vermittelt werden kann, aber ich bin überzeugt davon, dass es ihm bei uns besser geht als bei seinem Onkel. Und darüber wollte ich mit Ihnen gern sprechen«.

Niklas fragte: »Wenn ich richtig informiert bin, entscheidet das doch aber die Behörde in Zusammenarbeit mit Ihrem Haus, oder nicht«?

»Ja schon«, antwortete Ethan. »Aber Mr. Jenkins wurde heute auch aus dem Verkehr gezogen, wenn man so sagen darf und wer sich jetzt um diese Fälle kümmert, ist noch völlig offen«.

»Sie haben Angst, das eine schnelle Entscheidung getroffen wird, auf die Sie keinen Einfluss haben oder«? fragte Niklas.

»Ja genau«, antwortete Ethan. »Und der Junge hat bestimmt eine Menge mitgemacht bei diesen Leuten. Ich möchte nicht, dass er dort noch einmal Hunger leiden und schwere Arbeiten verrichten muss«. Er atmete durch. »Ich dachte, dass Sie mir vielleicht einen Rat geben könnten, wie wir uns jetzt verhalten sollten«.

Niklas überlegte. »Was sind das denn für Arbeiten bei dieser Familie«? fragte er.

»Die betreiben einen Kohlehandel«, erklärte Ethan. »Rudi hat mir erzählt, dass er dort schwere Eimer schleppen musste und sich gewissermaßen jede Scheibe Brot erkämpft hat. Von einem fürsorglichen Familienleben kann also keine Rede sein«.

»Dann müssen wir eben Beweise sammeln, die diese Tatsache belegen«, antwortete Niklas. »Am besten, Sie faxen mir mal die Adresse dieses Onkels und ich schicke Scott für einen Tag dorthin. Meistens hat er schneller Fakten, als wir glauben«.

»Und das würden Sie wirklich ganz umsonst tun«? fragte Ethan vorsichtig.

»Wie gesagt, ich mache das ohne Honorar«. Niklas machte eine kurze Pause. »Besser wäre es natürlich, wenn der Junge zur Adoption in eine Familie käme. Aber ich weiß ja, dass das nicht so einfach ist«.

»In diesem Punkt sind mir leider die Hände gebunden Mr. Cunningham«, antwortete Ethan. »Ich möchte nur verhindern, dass er noch einmal so etwas durchmachen muss«.

»Ich habe Sie schon verstanden Mr. Gray und halte Sie auf dem Laufenden«.

Er wollte sich gerade verabschieden und wieder auflegen, da sagte Ethan: »Warten Sie einen Moment. Ich wollte Ihnen noch sagen, dass die Verhaftung von Edwin Jenkins auch etwas mit dem Tod von Joshua Swift zu tun hat. Zumindest hat mir das heute Chief-Inspector Coffee gesagt«.

Niklas horchte auf. »Warum sagen sie das erst jetzt«? fragte er interessiert.

Ethan schluckte. »Wissen Sie, ich habe inzwischen einen schwerwiegenden Verdacht, aber ich bin nicht sicher, ob ich so etwas laut sagen sollte«.

»Immer raus damit«, antwortete Niklas. »Für neue Ermittlungsansätze sind mein Private-Detektive und ich immer zu haben. Natürlich bleibt das unter uns, solange nichts bewiesen ist«.

»Na gut«, sagte Ethan. »Mich würde es nicht wundern, wenn Jacob Walter und Edwin Jenkins unter einer Decke stecken. Es wäre doch sonst nicht möglich gewesen dass Joshua, ohne dass jemand etwas sagt, tagelang durch die Gegend reisen kann. Und dann die Sache mit den Konten und dem unterschlagenen Geld. Das konnte Mr. Walter nicht allein initiiert haben, oder«?

»Interessante Idee«, antwortete Niklas. »Aber das zu klären, ist jetzt die Aufgabe der Polizei. Und ich bin inzwischen fest davon überzeugt, dass David

Coffee dies tun wird. Ich werde heute noch versuchen ihn zu erreichen und zusehen, dass alles schnellstmöglich wieder ins Laufen kommt. Denn wenn ich mich so umsehe, sind alle Übeltäter inzwischen gefasst«.

»Wirklich«? fragte Ethan. »Konnten Sie etwa beweisen, dass Percy Johnson unschuldig ist«?

»So wie es jetzt aussieht, wird er bestimmt nicht angeklagt und vollständig rehabilitiert werden«, antwortete Niklas zufrieden.

»Darf ich das seiner Schwester Lotta erzählen«? fragte Ethan nun erstaunt. »Für sie wäre es ein großes Glück, nachdem sie gerade erst ihren Bruder wieder gefunden hat«.

»Warten Sie bitte noch einen Tag Mr. Gray, ich möchte erst selbst mit Percy sprechen und dann kann er ihr es selbst sagen«.

»Na gut Mr. Cunningham«, antwortete Ethan. »Sie wird sich bestimmt riesig freuen, nur in diesem Fall wird es mir sehr schwer fallen, dicht zu halten. Aber ich werde mir die größte Mühe geben«.

Sie verabschiedeten sich.

Ethan sah auf die Uhr. Der Unterricht der Kinder war längst aus und die Hausaufgaben hatten die meisten wahrscheinlich auch schon erledigt.

Schnell machte er sich auf den Weg zum Schlafsaal von Simon und Rudi. Schon von weitem hörte er, dass sie wieder einmal Cribbage spielten. Als er den Raum betrat, sahen sie ihn fragend an, während Dick in der Mitte saß und die Punkte auf dem Brett absteckte.

»Rudi und Simon«, sagte Ethan. »Ich muss kurz mit Euch sprechen. Kommt bitte mit in den Aufenthaltsraum«. Die beiden sahen sich fragend an.

»Da ich heute wahrscheinlich nicht gewinnen werde«, antwortete Simon grinsend und sah zufrieden in die Runde. »Kommt mir die Pause gerade recht«.

Er stand auf und ging zur Tür. Rudi lief ihm nach und sah zu Ethan Gray auf, der ihm jetzt freundschaftlich auf die Schulter klopfte.

Lotta hatte gerade wieder einmal ihre Ausgabe geschlossen und räumte ihre Küche auf. Man konnte hören, wie sie Kuchenbleche und Töpfe aufeinander schob und Teller stapelte.

»Setzt Euch bitte; denn ich möchte Euch etwas fragen«. Dann lehnte er sich zurück und verschränkte seine Arme. »Heute Morgen war die Mutter von Dick Mitchel bei mir im Büro«, begann er. »Und so wie es aussieht, wird er am Freitag unser Haus verlassen«.

Rudi schluckte betreten und sah erst Simon und dann wieder Ethan an. »Mitch hat gar nichts davon erzählt«, sagte er erstaunt. »Weiß er das etwa nicht«?

Ethan begann zu lächeln. »Nein, das weiß er noch nicht, aber ich werde es ihm nachher noch mitteilen. Und jetzt wollte ich Euch zwei fragen, ob Ihr mir helft, eine Abschiedsparty zu organisieren«.

»Ja klar machen wir das«, antwortete Simon. »Mitch war immer ein Kumpel für uns, aber was haben Sie sich denn da vorgestellt«?

»Ich habe mir überlegt, dass wir zusammen ein kleines Circle-Training in unserem Kraftraum mit ihm machen«, antwortete Ethan. »Und danach gibt's für alle Kuchen und Eis«.

»Der Raum ist doch noch gar nicht fertig«, sagte Rudi. »Wie sollen wir denn da trainieren«?

Ethan hob die Schultern und sah Simon an. »Dann müssen wir uns eben beeilen. Könnt Ihr zusammen mit Larry in einer Stunde nach unten in den Keller kommen? Farbe und Malerrollen stehen bereit«.

Simon nickte. »Geht in Ordnung, jetzt muss ich aber schnell wieder nach oben und zusehen, dass ich noch mein Spiel gewinne. Wäre ja gelacht«.

Ethan hielt Rudi am Arm fest. »Warte einen Moment«, sagte er leise. »Ich habe Dir noch etwas zu sagen«. Rudi sah ihn fragend an.

»Ich hatte heute einen Termin bei Mr. Jenkins wegen der Rückführung zu Deiner Familie«, sagte er leise. Rudi wich die Farbe aus dem Gesicht. »Muss ich wirklich dorthin zurück«? fragte er mit zittriger Stimme.

»Nein, das musst Du, zumindest vorerst, ganz bestimmt nicht«, antwortete Ethan beruhigend. »Und ich werde alles tun, was ich kann«.

Rudi atmete auf und fiel ihm plötzlich um den Hals. »Danke Mr. Gray«, schluchzte er.

In diesem Moment kam Lotta herein und stutzte. »Nanu«? fragte sie. »Was macht Ihr denn da«?

Ethan schob Rudi langsam ein Stück zurück und sagte lächelnd: »Ach nichts weiter, nur der junge Mann hat sich gerade sehr über eine Nachricht von mir gefreut«.

Schnell lief Rudi jetzt davon und Ethan sah ihm grübelnd nach.

**

Niklas Cunningham hatte am darauffolgenden Morgen Percy Johnson angerufen und ihn ins Büro von David Coffee bestellt.

Die Ermittlungen gegen ihn waren bereits eingestellt und eine Haftentschädigung zugesichert. Er hatte Scott beauftragt, Percy mit dem Auto dorthin zu bringen.

`Typisch`, dachte Niklas. `Da die Polizei jetzt genau weiß, dass Percy zu Unrecht in Haft war, tritt man sofort die Flucht nach vorne an und bietet ihm diesen Obolus an. Die Ermittlungen des Police-Service waren anfangs nur oberflächlich, weil man sich auf das Gutachten verlassen hatte. Aber Percy wird immer damit leben müssen. Wer weiß, ob er hier in Dunbar weiter zurechtkommt`.

Müde rieb er sich jetzt die Augen, denn er hatte bis spät in die Nacht die Klageschrift gegen die Bahngesellschaft ausgearbeitet, um eine Abfindung zu erstreiten. Außerdem hatte er sich Notizen gemacht, denn er wollte Percy auf jeden Fall dazu bringen, bei der Verhandlung gegen Melinda Carlson und Elliot Swan als Nebenkläger aufzutreten.

Schließlich hatten vor allen Dingen die beiden seinen Mandanten in diese missliche Lage gebracht. Jetzt sah er auf seine Armbanduhr, denn er wollte auf keinen Fall zu spät zu diesem Termin kommen.

Schnell verabschiedete er sich von Anne und machte sich auf den Weg.

Als er an der Police-Station ankam, sah er mit Schrecken eine Traube Journalisten vor dem Haupteingang, die Constable Anderson und einige herbeigerufene Polizisten nur mit Mühe daran hindern konnte, das Gebäude zu betreten.

»Gehen Sie zum Seiteneingang«, rief er ihm zu und zog die große Glastür schnell zu. Niklas nahm seine Ledermappe vom Beifahrersitz und stand kurz darauf in einem kleinen dunklen Flur.

Er atmete erst einmal durch und dachte schnaufend: `Es wird Zeit, dass ich wieder einmal etwas mehr Sport treibe`.

Als er den Besprechungsraum betrat, saß der Staatsanwalt bereits mit Chief-Inspector David Coffee und Percy am Tisch und unterhielten sich leise.

Scott stand am Fenster und sah dem Treiben der Dienstfahrzeuge im Innenhof der Police-Station zu. Als er seinen Chef bemerkte, drehte er sich um und grinste. »Bringen wir es zu Ende Boss«.

Dann setzte er sich, steckte sich einen Kaugummi in den Mund und sah zufrieden in die Runde.

Der Staatsanwalt räusperte sich etwas unbehaglich und begann: »Also gut meine Herren. Wir wissen alle, warum wir heute hier sind«.

Jetzt sah er Niklas an. »Ich möchte uns bei Ihnen für Ihre Beharrlichkeit bedanken, denn ohne Sie und natürlich Ihren Private-Detektive Mr. Martin wären wir wahrscheinlich Mrs. Carlson und Elliot Swan nicht auf die Spur gekommen«.

An Percy gewandt sagte er: »Es tut mir wirklich leid, dass Sie in diese unglückliche Lage geraten sind Mr. Johnson. Aber ich habe von Chief-Inspector Coffee und Mr. Cunningham auch erfahren, dass Ihre Freunde immer zu Ihnen gehalten und an Sie geglaubt haben«. Er machte eine kurze Pause.

»Das ist mit Sicherheit mehr, als viele Menschen von sich und ihren Nächsten behaupten können. Selbstverständlich werden Sie für Ihre Haftzeit entschädigt, dessen Höhe wir wahrscheinlich mit Ihrem Anwalt zu klären haben«.

Niklas lächelte. »Ja, damit müssen Sie rechnen«. Er stand auf. »Ich habe heute um dieses Treffen gebeten, damit Mr. Johnson selbst die Mitteilung von Ihnen erhält, dass er keine Schuld an diesem schrecklichen Unfall trägt«.

Percy atmete tief durch und sah sich um. »Ist schon gut. Alle Indizien sprachen gegen mich und es gab in den letzten Tagen genügend Momente, wo ich schon selbst an mir gezweifelt hatte. Aber jetzt möchte ich gehen«.

Der Staatsanwalt sah erst Chief-Inspector Coffee an und dann ging er lächelnd auf Percy zu. »Na gut, dann beenden wir das Gespräch und entlassen hiermit Percy Johnson formell«.

Er hielt ihm die Hand hin. »Alles Gute für Sie«. Percy nahm sie und verließ schnell den Raum.

David Coffee drehte sich zu Scott um. »Warum bewerben Sie sich nicht bei uns als Quereinsteiger? Fähige Typen wie Sie sind uns hier herzlich willkommen«.

»Lassen Sie es mal gut sein«, antwortete Scott grinsend. »Ich bin bei Mr. Cunningham gut aufgehoben und außerdem für einen Dienst beim Police-Service bestimmt nicht diszipliniert genug. Es würde nicht lange dauern und Sie hätten die Nase voll von mir«.

Niklas nickte. »Das kann ich nur bestätigen«.
Er zog sich seinen Trenchcoat über. »Wir sehen uns sowieso in Kürze wieder meine Herren, denn der Prozess gegen Elliot Swan und Melinda Carlson wird bald beginnen. Abgesehen davon werden wir als Nebenkläger und bei der Haftentschädigung für Mr. Johnson ein anstrengender Verhandlungspartner für Sie sein«.

Zufrieden nickte er ihnen zu und verließ mit Scott den Besprechungsraum.

Draußen vor der Tür stand Percy und rauchte einen Zigarillo. Als er die beiden kommen sah, sagte er: »Darf ich Sie auf ein Bier einladen«?

»Klar«, antwortete Scott grinsend. »Ich habe heute nichts weiter vor«.

Niklas stutzte. »Woher wollen Sie denn das wissen«? fragte er lachend. Dann klopfte er ihm auf die Schulter.

Zufrieden gingen sie über die Straße, betraten einen Pub und setzten sich an die Bar.

Plötzlich tippte Percy jemand auf die Schulter. Er drehte sich um und vor ihm standen Lotta und Ethan.

»Was machst Du denn hier«? fragte Percy überrascht. Lotta hob die Schultern. »Naja, wenn es Dir recht ist, möchte ich gerne mit Dir feiern. Hast Du etwa was dagegen«?

Percy begann zu grinsen und nahm sie in den Arm. »Natürlich nicht«. Jetzt sah er Ethan an. »Und Sie sind bestimmt Lottas Mann, oder«?

»Noch nicht ganz«, antwortete er und gab ihm die Hand. »Aber ich hoffe, dass ich es bald sein werde. Übrigens heiße ich Ethan«.

Percy nickte freundlich. »Willkommen in unserer kleinen Familie«. Lotta kamen die Tränen. Noch nie hatte das jemand in ihrem Beisein gesagt.

Sie schluckte. »Percy, wir haben noch eine Überraschung für Dich«.

Er stellte sein Glas ab. »So, was denn«? fragte er erstaunt und sah sich um.

Piet und Zou standen vor ihm und sahen ihn lächelnd an. »Hey Boyo«, rief Piet. »Cool Dich hier so zu sehen«. Erst jetzt sah Percy, dass Danny und Edgar ihre kleinen Köpfe neugierig zwischen ihren Eltern durchsteckten. Er sprang auf und nahm die Kinder schluchzend in den Arm. Er brachte jetzt kein Wort mehr heraus.

**

Lotta und Ethan waren am Nachmittag auf dem Weg zurück ins Waisenhaus. Während der Fahrt legte Ethan seine Hand plötzlich in Ihre.

Sie begann zu lächeln. »Ich bin froh, dass ich mit Dir zusammen bin Ethan. Du gibst mir so viel, dass ich gar nicht weiß, was ich sagen soll«.

Er sah sie aus den Augenwinkeln an. »Dieses Gefühl hatte ich auch schon sehr lange nicht mehr«.

Jetzt bog er auf den Parkplatz ein, schaltete den Wagen aus, zog die Handbremse an und drehte sich zu ihr. »Ich habe für heute Abend einen Tisch im `Rocks` bestellt, denn ich muss Dich etwas Wichtiges fragen«.

Lotta wurde schlagartig rot im Gesicht und schluckte. »Gibt es denn etwas feiern«? fragte sie schnell. »Also Geburtstag habe ich nicht und soweit ich weiß, Du auch nicht«.

Ethan grinste. »Du weißt genau, worum es geht, aber ich sage jetzt erst einmal nichts mehr«.

Dann löste er schnell seinen Sicherheitsgurt, stieg aus und warf die Tür zu.

Im Eingangsbereich standen Simon, Larry und Rudi und sahen ihn erwartungsvoll an. »Kommt mit«, sagte er gutgelaunt. »Und nachher treffen wir uns bei Lotta in der Küche. Bestimmt hat sie noch etwas Leckeres zu essen für uns«.

Sie nickte. »Ich werde gleich nachsehen, was ich auf die Schnelle machen kann«, antwortete sie.

Rudi sah sie etwas betreten an. »Was hast Du denn«? fragte Lotta. »Du hast Dich doch sonst immer gefreut, wenn ich außerhalb der normalen Essenszeiten etwas für Euch gekocht oder gebacken habe«.

»Ja schon«, flüsterte er. »Aber wenn Mitch weg ist und auch Simon geht...«. Er sprach nicht weiter.

Lotta nahm ihn in den Arm. »Wir sind doch auch noch da«.

»Los kommt Jungs«, sagte nun Ethan. »Lasst uns den Raum streichen, sonst geht unser Plan nicht auf«. Schnell lief er nun zur Treppe, denn niemand sollte sehen, dass ihm die Sache zu Herzen ging.

Nach dem Abendessen saß er mit den Jungs wieder zusammen. Lotta hat einen großen Schinken-Käseauflauf für alle Kinder gemacht und außerdem noch Kuchen gebacken.

»So«, sagte Ethan. »Das habt Ihr wirklich gut gemacht«. Simon stieß plötzlich Rudi an, der erschrocken zum Eingang sah.

Dick stand inzwischen vor ihnen und stemmte die Fäuste in die Hüften. »Sagt mal, spinnt Ihr alle«? rief er entrüstet. »Ich habe Euch den ganzen Nachmittag gesucht. Wo wart Ihr denn«?

»Jetzt halt mal den Ball flach Dick«, sagte Ethan. »Ich habe die Jungs zu einem speziellen Einsatz gebraucht«.

»Und warum durfte ich da nicht mit«? fragte er sichtlich enttäuscht.

Ethan legte sein Besteck weg. »Ich dachte, Du räumst schon mal Deinen Kleiderschrank leer und ordnest Deine Sachen. Schließlich bist Du ja nicht mehr lange hier«.

Resigniert setzte sich Dick auf die Sitzbank neben ihm. »Naja, eigentlich haben Sie ja Recht, aber trotzdem«.

»Jetzt hör auf zu maulen Mitch«, warf Simon ein. »Sei froh, dass Du nicht dabei warst, denn das war richtige Sklavenarbeit«. Er begann zu grinsen und stand auf.

Theatralisch hielt er eine Hand an der Hüfte. »Ich muss jetzt duschen und dann lege ich mich schlafen«, sagte er gespielt erschöpft. »Los Larry und Rudi. Ihr beiden dürft mir heute meine Schuhe putzen«. Schnell liefen ihm die anderen hinterher.

Dick schüttelte besorgt den Kopf. »Irgendwas stimmt doch hier nicht. Wieso sind alle so komisch zu mir«?

»Denk Dir nichts«, sagte Ethan lächelnd, stellte alle Teller zusammen und ging zu Lotta in die Küche.

Die war gerade dabei das Essen für den nächsten Tag vorzubereiten, doch sie wirkte dabei sehr nachdenklich, ja fast geistesabwesend.

Ethan fragte: »Was hast Du denn«? Sie sah ihn von der Seite an. »Ach nichts Besonderes«.

Schnell band sie sich ihre Schürze ab, schaltete den Herd aus und sagte. »Komm, lass uns gehen«.

Als sie im `Rocks` ankamen, setzten sie sich an einen kleinen Tisch und Ethan bestellte Rotwein.

»Zur Feier des Tages«, sagte er leise. Dann holte eine kleine samtbezogene Schachtel aus der Tasche und stellte sie vor sie hin.

Langsam klappte er sie auf und ein schmaler goldener Ring mit einem kleinen blitzenden Brillanten kam zum Vorschein.

»Willst Du meine Frau werden«? flüsterte er.
Lotta schluckte und sah ihn ernst an. »Ja Ethan, das will ich«.

Erleichtert nahm er sie in den Arm. Dann steckte er ihr den Ring an den Finger, gab ihr einen Kuss und sagte: »Ich bin so glücklich, dass wir bald eine Familie sind«.

»Nur leider ohne Kinder«, antwortete sie leise. »Denn dafür bin ich inzwischen zu alt«.

Ethan sah sie ernst an. »Ist es das, was Dich gerade bedrückt? Du warst vorhin schon so nachdenklich«.

Lotta nickte. »Jetzt kann ich es Dir ja sagen. Der kleine Rudi geht mir schon seit Tagen nicht mehr aus dem Kopf. Wie kann denn jemand so einen netten Jungen in ein Waisenhaus bringen«?

Ethan lehnte sich zurück und sah sie durchdringend an. »Täusche ich mich, oder hast Du tatsächlich vor Rudi zu Dir zu nehmen«?

Lotta räusperte sich. »Ganz ehrlich? Ich würde am liebsten noch heute einen Adoptionsantrag stellen«.

Sie trank jetzt einen Schluck Wein. »Könntest Du Dir das eventuell auch vorstellen«? fragte sie vorsichtig.

Ethan lehnte sich nach vorn und sah sie liebevoll an. »Ja Lotta. Das kann ich mir sogar sehr gut vorstellen«. Sie hob ihr Weinglas und begann zu strahlen. »Jetzt ist mein Glück perfekt«.

**

Am nächsten Morgen saß Dick auf seinem Bett im Schlafsaal und betrachtete seinen prall gepackten Koffer. Nur mit Mühe hatte er alles darin verstaut, was er mitnehmen wollte. Die Jungen standen im ihn herum und sahen ihn betreten an.

Simon stützte sich auf das Bettende und sagte: »Na Mitch, heute Abend schläfst Du in Deinem eigenen Zimmer. Bist echt zu beneiden«.

Dick schluckte und sah in die Runde. »Ich werde Euch vermissen«.

»Wir Dich auch Kumpel«, sagte Simon und setzte sich jetzt neben ihn. »Musst Du dann jeden Tag die Schuhe für Deine Schwestern putzen«?

»Hör auf«, antwortete er leise. »Ich bin gerade nicht zu Späßen aufgelegt«.

»Nimm es nicht so schwer«, sagte Rudi und nahm seine Schultasche. »Wir haben jetzt zwei Stunden Mathe und dann Sport«.

Schnell zwinkerte er den anderen zu.

Dick stutzte. »Seit wann haben wir denn Freitag Sport«?

»Seit heute«, antwortete jetzt Simon und sah auf seine Armbanduhr. »Wir sollten gehen, sonst kommen wir deinetwegen alle noch zu spät«.

Rudi saß an diesem Tag im Unterricht wie auf Kohlen, denn er war sehr gespannt, wie Mitch auf die Überraschungsparty reagieren würde. Immer wieder sah er ihn von der Seite an, denn heute würde er das letzte Mal neben ihm sitzen.

Endlich ertönte die Pausenklingel. Schnell schob er sein Rechenheft in die Tasche und sagte: »Wir müssen heute alle runter in den Keller«.

»Woher weißt Du denn das«? fragte Dick erstaunt. Ohne ihn anzusehen, antwortete er gespielt beiläufig: »Hat Mr. Gray gestern gesagt«.

»Scheinbar wissen das alle, bloß ich nicht«. antwortete Dick entrüstet. Rudi umfasste ihn und begann zu lächeln. »Ach komm schon«.

Dick wunderte sich, dass plötzlich alle Klassen nach unten gingen, sagte aber jetzt nichts mehr. Dort angekommen bildeten Sie eine Gasse und dann standen Ethan und Lotta vor ihm.

»Hallo Dick«, sagte er lächelnd und ging auf ihn zu. »Da Du heute Deinen letzten Tag in unserem Haus verbringst, haben wir eine kleine Überraschung für Dich«.

Lotta hielt ihm eine Torte entgegen. »Alles Gute für Dich und hoffentlich denkst Du auch manchmal noch an uns«.

Dick sah sich um. Alle Augen waren auf ihn gerichtet und er merkte, wie ihm langsam die Tränen hoch stiegen.

Ethan wies mit der Hand in den neuen Sportraum. »Da schau«, sagte er. »Deswegen waren Deine Freunde gestern unterwegs«.

Dick sah sich um. »Ist das toll«, sagte er staunend. »Los Mitch«, rief Simon. »Wir machen jetzt einen Wettkampf an der Hantelbank«.

»Moment«, sagte Ethan. »Vorher werden Euch die neuen Personaltrainer einweisen, erst dann kann es losgehen. Ich möchte nämlich nicht, dass Ihr Euch verletzt«. Zwei Männer betraten den Raum.

Ethan stellte sich zwischen die beiden. »Das sind Scott Martin und Percy Johnson. Die beiden kommen jetzt zweimal die Woche zu uns und werden mit Euch trainieren«.

Percy suchte mit den Augen nach Rudi und fand ihn schließlich zwischen den anderen Kindern. Mit offenem Mund stand der da und starrte ihn ungläubig an. »Hallo Rudi«, sagte er lächelnd. »So sieht man sich wieder«.

Scott begann: »Ok, wir teilen jetzt die Gruppen ein und dann geht's los«.

Die Jungen waren mit Eifer bei der Sache, fuhren auf einem Fahrrad, stemmten Gewichte und dribbelten um die Wette.

Später saßen alle zusammen im Aufenthaltsraum, doch so langsam leerten sich wieder die Tische.

Rudi hatte sich natürlich neben Percy gesetzt. »Na alles klar«? fragte der. »Wie geht es Dir denn nun hier«?

»Mir geht es hier zehnmal besser, als bei Onkel Luke und Tante Hedi«, antwortete er. »Sie wollten mich zurückholen, aber Mr. Gray hat dafür gesorgt, dass ich hier bleiben kann«.

Ethan, der ihm gegenübersaß und zuhörte, sagte: »Nachdem ich mit diesen Herrschaften selbst zu tun hatte, war das ja wohl das Mindeste, was ich für Dich tun konnte«.

Jetzt kam auch Lotta an den Tisch. »Hast Du das gekocht«? fragte Percy. »War sehr lecker«.

Sie nickte. »Danke«. Sie nahm sich einen Löffel und begann zu essen.

»Lotta erinnert mich an meine Mum«, sagte Rudi plötzlich. »Sie auch immer so gutes Essen gemacht«.

Ethan sah sie jetzt an und begann zu lächeln, sagte aber nichts. Sie nickte Rudi zu. »Danke für das Kompliment«. Schnell stand sie wieder auf und ging zurück in die Küche.

Nun betrat Dicks Mutter den Raum und sah sich um. »Da sind Sie ja Mrs. Mitchel«, rief Ethan. »Dick

wird gleich kommen, er spielt schnell noch eine Partie Cribbage mit Simon und Larry«.
Dann sah er Rudi an. »Holst Du ihn bitte? Es wird jetzt Zeit Abschied zu nehmen«.

Als Rudi in den Schlafsaal kam, saßen die Jungen johlend um das Spielbrett herum und von dem Kuchen lagen nur noch ein paar Krümel auf dem Teller. »Mitch, Du sollst bitte mitkommen«, sagte er. »Deine Mum ist da«. Schlagartig verstummten alle.

Dick rutschte vom Bett und sah seine Freunde an. »Macht`s gut Jungs«, flüsterte er heiser.

»Warte einen Moment«, sagte Simon und hielt ihm das Cribbage-Brett hin. »Hier«, sagte er. »Das schenke ich Dir, damit Du uns nicht vergisst«.

»Danke Simon«, sagte er verdattert. Jetzt begann er zu lächeln. »Ich werde Euch bestimmt schreiben und auch mal besuchen, aber Schuhe putze ich so schnell nicht mehr«. Alle lachten.

Schnell rannte er aus dem Zimmer, denn niemand sollte sehen, dass ihm die Tränen die Wangen herunterliefen.

Rudi eilte ihm nach und traf ihn gerade noch am Eingang. »Mitch warte«, rief er. Dick drehte sich um.

Rudi stand jetzt atemlos vor ihm und stotterte: »Ich wollte Dir nur sagen, dass Du mein bester Freund bist«. Die Jungen umarmten sich, dann ging Dick mit seiner Mutter durch die große Glastür.

Rudi sah ihm wortlos nach. Plötzlich merkte er, dass Percy neben ihm stand und den Arm um seine Schulter legte. »Du hast Deinen Freund bestimmt nicht verloren Rudi«, sagte er leise. »Er geht jetzt nur einen anderen Weg«.

Dann hockte er sich vor ihn hin. »Willst Du mich mal bei mir zu Hause besuchen«? fragte er lächelnd.

Rudi nickte. »Ja gerne«.

»Außerdem habe ich einen Freund, der zwei nette Jungs hat, die etwa so alt sind wie Du. Bei denen ist immer was los«.

Rudi begann zu strahlen. »Meinst Du, das Mr. Gray das erlaubt«?

»Ja, aber nur unter einer Bedingung«, sagte plötzlich eine Stimme hinter ihm. Rudi drehte sich erschrocken um.

Lotta und Ethan standen jetzt ebenfalls bei ihm. »Was denn für eine Bedingung«? fragte er. Ethan begann zu lächeln und sah Lotta an.

»Naja Rudi«, antwortete sie gespielt streng. »Bei uns zu Hause gibt es schließlich Regeln. Wenn Du Deinen Hausaufgaben erledigt und Dein Zimmer aufgeräumt hast, kannst Du mit Percy gerne etwas unternehmen«.

Rudi stand jetzt mit offenem Mund da und sah von einem zum Anderen. »Heißt das etwa, dass Ihr mich zu Euch nehmen wollt«? fragte er.

Ethan nickte. »Lotta und ich möchten das gerne tun und da Percy ihr Bruder ist, hast Du jetzt auch noch einen Onkel«.

Auch Scott hatte die Szene gerührt beobachtet und stand jetzt mit seiner Sporttasche über der Schulter da und wusste nicht, ob er überhaupt etwas

dazu sagen sollte. Schnell nickte er Ethan und Percy zu und verließ das Waisenhaus.
Es begann bereits dunkel zu werden und ein eiskalter Regen ließ ihn frösteln, als er zu seinem Auto ging.

Schnell warf er seine Tasche in den Kofferraum und setzte sich auf den Fahrersitz. Jetzt stutzte er. `Wieso war mein Auto nicht abgeschlossen`?

In diesem Moment stürzte sich von hinten eine dunkle Gestalt auf ihn und wickelte ihm im Bruchteil einer Sekunde etwas um den Hals. Er rang nach Atem und merkte, dass er langsam ohnmächtig wurde.

Plötzlich wurde das schneidend dünne Seil gelockert. »Hallo Scott. So sieht man sich wieder«, zischte ihm ein Mann ins Ohr. »Da staunst Du was? Hast bestimmt gedacht, dass ich im Knast sitze. Aber wie Du siehst, bin ich hier bei Dir«.

Scott bekam einen Würgereiz und begann zu husten. »Elliot«, krächzte er leise. »Ich...«.

»Ja richtig, ich bin es, Elliot. Und jetzt werde ich dafür sorgen, dass Du Dich nie wieder in meine Angelegenheiten einmischen kannst. Du und Dein sauberer Rechtsanwalt Niklas Cunningham. Ihn habe ich bereits aus dem Verkehr gezogen«.

Wieder zog er das Stahlseil an, das sich nun in seinen Hals schnitt. Ohne Gegenwehr sackte er mit dem Kopf auf das Lenkrad. Die Hupe des Jeeps begann laut und durchdringend zu dröhnen.

Jemand riss die Wagentür auf und versetzte Elliot einen Faustschlag. Dann zog er ihn vom Sitz und drehte ihm die Arme auf den Rücken.

Es war Percy, der draußen vor der Tür gestanden war und nachdenklich einen Zigarillo geraucht hatte.

Schnell hatte er seine Kippe weggeworfen und schemenhaft gesehen, dass sich in Scotts Jeep etwas abspielte. Sofort rannte er los.

»Du nicht mehr«, schrie er wütend. »Du nicht«. Inzwischen waren Ethan und Lotta zu ihm geeilt. »Was ist denn passiert«? rief Ethan aufgeregt.

»Ruft einen Krankenwagen und den Police-Service«, sagte Percy keuchend. »Scott ist verletzt«.

Der saß immer noch auf seinem Autositz und rang nach Luft, als Lotta jetzt die Wagentür öffnete.

»David Coffee muss sofort einen Streifenwagen zu Niklas Cunningham in der Silver-Street schicken«, flüsterte er matt.

»Wieso denn das«? fragte sie entsetzt.
»Elliot hat ihm bestimmt etwas angetan«, sagte er mit letzter Kraft und schloss erschöpft die Augen.

**

Noch spät am Abend saßen Chief-Inspector Coffee mit Percy, Ethan und Lotta in der Cafeteria des Central-Hospitals und warteten auf den Arzt. Immer wieder sah Percy ungeduldig auf die Uhr.

»Was machen die denn so lange im OP? Wir warten jetzt schon fast vier Stunden«.

Ethan klopfte ihm auf die Schulter. »Wir müssen einfach Geduld haben, aber wenn Mr. Cunningham hier genauso zäh ist, wie bei seinen Ermittlungen, schafft er es bestimmt«.

Plötzlich ging die Tür auf und Constable Frank Anderson betrat zusammen mit einem Arzt den Raum. Der setzte sich neben Ethan, nahm den Mundschutz ab und atmete durch.

»Mein Name ist Dr. Clarke Blum«, sagte er leise. »Mr. Cunningham hat es leider nicht geschafft«, flüsterte er. »Die Schussverletzung war einfach zu schwer und er hatte so viel Blut verloren«.

Alle sahen sich fassungslos an. »Mr. Cunningham ist tot«? fragte Percy bestürzt. »Das kann ich einfach nicht glauben. Das ist doch unmöglich«.

Er stand jetzt auf, fasste sich an den Kopf und lief verzweifelt hin und her.

Frank Anderson ging jetzt langsam auf ihn zu und legte seine Hand auf seinen Arm. »Percy bitte«, sagte er leise. »Beruhigen Sie sich doch«.

Percy blieb stehen, drehte sich ruckartig zu ihm um. Seine Augen füllten sich mit Tränen. »Ich habe ihm mein Leben zu verdanken und jetzt ist er tot«, sagte er mit gequälter Stimme.

Lotta stand langsam auf. »Komm Percy, wir gehen jetzt erst einmal alle nach Hause. Hier können wir leider nichts mehr tun«.

Auch der Arzt stand jetzt bei ihm und fragte besorgt: »Soll ich Ihnen ein Beruhigungsmittel geben Mr. Johnson«?

Energisch schüttelte Percy den Kopf. »Nein danke, ich brauche nichts«. Dann sah er ihn skeptisch an.

»Woher kennen Sie denn meinen Nachnamen«? fragte er. »Ich kann mich nicht erinnern, dass ich mich bei Ihnen vorgestellt hatte«.

Der Doktor lächelte matt. »Meine Freundin Anne arbeitete als Sekretärin bei Mr. Cunningham im Büro«, seufzte er. »Sie hat mir einiges über Sie erzählt. Und wenn ich in einer Stunde nach Hause komme, muss ich ihr sagen, dass ihr Chef tot ist. Das wird bestimmt nicht leicht«.

Jetzt trat Chief-Inspector Coffee zu ihm hin. »Sollen wir Sie begleiten«? fragte er ernst.

Clarke schüttelte den Kopf. »Lassen Sie mal, ich schaffe das schon. Und sicher hat auch Mr. Cunningham Angehörige, um die Sie sich jetzt besser kümmern sollten«.

Er drehte sich um und wollte gerade gehen, da rief Ethan: »Dr. Blum, warten Sie bitte. Wie geht es eigentlich Scott Martin«?

Clarke blieb stehen: »Entschuldigung, dass ich das vergessen habe zu sagen. Er ist auf jeden Fall außer Lebensgefahr. Im Moment ist er noch ein wenig matt, denn diese Strangulation war ziemlich schwerwiegend. Aber er wird wieder vollständig gesund«. Etwas unsicher lächelnd verließ der Arzt jetzt die Cafeteria.

Percy sah ihm mit hängenden Armen nach und ging zusammen mit Lotta und Ethan nun ebenfalls hinaus.

Chief-Inspector Coffee und Constable Frank Anderson blieben ratlos zurück. »Wieso konnte Elliot

Swan überhaupt aus der U-Haft entkommen«? zischte er leise. Frank Anderson schluckte.

»Es stand ein Hofgang an. Und soweit ich weiß, hat er beim Anlegen der Handschellen meinen Kollegen Constable Henry Miller k.O. geschlagen und sich seine Sachen angezogen. Damit ist er dann anscheinend durch die ganze Police-Station gelaufen und ehe jemand davon etwas gemerkt hat, war er längst weg«.

David Coffee sah ihn kopfschüttelnd an. »Dann ist Mr. Cunningham auch noch mit einer Dienstwaffe des Police-Service umgebracht worden? Sehe ich das richtig«? Frank nickte. »Leider ja«.

David Coffee atmete schwer. »Ab Morgen kremple ich die ganze Bude um. Und alle ohne Ausnahme können sich warm anziehen«.

Frank Anderson schluckte.

»Warum sehen Sie mich so ängstlich an«? fragte der Chief-Inspector. »Ein bisschen Dampf wird hier allen guttun. Glauben sie mir«.

Er drehte sich abrupt um und stieß wütend die Glastür auf.

Am nächsten Morgen standen Chief-Inspector Coffee und Constable Frank Anderson am Bett von Scott und sahen, wie der mit einem dicken Verband um den Hals langsam seine Augen öffnete.

»Wie geht es Mr. Cunningham«? flüsterte Scott leise. Man merkte, dass ihm das Sprechen noch immer sehr schwer fiel.

Die Polizisten sahen sich betreten an. Da ging die Tür auf und Anne betrat zusammen mit Dr. Clarke Blum das Krankenzimmer. Sie hatte stark gerötete Augen.

Der Arzt zog ihr einen Stuhl heran. »Setz Dich Schatz«, sagte er besorgt. »Dann kannst Du in Ruhe mit ihm reden«.

»Hallo Scott«, sagte sie schniefend.
Er sah jetzt beunruhigt zu ihr herüber. »Anne was ist los? Du weinst doch nicht etwa meinetwegen«?

Sie schüttelte den Kopf und brach erneut in Tränen aus.

Chief-Inspector Coffee antwortete schnell: »Nein Mr. Martin. Es ist…«. Jetzt räusperte er sich. »Niklas Cunningham ist tot«.

Scott bäumte sich im Bett auf, aber Dr. Blum eilte zu ihm hin. »Bleiben Sie bitte liegen. Ihre Wunde wurde gerade erst gestern versorgt«.

»Was«? flüsterte Scott, während er erschöpft zurück auf sein Kissen sank. »Hat Swan ihn wirklich erwischt«?

David Coffee nickte. »Ja leider. Niemand konnte mehr etwas für ihn tun«.

»Wenn Du hier im Hospital etwas brauchst, dann sag es bitte Clarke«, sagte Anne mit weinerlicher Stimme. »Er hat mir versprochen, sich um Dich zu kümmern«.

Scott starrte reglos an die Decke. »Bitte geht jetzt alle«, flüsterte er mit zittriger Stimme. »Ich möchte allein sein«.

Dann sah er zu Anne. »Wenn ich hier rauskomme, melde ich mich bei Dir. Versprochen«.

Sie nickte resigniert und lief langsam neben Clarke her, der sie behutsam stützte.

Als letzter stand Chief-Inspector Coffee in der Tür und drehte sich noch einmal zu ihm um.

»Scott, mein Angebot steht immer noch, falls Sie beim Police-Service arbeiten wollen. Ich jedenfalls würde mich sehr darüber freuen einen fähigen Mann wie Sie zu bekommen«.

Leise zog er die Tür hinter sich zu.

**

Am Nachmittag saß Chief-Inspector Coffee mit grimmiger Miene in seinem Büro, nachdem er einen Wutanfall des Staatsanwaltes über sich hatte ergehen lassen.

Der attestierte der gesamten Belegschaft der Police-Station vollkommenes Versagen und hatte auch mit personellen Konsequenzen gedroht. Am meisten fürchtete er aber die Presse und den darauffolgenden Skandal.

David stand jetzt auf und holte sich aus dem Wandschrank eine Whiskeyflasche, die er dort am Tage seines Dienstantritts vor mittlerweile drei Wochen `für alle Fälle` hineingestellt hatte. Und heute brauchte er sie. Leise knackte er den Verschluss auf und goss einen kleinen Schwall in einen Kaffeebecher, damit niemand merkte, dass er hin und wieder im Dienst trank.

Die einzige, die das bisher mitbekommen hatte, war seine Frau. Wenn er abends mit einer Alkohol-Fahne nach Hause kam, sagte sie mit gleichgültiger Stimme: `Irgendwann wirst Du deswegen endgültig Deinen Job verlieren`. Sie wusste aber, dass sie in dieser Hinsicht nur gegen die Wand redete.

Plötzlich klopfte es an der Tür. Schnell stellte er die Tasse zurück. »Herein«, rief er, während er zurück zu seinem Schreibtisch ging.

Die Sekretärin schaute vorsichtig um die Ecke. »Sir«? fragte sie. »Da sind Mr. Gray, Mr. Johnson und eine Miss Gerard und möchten Sie sprechen«.

Er winkte ihr zu. »Ja natürlich. Sie sollen hereinkommen. Aber wer ist Miss Gerard«?

Als er Anne erkannte, lächelte er. »Kommen Sie doch bitte und setzen sich«. Dabei zeigte er auf eine Ledercouch. »Möchten sie etwas trinken«? fragte er höflich, als alle saßen.

»Nein danke«, antwortete Ethan. »Machen Sie sich keine Umstände«.

»Also, was kann ich für Sie tun«? sagte er und sah dabei fragend in die Runde.

»Es ist wegen des Waisenhauses«, begann Ethan vorsichtig. »Wir wissen noch immer nicht, wie es weitergeht, denn die Konten sind nach wie vor gesperrt. Und deshalb wollten wir gerne wissen, wann und ob die Ermittlungen im Zusammenhang mit Edwin Jenkins und Joshua Swift abgeschlossen sind«. David Coffee sah ihn fragend an. »Und warum sind Miss Gerard und Mr. Johnson bei diesem Gespräch dabei? Haben Sie auch etwas damit zu tun«?

Anne lehnte sich nach vorn. »Weil Mr. Cunningham gestern einen Advokat bei uns im Haus hatte. Der hat eine Stiftung für das Waisenhaus eingerichtet, die aber nur dann Geld ausbezahlt, wenn es der Einrichtung direkt zugutekommt. Sollte allerdings eine Schließung des Hauses erfolgen, ist alles hinfällig«.

David nickte und verschränkte die Arme. »Und warum sind Sie hier Mr. Johnson«?

Percy schluckte. »Weil in diesem Waisenhaus ein Junge lebt, den Mr. Gray und meine Schwester Lotta adoptieren möchten. Nur sollte auch nur ein Vermerk in ihren Papieren stehen, wird kein Gericht der Welt dem zustimmen und bei einer Schließung des Heims müsste der Junge woanders hin«.

David Coffee sah von einem zum anderen. »Also drei gute Gründe, die Angelegenheit schnell zu Ende zu bringen, oder«?

»Ja Chief-Inspector«, antwortete Percy. »Für uns alle und auch für die Kinder im Waisenhaus hängt viel davon ab«.

»Ich kann Sie beruhigen Mr. Johnson«, sagte David Coffee. »Die Vorfälle im Waisenhaus sind nach unseren Erkenntnissen Einzeltätern zuzuordnen.

Gleich morgen lege ich dem Staatsanwalt meinen Bericht mit der Empfehlung vor, dass das Haus weiter geführt werden kann. Ein paar Tage müssen Sie sich alle aber noch gedulden, bis alles wieder normal läuft«.

Ethan stand auf und streckte ihm dankbar die Hand entgegen. »Es gibt also doch noch Hoffnung«.

David Coffee nickte lächelnd. »Ja und darüber bin ich gerade in diesem Fall besonders froh«.

Gemeinsam verließen sie wieder das Büro. Im Flur atmeten alle auf. »Danke Miss Gerard, dass Sie uns geholfen haben«, sagte Ethan zu Anne.

»Kein Problem«, antwortete sie matt. »Aber jetzt möchte ich nach Hause«.

»Ich werde Sie fahren«, antwortete er. »Mein Wagen steht vor der Tür«. Er sah Percy an. »Und Du«? Der winkte ab. »Kein Problem. Ein Spaziergang wird mir guttun«.

Als er zum Eingang kam, saß Frank Anderson am Tresen und schob wieder einmal Dienst am Empfang.

»Na Constable«? fragte er. »Alles klar bei Ihnen«? Frank sah von seinen Unterlagen auf und dann auf die Uhr. »Ich habe jetzt Feierabend. Wollen wir zusammen ein Bier trinken«?

»Ja warum eigentlich nicht«, antwortete er. »Ich habe heute nichts mehr vor«.

Kurz darauf machten sie sich zu Fuß auf den Weg und betraten einen Pub.

»Cheers«, sagte Percy, als sie am Tresen saßen und stieß sein Glas gegen seins.

Eine Weile schwiegen sie, dann sagte Frank plötzlich: »Meine Frau hat mich übrigens vor einer

Woche verlassen und ist mit unserer Tochter Joyce zu ihren Eltern gezogen«.

»Dann haben Sie es ihr also gesagt«? fragte Percy leise. Frank nickte. »Ja, ich musste es tun, denn ich habe es nicht mehr ausgehalten und wollte endlich reinen Tisch machen«.

»Und wie hat sie reagiert«? wollte Percy wissen.
»Anfangs hat Sie einen riesen Aufstand gemacht«, seufzte er. »Und mich Schwuchtel und was weiß ich nicht alles genannt. Aber seltsamerweise hat sie mich am nächsten Tag angerufen und sich sogar entschuldigt. Erst konnte ich es gar nicht glauben, dass sie plötzlich so moderate Töne anschlägt. Ich denke, sie war einfach zu sehr verletzt«.

»Und Ihre Tochter«? fragte Percy weiter.
»Vorgestern hat sie mich das erste Mal besucht«, antwortete Frank lächelnd. »Wir waren auf einem Spielplatz und Eis essen. Naja, sie versteht es natürlich im Moment noch nicht, dass ihre Mum und ihr Dad nicht mehr mit ihr zusammen leben«.

Grübelnd sah er Percy an: »Aber mittlerweile glaube ich, dass wir einen Weg finden werden«.

Percy nahm wieder sein Glas und hielt es Frank entgegen. »Was sagte vorhin Ethan Gray zu Chief-Inspector Coffee«?

Frank hob fragend die Schultern. »Keine Ahnung, sagen Sie es mir«.

Percy lächelte: »Es gibt also doch noch Hoffnung«.

Bereits erschienen:

TWENTYSIX - der Self-Publishing Verlag
Eine Kooperation zwischen der Verlagsgruppe Random House GmbH
und der Books on Demand GmbH

ISBN: 978-3740727857

Herstellung und Verlag:
BoD – Books on Demand, Norderstedt